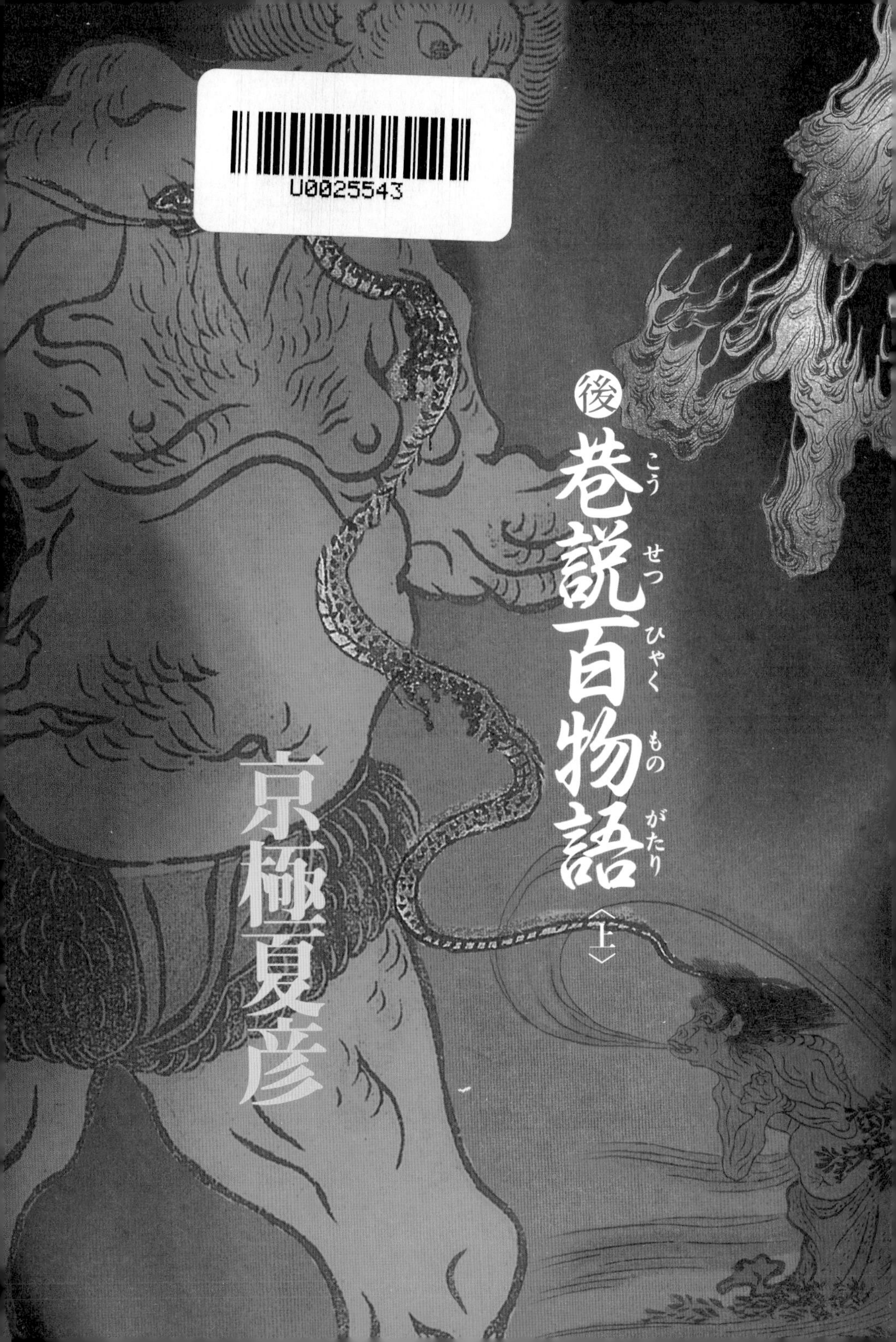

後巷説百物語〈上〉

京極夏彦

目錄

紅鰩魚

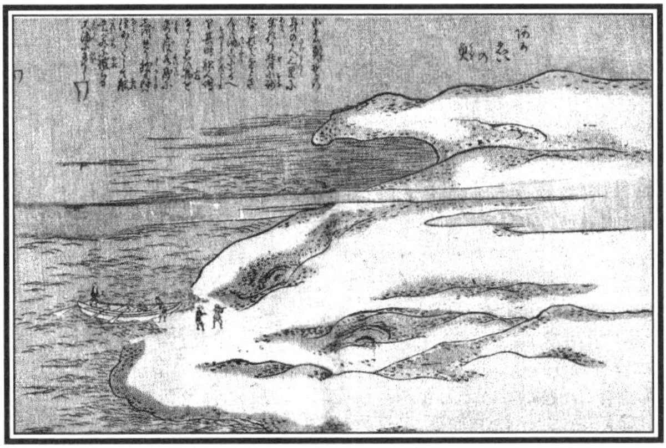

此魚常見於大海
身長三里餘
魚背囤砂浮於海上
倘有船伕誤判
視之為島嶼停靠之
此魚即沒入海中
驟掀巨浪
致船毀人亡

——繪本百物語／桃山人夜話巻第參・第貳拾肆

【壹】

許久以前。

海中有座小島。

島上住著一群稱不上富裕的島民，大夥兒胼手胝足，共同營生。

日子雖窮，但還堪稱平靜。

該島一隅有座古老的小土地神社，不知打何時起，此神社內即供奉著蛭子神（註1）。島民們個個以此神社為心靈依託，虔誠膜拜祭祀。

不過，島上有個傳說。

一個頗為不祥的傳說。

蛭子神社中所供奉之神體，為一座惠比壽像。

此傳說聲稱，當這座惠比壽像的臉孔轉紅時，此島便將遭逢駭人災厄，甚至可能導致全島灰飛煙滅。

島民們對蛭子神信仰至深，故對此傳說均是深信不疑。

島民們朝夕參拜不輟，遇大小事均赴神社祈求神助，對神明總是心懷敬畏。

註1：蛭子音Ebisu，即七福神之一的惠比壽。

不過。

直到某日——

島上有個血氣方剛的小夥子。

此人對島民深受因習束縛之習氣極為不滿。鄉親們對凡事唯唯諾諾、毫無抱怨的習性，早已教這過怕了窮苦日子的小夥子望而生厭。故此——

這小夥子決定開個玩笑。

此人竟然——乘夜潛入神社內，以朱墨將惠比壽像的臉孔抹成一片通紅。

翌日清早，赫然發現惠比壽像的臉孔竟已轉紅，對傳說深信不疑的島民們個個驚愕惶恐、慌亂不已。號泣過後，島民們便悉數收拾起僅有的家當，攜家帶眷地遷離了這座小島。

小夥子幸災樂禍地觀望同鄉離去。

神像的臉孔是他自個兒抹紅的，哪可能發生什麼災厄？同鄉的反應，讓總是斥那則傳言為幼稚迷信、無稽騙局的他看得捧腹大笑。

但是……

在島民們遷離後不久。

突然一陣天搖地動、山崩地裂，隨之而起的大海嘯，將整座島嶼連同那個小夥子悉數吞入海中。

一夕之間，整座島便消失無蹤。

只留下一片荒涼大海。

【貳】

慶長元年丙申閏七月十二日晡時天下大地震，豐亦處處地裂山崩，故高崎山巔巨石悉落，其石互磨發火，既而震止。府內民皆安心身。或有浴者、或有食夕飯者、有未食者。其時鉅海大鳴動響諸人甚驚奇之。走于東西逃于南北。或覜海邊。村里井水皆悉盡之。爾時巨海洪濤忽起。洋溢于府內及近邊之邑里。大波至三時（中略）。如是罹大地震洪波。府城大廈小宅民屋等大半倒破。不知人畜死者其數（中略）。

且勢家村二十余町北有名瓜生島。或又云沖濱町。其町縱于東西竝涅于南北三筋成町。所謂南本町中裏町北新町。農工商漁人住焉。其瓜生島之境內皆悉沉沒而成瀨底。因之不溺死者纔其七分之一或漂于小船。或乘流家。或付于浮木。或寄于流櫃。五倫離散于互。激然流浮暫時而到西南山岸犬鼻邊。或又有至蓬萊山等高地免死者。傾刻而大汐收如奮——

如何？雖然途中停頓了好幾回，矢作劍之進還是一口氣讀到這兒，並轉頭望向笹村與次郎問道。

這段以漢文撰寫的記述既無押韻，亦無平仄，文筆粗拙，僅求達意。再加上這是一份謄來的副本，其中或有錯字或誤記，故就連理應較常人更通曉漢籍的劍之進，讀來似乎也頗為吃力。

即使如此，當原本靜心聆聽的與次郎問道這是否就是那卷《豐府紀聞卷四》時，劍之進還是一臉得意地回答：沒錯，這就是你想看的證據。

「不敢相信竟然讓我給找著了罷？你也知道，新政府裡有許多人是南國出身，因此咱們署內的同儕，亦不乏豐後出身者。」

劍之進豪爽地笑了起來。

在舊幕府時代，劍之進曾於南町奉行所擔任見習同心。雖不知他是如何度過維新期間的紛紛擾擾，但目前已於甫成立不久的東京警視廳擔任一等巡查。

至於與次郎——原為一名曰小林藩之西國小藩派駐江戶的藩士，但目前竟於一家名曰加納商事之貿易公司任職。

劍之進擔任見習同心時，曾頻繁出入北林藩邸。雖不記得兩人當初是如何結識的，但或許是年齡相近使然，打從當時便和與次郎相交甚篤，兩人可說是一對臭氣相投的好兄弟。

瞧你怎沒我想像的開心？劍之進皺著粗大的雙眉說道：

「喂，與次郎。我可是好不容易才找著這東西的，好歹你也該有點兒表示罷。為了證明你那為人訕笑的胡言亂語並非空穴來風，我可是用心良苦哪。」

如何？這下大家應該都相信了罷？劍之進乘勢環視著大家問道。

四名男子面對面地坐在十疊大小的座敷（註2）內。房內既沒有飯菜，也不見任何酒器，雖然絲毫不像一場正式酒席，但與會者卻是個個一臉嚴肅，還真是一場不可思議的聚會。

「總而言之——若此文書上的記載足以採信，災情似乎是頗為慘重。地震、山崩、海嘯、洪水等天災地變造成龐大犧牲，其實並不稀奇。」

這回發言的是倉田正馬。

他父親是個旗本（註3）的二公子、同時也是德川家的重臣，是個曾放洋過的時髦大少爺。不過，為人有點不拘小節，不僅感覺不出曾留過洋的聰敏，打扮也稱不上瀟灑。

事實上，他曾是與次郎的同儕。正馬那曾任前幕府重臣的父親，和與次郎如今的老闆過從甚密，因此，正馬也曾赴與次郎的貿易公司任職。但正馬的個性實在不適合幹這種差，因此不出三天就辭職了。至今仍是終日遊手好閒，是個標準的無業遊民。

「若放眼國際，必不乏規模更大的災害。想必不費吹灰之力，便能找到許多關於前所未見的慘禍之記錄罷。」

正馬繼續說道。但若發生得如此頻繁，哪還稱得上前所未見？澀谷惣兵衛笑道。

惣兵衛和與次郎同為北林出身，年幼時被人收為養子，是個曾在山岡鐵舟門下學習劍術的豪傑。維新後則在猿樂町開設道場。雖然與次郎也不知道他的道行究竟如何，看起來的確像個高人。但如今畢竟已是個無法靠劍術餬口的時代，因此道場總是門可羅雀，只得偶爾上警局傳授武藝，指導巡查習劍。

「所謂前所未見，不就是指從來沒有人見過？哪怕過去僅有過一次記載，也就稱不上前所未見了。」

註2：鋪有榻榻米的廳堂。
註3：江戶時代幕府將軍直屬的武士。

「話是沒錯，但前所未見不過是個比喻，你就別再抓著這把柄找碴了好麼？你們這些使劍的老古董就是這副德行，真是惹人厭哪。聽好，我想說的不過是——據說富士山若是噴起火來，情況可是要比方才矢作朗讀的還要嚴重得多哩。若是放眼海外，整座山在一夕之間消失無蹤，或整座村子遭到掩埋這種事，根本是毫不稀奇。」

此言的確不假，惣兵衛說道：

「倘若起了大地震，當然可能導致山崩、產生海嘯。淹沒一座島也不是不可能。天地變異所展現的威猛，極可能超乎世人所能想像，這在咱們北林可是無人不知的道理。」

與次郎，你說是罷？惣兵衛說道：

「在咱們故鄉，北林城後方曾矗立著一塊和山一樣大的巨岩，這塊巨岩曾位於聳立其後的一座金山的山腹。通常，論誰也不會相信如此巨岩竟然會墜落。我在孩提時代數度聽聞這故事，也總覺得無法置信。倘若如此龐然大物都會崩落，那麼島嶼沉沒應該也是可能的罷。」

一點兒也沒錯，與次郎回道：

「這——的確稱不上稀奇。但不稀奇又如何？」

所以呀，正馬說道：

「根據這記錄，反而是本土的災情較為慘重，島嶼沉沒後，不是有八成的島民獲救？雖然失去了土地、家財，損失金額的確龐大——但想想整座島都沉了，雖有這點損失也屬萬幸。總而言之，此等災害的確可能曾發生過，對不對？巡查先生——」

真有可能發生過麼？正馬問道。

管他是否曾發生過，問題並不在受害的規模罷?劍之進心有不服地回道：

「從與次郎方才朗讀的記錄中，不也聽到島民因事前察覺苗頭不對，因此及時逃離、悉數獲救了?」

與次郎，你說是不是?劍之進問道。

是如此沒錯，與次郎回答。

真是如此?正馬一臉納悶地質疑道。

「還有什麼好懷疑的?這文件所記載的島，正是與次郎所聽聞的傳說中的那座島呀。」

劍之進悵悵然地說道。

「與次郎，真是如此麼?你所聽聞的傳說中那座沉沒的島嶼——果真就是豐後國的瓜生島?」

沒錯，與次郎回答。的確就是這座島。

「這份循線找著的記錄不也是這麼寫的?在下認為這絕非巧合。」

當然不會是巧合，惣兵衛應和道：

「既然地點一致，至少也有點關連罷。」

「當然有關連。據說該地一座名曰威德寺的寺院裡有份叫做由來書的文件，其中也有同樣的記述。傳說當時漂來的一株松樹就被種在威德寺裡頭，後來還被譽為名松。此外，只要查閱《豐國小誌》一類的書卷，裡頭似乎也記載著過去曾發生過同樣的事。就連附近的其他島嶼，也有慶長三年夏鶴見山崩毀導致島嶼沉沒的記載。由此可見，與次郎聽到的這則——瓜生島隨惠比壽的臉孔轉紅而殞滅的傳說——絕對是真有其事。」

如此推論未免也太唐突了罷？正馬說道。
「為什麼？」
「哪還要問為什麼？因為記錄裡頭並沒有提及惠比壽呀。」
「不，雖無記錄，但似乎真有這麼座神社。根據我的調查，這座蛭子神社後來在瓜生島對岸一個叫做勢家的地方再建，時至今日依然存在。如此看來，這傳說絕非空穴來風——」
「不不，劍之進——雖然你說的也有幾分道理——」
惣兵衛擺出調停的架勢說道：
「——若是先聽到一則怪異的傳聞，循線追查後找著了可資佐證的記錄，或許我也會做出和你相同的結論。不過，劍之進，你也得好好想想，這傳說——有沒有可能是在事後虛構的？」
傳說哪可能是事後虛構的？劍之進反駁道，但臉上的神情可就變得更為茫然了。
「所有傳說，通常必是以事實為根據。傳說之用意，乃向後世傳述某件史實。若無事實根據，則不可以傳說稱之，而是無稽謠傳或惑眾妖言。」
不不，惣兵衛揮了揮手說道：
「沒錯，傳說的確都是在事後才被捏造出來的。不過，劍之進，我質疑的——並非與次郎聽來的這則島嶼沉沒的傳說，而是這則傳說中的傳說。」
「什麼叫傳說中的傳說？」
亦即——雖然一臉不耐煩，惣兵衛仍試著慢條斯理地解釋道：
「那則——島嶼隨惠比壽的臉孔轉紅毀滅的傳說。我質疑的，是此一迷信是否真的曾在該島流傳。畢竟並沒見到任何與此相關的記述。」
「你的意思是——這傳說可能是在島嶼沉沒後才被捏造出來的？」
正是此意，惣兵衛說道。
關於此事，可就真的無法斷言了，劍之進語帶不甘地說道。
惣兵衛一臉為難地說道：
「不過，這瓜生島在一夕之間沒入海中，或許是真有其事。不，既然有如此明確的記錄，看來應是事實無誤。不過，劍之進，我想說的是，那與次郎聽來——亦即那小夥子將惠比壽的臉孔抹紅，導致島嶼沉沒的陳述，可就不一定是事實了。」
沒錯，傳說往往會被人如此加油添醋，正馬應和道。
看來你們都不相信哪，劍之進一臉不服地闔上書卷塞入懷中。別動怒呀，巡查先生，正馬好言相勸道：
「我們並不是不相信，畢竟並沒有任何證據證明這傳說是造假的。只是同樣的，也沒有任何證據能證明這傳說是真有其事。澀谷的意思是，這書卷並沒有辦法證明與次郎聽到的這則故事是事實。對不對？」
也對，這下惣兵衛也退縮了：
「正馬所言的確有理。」
「矢作，你說的沒錯，問題並非災厄的規模什麼的。但同時，記錄裡並未提及是否真曾發生過這場災厄，也沒提到是否真有膜拜惠比壽一事。」

那麼正馬，你到底想說什麼？劍之進不服地說道。

「——到底要我拿出什麼證據，大家才願意相信？」

「稍安勿躁呀，矢作。個人認為令我們質疑的，僅有——惠比壽像的變化和天地變異之間的因果關係罷了。」

這也有理，劍之進不由得開始沉思了起來。

這點應該無法證明罷，正馬說道。

為何無法證明？劍之進反問道。

「真的沒辦法呀，矢作。假設真如傳言所述，島上曾祭有一座惠比壽像。那麼，或許真有將神像的臉孔抹紅便會發生災厄的說法流傳，也可能有某個不敬之徒將神像的臉孔抹成紅色，不，就連不久之後碰巧發生天地變易也是不無可能。但即使如此，仍無法斷言這場災厄是因這起惡作劇而起的罷？」

「你想說什麼？」

「這不過是個巧合罷。」正馬斬釘截鐵地說道。

「巧、巧合？」

「我是如此認為。矢作，稍早你曾言這應非巧合，澀谷也如此附和——但這只能說明此一怪異傳言，和這份記錄的關係並非巧合罷了。一切天災均循世間法則而起，哪可能把神佛雕像染紅便引起天搖地動？哪管時機再怎麼湊巧，地震、海嘯、惡作劇和信仰之間，應該還是毫無關連的。憑人的力量——是絕無可能撼動天地的。」

「惠比壽可不是人哪。」

但朱墨是人抹上去的罷？惣兵衛說道。

不，我認為即使端出神佛，道理也是一樣，正馬繼續說道。

「為何也是一樣？」

「當然一樣。正如澀谷方才所說，除非是先有天災，事後再捏造個理由解釋——兩者之間理應不會有任何因果關係才是。因此，我認為除了巧合，別無其他解釋。」

嗯，劍之進低聲應道。

「再者，就我所聽到的，這故事聽來實在太像是捏造出來的了。不可褻瀆神佛、不可欺騙他人——怎麼聽都像是在說教。虔誠信神者得救，唯有褻瀆神明者殞命——這種情節，怎麼聽都像是為了拉攏信眾而捏造出來的故事。」

「但是，這座神社似乎沒有多大哩。」

「是大是小有什麼不同？」

惣兵衛不甘示弱地繼續逼問道：

「只要將過去的慘禍當成神明靈驗的證據，對提升當地的信仰應該極有幫助。對一座小神社而言，只要能拉攏當地居民，應該就心滿意足了罷。」

「縱使……」

正馬繼續說道：

「縱使這座島嶼真是因惠比壽的臉孔被抹紅而沉沒——」

也是絕對無法證明的，正馬做出結論。

大概是看到形勢對自己不利，劍之進轉頭望向至今未提出任何異議的與次郎說道：

「與次郎，這些傢伙認為你是在吹牛哩。你難道不反駁？」

「不必了——」

他並沒有反駁。

劍之進雖然憤慨，但與次郎並不認為自己被人當成是在吹牛。不管怎麼想，都覺得正馬和惣兵衛的推論是正確的。

半個月前。

與次郎在一場酒席上，從朋友口中聽說了這則奇妙的傳說。

也就是惠比壽的臉孔轉紅——導致整座島嶼沉沒的傳說。

對與次郎而言，這也不過是個隨興聊起的假故事，但正馬和惣兵衛強烈否定，劍之進卻依然堅信是真有其事，結果就演變成了今天這種局面。說老實話，與次郎並非不相信神佛，但還是不願相信其神威可能使整座島嶼沉沒。

不知大家意見如何——看到與次郎和劍之進的神情，惣兵衛皺了皺眉問道：

「是否該上藥研堀找老隱士徵詢意見——？」

四人先是面面相覷，接著才齊聲回答：也好。

【參】

藥研堀的隱士——

一如其名，是位居住於藥研堀邊陲、一戶名曰九十九庵的清幽宅邸的老人。

此人年約八十有餘，貌似白鶴般細瘦白皙，剪掉了髮髻的白髮修得短短的，平日身穿墨染的作務衣（註4）和深灰色袖無，看來活像個衰老的禪僧。雖不知其出身、姓名，但此人自稱一白翁，僅有一名據稱為遠房親戚的小女童相伴。

同時，這老人和與次郎曾奉公的前北林藩，似乎曾有段匪淺的交情。

雖然不論怎麼看都像個毫無顯赫身分地位的尋常老百姓，但藩主對其似乎頗為關照。維新前北林藩曾按月支付恩賞金，每回均由與次郎負責遞交。

雖然金額並不算高，但似乎已經支付多年，若論總額，應該不是一筆小數目。

一白翁雖然從未向他們提及自己的過去，但與次郎的前上司曾言：「此人是個曾拯救北林藩的大恩人。」

即便北林藩再小，區區一介百姓，而且還是個衰老如枯木的老翁，怎有能耐拯救一個藩國？與次郎雖對此納悶不已，但這似乎已是與次郎尚未出生的四十數年前的往事了。

如今雖是個老翁，但此人當年畢竟也曾是個小夥子。直到廢藩後，與次郎才想到這個理所當然的道理。在此之前，與次郎總有一種此人打從以前起便是個老人的錯覺。

註4：工作時穿著的服裝，上為筒袖，下呈褲狀，材質多為藍色木綿布料。「袖無」是形狀如背心的無袖短外套。

因為一白翁看起來已是十分衰老。

五年前，與次郎突然想起這老人，好奇他如今安在？

藩國已隨大政奉還而遭到廢撤，按理說，他應已不再收到北林藩所支付的恩賞。

若是如此，不知他日子是否還過得去？

因此，與次郎便邀了也曾聽說過此老人傳聞的惣兵衛，相偕造訪九十九庵。

老人依然健在。

雖然已無髮髻，但消瘦的臉頰、樸素的生活、以及教人看不出是乖僻還是和善的言行舉止，一白翁看來彷彿仍活在舊幕府時代裡。除了與次郎昔日曾見到的遠房小女童已成了個年輕姑娘之外，九十九庵裡裡外外竟是一切如昔。

打從那時起，與次郎便與老人恢復了交情，至今已有五年。如今除了惣兵衛之外，劍之進與正馬也常同來造訪九十九庵。

老人不僅博學，同時還有過許許多多奇妙的經歷。與次郎極愛聆聽老人聊起這些意味深長的故事。

維新至今已過了十年。

雖仍偶有動亂，但大致上世間混亂似已暫告平息。只是上自整個國家，下至與次郎均產生了極大變化，街景民情亦已是煥然一新，唯有老人居住的這城中一角仍殘存著濃郁的江戶習氣。對在努力適應新時代的同時，對新事物卻仍懷有一絲不信任的與次郎而言，九十九庵的風景、以及一白翁所敘述的江戶故事，聽來總是如此教人懷念。

雖然身為巡查，但劍之進對奇聞異事卻有一股強烈的喜好，尤其酷愛聆聽老人所敘述的諸國怪談。

惣兵衛則是個和他的相貌與職業頗不相符的理性主義者，亦喜愛與老人議論各種不可解之異象。至於略帶西洋習氣的正馬，乍看之下對此類議論問答雖不至於毫無興趣，但與次郎認為此乃因其對與老人為伴的姑娘小夜頗為鍾情使然。

不過，關於這點——與次郎其實也有點可疑——其他兩人更是不用說。

買了點豆沙包當土產後，四人便啟程前往藥研堀。

雖然晚飯時分吃豆沙包是有點奇怪，但由於老人不好飲酒，也不知除此之外還能帶些什麼。不，正確說來，老人每晚就寢前也會小酌一杯升酒（註5），除此之外，便可說是滴酒不沾了。但這也不代表老人就愛吃甜食——說老實話，這豆沙包其實根本是買給小夜吃的。

透過樹籬，一行人瞥見了小夜的身影。

或許她剛灑了點水消暑罷，只見庭院裡還擺著杓子與水桶。正馬快步跑向門前。「打擾了、打擾了。」還沒走到門前，惣兵衛便以粗野的嗓門大喊。與次郎一進門，便看到小夜正坐在玄關旁一只破舊的藤椅上發愣。

咱們又來打擾了，老隱士在麼？劍之進問道。也沒等小夜回話，正馬便遞出一包豆沙包打岔道：這是咱們一點心意。

註5：指盛裝於名曰升的容器中的酒，或以升盛裝販賣的酒。

多謝各位厚意，小夜收下豆沙包說道。

該說謝謝的是咱們罷，與次郎回道，緊接著便詢問兩人是否用過晚飯了。剛剛吃飽哩，小夜回答。三不五時過來叨擾，會不會給兩位添麻煩？聽到與次郎這麼一問，小夜回答：

「哪兒的話？我們也正打算喝杯茶呢。況且，若和各位聊上個一陣，他老人家也會比較精神點兒。」

話畢，小夜便將與次郎一行人請進了門內。

四人沒被帶往座敷，而是被領到了庭院內的小屋裡。

此棟小屋僅約六疊大小，正中央設有一座地爐。雖不見躙口（註6），但屋內陳設看似一座茶室。老人端端正正地跪坐在壁龕前，老早便擺出了會客的架勢。

老人瞇起了原本就細小的雙眼，一臉看不出是微笑還是不知所措的神情。

「各位全到齊了哩——敢問所為何事？」

「咱們有件事想找老隱士談談——」

惣兵衛以粗野的口吻說道，接著劍之進又詢問老人近日是否無恙，最後再由正馬說幾句客套話。這是這夥人每回造訪時的慣例。

至於與次郎，通常則是不發一語地跪坐一角。

一夥人一如往常地並肩跪坐，上茶後，劍之進率先開口：

「老隱士，其實今天也沒什麼事兒，咱們只是打算就與次郎這傢伙聽說的一則傳說之真偽，拜聽老隱士的意見。」

請說罷，老人點頭說道。

接下來，劍之進便開始向老人陳述瓜生島的傳說。但話還沒說幾句，便看出老人似乎對這故事頗為熟悉。老隱士也聽說過麼？正馬問道，這是個有名的故事呀，老人回答。

「有名麼？」

「是呀。雖然瀨戶內也有類似的故事——」

但應該還是屬豐後灣的故事最為有名罷，老人一臉稀鬆平常地說道。

「瀨戶內也有同樣的傳說？」

「老夫當年造訪阿波時，也曾聽聞類似的故事。總之，這類故事為數頗眾。但就規模而言，應該就屬瓜生島這則最大了。畢竟——若老夫記得沒錯，島上曾住有上千戶人家。」

「上千戶——？」

「沒錯，而且記得也不是座貧窮的島嶼。與次郎先生是否聽說此處民生困頓？」

在下的確是如此聽說，與次郎點頭回答。請問可是個年輕小夥子說的？老人又問道。的確是個小夥子，此人要比與次郎年輕個兩歲。

「那麼，他或許就不知道實情了。在老夫所聽說的故事裡，將惠比壽的臉抹紅的，是個對迷信嗤之以鼻的大夫。想來這也是無可奈何，畢竟是三百多年前的事兒了。」

這故事果真屬實？正馬問道。

註6：日式茶室的方形入口。

這就不清楚了，老人回答：

「老夫雖然如此年邁，但畢竟也沒活過三百年。至於劍之進先生找著的記錄，雖為文字記述，但實難論斷其中究竟幾分為虛、幾分為實。」

唔，劍之進拾起放置腿上的文書端詳了起來。

「不過——老隱士，倘若連如此記錄都不足採信，世上不就無任何東西可信了？」

「世上的確無事可完全採信。」

「但無論如何，事實終究是事實。敢問這座島——」

「應該是沉沒了罷。」

老人如此說道。

剩下的話既然被搶先說了，劍之進也只能默默閉嘴。

「總之，真相究竟如何根本不重要。反正各位也不是來向老夫查證此事的。」

老隱士果然是明察秋毫呀，正馬說道：

「方才老隱士不是說，這類故事為數頗眾？」

老夫的確說過，老人回答：

「例如，各位是否聽說過《今昔物語集》？」

聽說過，惣兵衛回答。

「那就好。書中的〈卷第十震旦、卅六〉裡頭有篇〈嫗每日見卒堵婆付血語〉，內容也大致是同樣的故事。從震旦兩字，不難看出這是個唐土的故事。話說唐土某地有座高山，山頂立有卒塔婆一座。」

「卒塔婆？」

看來這故事果真怪異，聽得四人不禁面面相覷。

「山麓下有個村子，村中有個年齡和老夫相若的老嫗，每日均不忘上山參拜這座卒塔婆。」

「這座山——高麼？」

相當高，被劍之進這麼一問，老人便如此回答：

「大家都知道，對年事已高者，登山是件十分艱辛的苦差事。換做老夫，便絕不可能辦到。某日，一個小夥子向老嫗詢問登山的理由，老嫗回答傳說此卒塔婆若沾上了血，此山必將崩塌並沒入海中，因此老嫗不得不日日上山確認有無異狀——」

噢，惣兵衛不禁失聲喊道：

「和那故事果然是一模一樣哩。」

「沒錯。小夥子斥此傳說為迷信，為了作弄盲信傳說的老嫗，便將卒塔婆塗上了血。老嫗一看見卒塔婆沾了血，旋即逃出了村子，看得小夥子是樂不可支。後來……」

「山果然崩了——？」

沒錯沒錯，老人點頭繼續說道：

「同時，斥此傳說為迷信者，亦悉數殞命。《宇治拾遺物語》〈卷三十〉中，也有內容相仿的故事。」

也算是一種寓言罷，正馬接著問道：

「《今昔》和《宇治拾遺》中的故事，皆是出自佛典或漢籍對罷？」

「沒錯。應是出自《搜神記》。」

「此類故事就這麼傳入我國各地？」

「是的。」

你瞧罷，正馬轉頭面向劍之進說道。

要我瞧什麼？劍之進反問道。由於房內空間極為狹窄，兩人的臉差點兒沒撞在一起。

「老隱士方才那番話你也聽見了罷？這不就足以證明你所聽說的故事純屬虛構？」

「老隱士哪有這麼說？」

「我說劍之進呀——」

正馬彷彿剛取了惡鬼首級似的，兩眼熠熠有神地說道：

「——此等怪事若在諸國頻繁發生，哪還得了？這些不過是借唐土傳說改編而來的寓言罷了。世間的確會起天地變異，或許也真有島嶼沉沒。但這些都應另當別論。澀谷不也說過，那惠比壽什麼的不過是事後捏造出來的故事罷了？」

「怎能說是捏造的？」

捏造的就是捏造的呀，正馬繼續說道：

「你該不會真的把御伽草子（註7）裡的故事當史實罷？」

「難道你將這此事視為騙孩兒的故事？」

「沒錯。瞧你雖然剪掉了髮髻，文明開化的鐘聲卻還沒傳進你的腦袋瓜裡。這副德行，竟然還當得了一等巡查？澀谷，你說是不是？」
唔，惣兵衛雙手抱胸地說道：
「或許正馬說的沒錯。相信這則故事，就有如相信世上真有鬼或天狗等妖物般愚昧。總而言之，答案似乎一開始就見分曉了，根本無須前來叨擾老隱士。」
惣兵衛豪邁地笑道。
還不知答案究竟為何哩，一臉愉快地望著惣兵衛，一白翁露齒大笑。「老隱士，您就別再裝傻啦。世上哪有將木像的臉孔抹紅，便引起天地變異這等不合常理的事兒？若真有這等事兒，我可要立刻趕往鎌倉，將大佛的臉孔塗成墨黑。若區區一個惠比壽便能讓一座島嶼沉沒，大佛不就能讓整個國家都給沉了？」
話畢，惣兵衛又是一陣哈哈大笑。
沒錯，待惣兵衛笑完後，老人這才又接了下去：
「自然天理的確非人所能改變。」
「即便是神佛，亦不可能改變罷？」
惣兵衛附和道，這下老人神情納悶地說道：
「噢，若是神佛，老夫可就無從保證了，世間亦不乏將自然天理視為神佛意志之產物者。不

註7：自室町時代至江戶時代累積成冊的短篇故事集，內含三百多則作品，多半作者不詳。內容涵括愛情、童話、遁世、勵志、怪奇等，亦不乏警世、啟蒙、與幻想之作。自十八世紀上半起，御伽草子一詞便成為此類故事之總稱。

過，惣兵衛先生。」

還有正馬先生，老人緩緩環視眾人。

「地震歸地理，大雨歸天理，此二者凡人皆無從改變。故此，一如正馬先生所言，若推說此類災厄乃隨惠比壽的臉孔轉紅而起，這則故事便僅是個寓言。或許真如惣兵衛先生所言，不過是事後捏造添加的解釋。不過，一如天地間有地理、天理，人世間亦有人理。」

「人理——？」

與次郎一臉驚訝地問道。沒錯，人世間亦有人理，老人繼續說道：

「天歸天理，地歸地理，至於人，則歸人理。人雖無法改變天地，但不代表就無法改變人。世界乃天、地、人三者相互影響而成，天若降雨則大地潤澤，地若動搖則大氣風起。島嶼若有人生息，則成聚落——凡是人生息之場所，必有人理。」

此言的確有理，惣兵衛說道：

「正馬先生曾言，地震、海嘯無關人之信仰是否虔誠，均為自然發生之異變。此言的確不假。光是將惠比壽的臉孔抹紅，絕不至於引發地震、海嘯、或洪水。但姑且不論地震和海嘯，光是將惠比壽的臉孔抹紅——」

便足以導致「村落俱毀」，老人神色堅定地說道。

「村落俱毀——？」

「沒錯。老夫就曾見過——一個村落因惠比壽的臉孔轉紅而分崩離析。」

這又是一樁奇事了，正馬一臉納悶地問道：

「老隱士的意思難道是，此村落未遭地震或洪水侵襲，光是將木像的臉孔抹紅，便整個土崩瓦解？」

正是此意，一白翁回道。哪可能有這種事兒？正馬神情錯愕地望向惣兵衛。此時劍之進將兩人往後一擠，探出身子問道：

「這——該不會也是老隱士的親身經歷罷？」

「沒錯。是老夫年輕時親眼目睹的。記得那是一座漂浮於男鹿汪洋……」

名曰戎島的島嶼——

接下來，老人便開始敘述起這則往事。

【肆】

這應該已經是近四十年前的事兒了罷。

老夫是在哪兒聽見關於那座島的傳聞來著——對了，是在品川宿的客棧庭院中那株大柳樹的怪異騷動結束後——返回江戶的旅途中。

當時，老夫和一名綽號小股潛、名曰又市的御行，以及一名曰阿銀的山貓迴夥同行動。

小股潛這個字眼，以現在的話來說，意指擅長舌燦蓮花、詭計詐術者，或指生性狡猾者，並不是個好字眼，或許字義與江湖郎中頗為相近。但又市並不好藉誆騙他人牟利、或蓄意謀害他人取樂。

除了從事類似時下之示談屋（註8）或仲人屋之流的差事餬口，若有以傳統手段無法排解之糾紛，又市也能完滿解決，並為此收取些許酬勞——排解此類糾紛時，又市善用種種巧妙至極的手段，或許正因如此，才換來那綽號的罷。

御行為四處搖鈴揮撒辟邪符咒營生者，山貓迴則為操弄傀儡的賣藝人。

當時，老夫的年紀還和各位相仿——只有二十來歲。當年的老夫夢想巡遊諸國蒐集各類奇聞怪談，意圖於日後集結成冊，出版一卷網羅諸多怪談之百物語。

你問這夢想是否已成真？

這，就留待下回再敘罷。

總而言之，當年老夫既無定職，亦未曾辛勤勞動，終日如浮萍般四處遊蕩，為蒐集怪談過著東奔西跑、浪跡諸國的日子。

自品川宿返回朱引（註9）的途中，老夫一行人曾與來自越後、以販賣縮緬（縐綢）為業之小販同宿。這椿奇事——正是由此人所述。

當年之出羽國——如今已分為羽前、羽後，於羽後國有一名曰男鹿之半島。據傳，於此半島尖端一名曰入道崎之地，可望見一座奇妙的島嶼。

何以謂之不可思議？

乃因此島——是看不見的。不知是因海流抑或氣溫影響，這也可歸天理或地理罷，此島常為濃霧所籠罩，因此幾乎無人知曉此島之存在。即便連當地居民，知曉者亦是寥寥無幾。

不過，常出海的漁民當然曉得。

雖然曉得，卻絕不靠近。

乃因此島被視為可畏之魔界或神域，故人人避之。

其實，此島距離海岸並不遠。

若以陸地距離而論，距離約為兩里，理應不費吹灰之力便可往返。如此近在咫尺，卻不可見得，確是不可思議之奇景。

不過，這小販接下來說的，可就更不可思議了。

據該小販所言，此一不可視得之島嶼，僅能自一處望見。

此處位於入道崎——據傳該處為一斷崖，由於地勢艱險，船隻亦難進出——斷崖下方有一洞窟穿越，洞窟中有一小祠堂。若自該洞窟入口之鳥居中央眺望，便能於正前方望見一座不可思議之島嶼。

此說法的確玄妙，是不是？

若自鳥居眺望，該島的確堪稱奇景。據傳其形頗為奇特，島嶼四周皆為絕壁，島頂較寬，臨海面處卻較為狹窄，如此地勢，任何船隻均無法停靠。即便能勉強泊船島岸，也得攀上絕壁方能上岸，但此斷崖亦非人所能攀爬。

形容至此，其實尚不足以稱奇。世上原本就有人無法接近之地形，亦有無法攀登之山嶺，無

註8：有衝突或糾紛時為雙方進行調停，並收取佣金的行業。「仲人屋」指以糾紛之仲裁，或婚姻之媒妁為業者。

註9：原文作「朱引き」，江戶時代為區別府內、府外所畫的紅線。「越後」即今新瀉縣。

人島嶼更是隨處可見。

如阿蘇山或淺間等山嶺不時噴火崩裂，山內蘊藏大量地熱。倘若有此類山嶺矗立海中，或許不僅將散發驚人蒸氣覆蓋島嶼，亦可能改變潮汐流向，使該地化為不適合航行之魔域。

此外，至於僅能自一處望得該島形貌這點，若是受日照或風向之影響，亦非絕無可能。

總之，一切還不至於難以置信。

不過……

教人訝異的是——

該島上看似有人居住。

每年有一、兩回天晴時，籠罩全島的濃霧會全數消散。這種時候自鳥居中眺望該島，島嶼頂上可見一色彩朱紅之宏偉寶殿。該小販表示自己去年此時碰巧在場，於偶然間望見該寶殿，讚嘆實為一壯絕奇景。

該島——

名曰戎島。

亦有人以戎之淨土稱之。

被喚為淨土，或許正因於該島非人所能踏及，但島上卻有這麼棟建築使然。

自斷崖石窟之鳥居方能望及之神祕孤島。

頂上矗立一座紅色寶殿。

每年僅能拜見數回之奇景。

每當想像起該處之光景，老夫心中總會湧現一股莫名的憧憬。

對，老夫當然想去瞧瞧。

不過，此人畢竟是個靠招搖撞騙餬口的小販，所說的話當然不得信以為真。老實說，老夫就曾在行商販子巧言令色的哄騙下，吃過了好幾回虧。

不過……

與老夫同行的山貓迴阿銀小姐，竟然聲稱這座島她也曾聽說過。阿銀小姐堅稱的確真有這麼一座島。

這座島的故事，她是從幻術師德次郎口中聽說的。老夫應該也曾向各位提過德次郎這個傢伙罷？就是個專門演出障眼法——也就是時下所謂的靈術、催眠術等雜技的賣藝人。

總而言之，此人是個率雜耍團四處巡迴，演出吞馬術、走鋼索、吐火術等雜技維生的傢伙。事實上，同為又市先生同夥的他同樣是個江湖郎中，在奧洲一帶甚至被喚做妖術師哩。

這傢伙懂得一種只消撥撥算盤珠子，剎時便能操控人心的幻術。據傳他只消掏出算盤撥個一通，就連大商號都會為他打開金庫哩。

猶記這德次郎曾親口向老夫表示，自己亦是男鹿出身。如此看來，這故事頗有可能屬實，教老夫剎時為之雀躍。阿銀小姐表示，曾在德次郎吟唱的戲曲中聽過這麼一首。

海上有一惠比壽島，
人跡罕至飛鳥難及。

島上滿是金銀珊瑚，
亦不乏財富珠寶。
漂流至此者入倉中，
步行至此者上客座，
絕命時面如惠比壽。
凡人至此均不復還，均不復還——

據說這首歌是這麼唱的——

當時直覺這首歌還真是古怪，阿銀小姐便向德次郎進一步詢問此歌緣由，就這麼聽說了戎島的故事。

阿銀小姐也表示，這撥算盤的德次郎雖然曾言自己孤苦無依、孑然一身，其實卻是由那斷崖石窟中的神社——據說叫做夷社——的看守所扶養成人的。

這是何其僥倖！

聽聞阿銀小姐這番話時，老夫不禁一陣背脊發涼。噢，這並非恐懼使然，而是發現——與這偶然聽聞的神祕島嶼有淵源者，竟是老夫的舊識之一，此等巧合，豈不教人為之心動？

這下，心中那股好奇當然是蠢蠢欲動。

沒錯。記得稍早也曾提及，當年老夫的興趣無他，正是四處蒐羅諸國之奇聞怪談。

各位不妨瞧瞧那頭。

那些堆積如山的文件，正是老夫所網羅的怪異故事、奇妙風聞的筆記。

這些悉數是老夫雲遊諸國、四處探聽得來的。不過——當時老夫尚未踏足奧洲，僅能憑瀏覽菅江真澄所撰之遊記，任由想像馳騁。

這下老夫當然想上該地瞧瞧。

一返回江戶，老夫隨即開始打聽德次郎的下落。

這德次郎畢竟是個巡迴雜耍團的團長。據說他總是領著雜耍團，從奧州到西國四處賣藝，欲掌握其行蹤當然是一大難事。

某日，老夫於兩國某小戲園子內，聽聞某團擅長障眼之術之放下師（註10）於信州一帶駐足演出，老夫旋即打點好行囊，匆匆離開江戶。

那時可真是年輕哪。

真是既莽撞又衝動。幸好不久前才在品川幫助那小股潛幹完一樁差事，收到一筆尚為豐厚的酬勞。有了足夠的盤纏，的確為自己壯了不少膽。

只不過——

老夫沒能在信州追上他。不僅如此——甚至看不出德次郎一行人告別此處後究竟是往北走，還是往南走。

註10：演出一種由田樂演變而成的傳統曲藝「放下」的藝人。

噢，老夫當然沒折返。

既然都出了這趟門，來到了邊遠的信濃之地，倘若就此折返，豈不是徒勞一場？

因此，老夫這下決定轉往出羽。

反正原本就是四處漂泊，出趟門也無須遵循任何期限返家。

那趟路，老夫大概走了一個月罷。

還是兩個月來著？

當然，當年尚無陸蒸汽（**註11**），一路上不是乘馬、乘轎，便是徒步。如今已記不得一路上碰上些什麼事兒了——或許老夫還走了比方才所說的要久。

噢，可以幫老夫拿一拿那份書卷麼？上頭或許有記載。

沒錯，就是這個，終於讓老夫給找著了。

出羽國男鹿海中戎嶋事——

這下老夫想起來了。抵達男鹿時正值秋日，天候極寒。

這上頭是如此記載的。

菅江真澄翁之男鹿紀行文中，未有任何戎嶋之相關記述，但其他記述大致正確無誤。自此將循先人之足跡尋覓戎島——

對了，想起來了。老夫行至菅江真澄於《男鹿秋風》中記為朴樹三叉路的追分三叉路，發現此路果然如真澄翁所言，不見半株朴樹，令人感覺至為奇妙。接下來，又自此處沿船川街道朝半島方向緩緩而行。自脇本轉至男鹿街道時，稍稍駐足觀賞封蛇石，接著又走了一小段路——對了，後來便於北浦一帶尋一民家借宿。

沿途，老夫遇人便不忘探聽該島——亦即戎島之事，但竟無任何人知曉。即便連老夫借宿之民家，屋主亦是從未聽聞。

沒錯，老夫當時的確打算死了這條心。

照裡該島應已是近在咫尺，至今卻未見任何人曾經聽聞，教老夫不禁心想應是為那小販所欺，至於阿銀小姐所言，或許也不過是對老夫之一番揶揄。

不不，老夫並未動怒，甚至心中未曾有一絲怒氣。畢竟原本便熱衷雲遊，走這趟路，當然不覺有什麼好後悔的。寄宿之民家款待老夫用膳，席上嚐到的魚肉至為鮮美，加上又自屋主口中聽聞當地風聞若干，已教老夫心滿意足。

不過到了翌日，老夫行至海岸，向漁夫稍事探聽，卻又自漁夫口中聽聞確有此處魔域，亦聽聞該處乃一漂浮海上、濃霧籠罩之奇地，凡人乘船駛近，皆被該處吸引而去，故任何船隻均不敢接近。

老夫剎時感到興奮莫名。

因此便穿越山道，朝入道崎發進。

途中有一陳舊之鄉間澡堂。老夫於該處駐足入浴、養精蓄銳，接著便再度啟程——繼續上路前往入道崎。

註11：蒸汽火車的簡稱。

【伍】

結果真有這座島？劍之進語帶興奮地問道。

老人探出身子正欲回答，正馬卻突然打岔道：

「先別急，矢作，凡事都該依順序進行。老隱士的故事才剛說到精彩處，要是先說出結論，豈不是一點樂趣也沒了？」

有理，惣兵衛附和道：

「根據我的想像──老隱士，這座島理應是不存在罷？您雖然抵達了那座位於石窟內的祠堂，但並未望見鳥居的另一頭有任何東西。然後，走進祠堂裡瞧瞧，看見裡頭祭著一座惠比壽像，臉孔被抹成了紅色──」

如何？是不是讓我給說中了？惣兵衛一臉自信地說道。

並非如此，老人笑著回道。

「有哪兒不同？」

「噢，島是真的有。」

真的有麼？這下輪到劍之進探出了身子。

「是的。不過斷崖鳥居中的神社裡，倒是沒有惠比壽像。唯一供奉的神體就是一面鏡子。」

「鏡子──？」

嗯，惣兵衛兩手抱胸低吟了一聲。

那麼，這座島是否和傳說中描述的一樣？正馬問道。

「何謂傳說中的描述？」

「譬如，為濃霧所籠罩，不見其形。」

的確是如此，一白翁回答：

「不論站在入道崎的任何一處，均只能看見雲一般的濃霧。老夫造訪那天是個晴朗秋日，天上不見半朵雲彩，雖然依稀望見了些什麼，但那頭的確籠罩著一團濃霧。不知該處有何物者，絕對猜不到霧中有座島嶼。由於老夫已有聽聞，因此便步下海岸，走過岩山，在洞窟中——其實也沒深到足以稱為洞窟的程度，找著了這座神社。」

「蒸氣的威力既然足以推動鐵打的大車，看來這或許還真有可能。」

也不知是怎的，正馬不服輸地說道。

沒錯，老人感嘆道，接著又說：

「總而言之，岩山的地勢雖算不上陡峭，但由於石窟無法自上方望見，因此除非前往神社，此路平日應是無人通行。即便是當地居民，平時應該也不會上那兒去。」

就連漁夫也是麼？惣兵衛詢問道：

「雖然陸路難及，但這地方不是與海相連？若是自海上眺望，應該就能望見這座神社了罷？不，倘若自神社能望見該島，那麼只要航行至直線連結神社與島嶼的海域，從船上便不難望見這座島了罷？這說法可有道理？」

「還是望不見。」

老人回答。請問何故？惣兵衛不死心地追問道：

「這豈不就解釋不通了？」

「照道理，這的確是解釋不通。但當地漁夫曾告訴老夫，彼等均極力避免接近濃霧的兩里之內。」

「霧——也就是那座島麼？」

「是的。濃霧籠罩著整座島，因此範圍當然要較島嶼大個一圈。再添加個兩里，範圍就更大了——相傳這片海域十分危險。何以謂之危險？據傳若航行至此兩里以內，船隻便會為一股強大力量給吸引過去。」

「吸引？」

這只是個比喻，指的其實是一股威力強大的海流，老人蹙眉說道：

「即便是技術再嫻熟的漁夫，也絕對無法划出這股海流。只能任憑自己連人帶船地被沖向島上。而神社至島嶼的距離，正好差不多是兩里。」

「意即，任何船隻均無法駛入介於島嶼與神社之間的海域——？」

「沒錯。凡駛進以霧的邊緣為中心之半徑兩里，所有船隻均須迂迴，因此任何船隻均無法航行至得以望見神社之海域。若自島嶼另一頭望來，神社亦為濃霧所蔽，無法清楚望見。因此——就連這座神社的存在亦是鮮為人知。」

的確有理，惣兵衛以指頭在榻榻米上胡亂畫著說道：

「不過，老隱士。若真有這種不可思議的海流——那麼一旦被吸了過去，不就永遠無法駛離那座島了？」

「說到這點，老先生——」

與次郎插嘴道：

「那德次郎所吟唱的歌中不是唱道，凡人至此均不復還——？」

「沒錯。」

絕對無法復還。

老人毅然回答道。

聽來可真是危險哪，正馬說道。

當然危險，老人回道：

「故此，漁夫們絕不駛近該處，並將此處奉為神域。雖然大家似乎都忘了那座島是為何物而定的神域，但原本應是戎社的神域罷。」

此外，老夫造訪當日，還清清楚楚地望見了那座島，老人補上一句。

「能清楚望見，意即老先生正好碰上了年僅數回的其中一日？」

應是運氣好罷。被劍之進這麼一問，老人先是如此回答，但旋即又改口說：不，應該是說運氣不好。

「為何運氣不好？」

「若什麼事也沒發生，這可就稱得上是一趟順利的旅行了。僅依些許風聞，而且還是一則私下口耳相傳的虛假故事循線追溯，千里迢迢地來到男鹿邊陲，望見了這座傳說中的島嶼。透過鳥居望見的島嶼，看來的確是神祕非常，島形果然是一如傳聞，下方較為緊束，猶如一朵香菇。但上方真有一色彩朱紅、狀似嚴島神社之宏偉寶殿矗立島頂。」

寶殿——與次郎抬頭仰望天花板呢喃道。放眼望去，其他三人亦是同樣抬頭仰望，大概個個都在腦海中描繪這神祕島嶼的模樣罷。

「這光景教老夫看得出神，不禁眺望良久。未料當時——竟然有人也和老夫一同眺望那座島，不，該說是在眺望那座寶殿罷。」

話及至此，老人先啜飲一口茶潤潤喉嚨。

「石窟中還有其他人在？」

被與次郎這麼一問，一白翁擺出一臉哭笑不得的奇妙表情。

「老先生可是被神社的看守責罵了一頓？」

惣兵衛嘻皮笑臉地問道。若只是這等小事兒就好了，老人一臉難堪地回答：

「當時，神社後頭竟然躲著三個人。」

「躲著？」

「有三人藏身其後。而且還是有前科罪狀、遭到官府通緝的盜賊。」

盜賊——劍之進失聲高喊：

「是竊賊麼!?」

「該說是強盜罷。」

強、強盜——這位一等巡查聞言，不禁激動了起來。

「不過，這已是四十來年前的事兒了。當時是個既無警察，亦無巡查的時代。藏身該處的，正是甫於兩年前遭官府一網打盡的茶枳尼組之殘黨。這夥惡徒殺了捕快、甩脫追兵，竟一路逃到了這天涯海角。此三人以大哥仁王三左為首，還有快腿貳吉、以及山貓與太，個個都是生得一臉兇殘的亡命之徒。」

「老先生稍早說自己運氣不好，指的可就是此事？」

可以這麼說罷，被與太郎這麼一問，老人語氣曖昧地回答，接著又說：

「當時，這群傢伙似乎是自甲州、信州、經由越後逃至出羽，這下已被逼到走投無路，而且仍有追兵緊追其後。事後方才聽聞，已有成群代官所的捕快進駐老夫曾寄宿的北浦一帶，只不過當時老夫對此情勢毫無警覺，只曉得出神地眺望戎島奇景。」

這夥惡徒可對老先生做了什麼？惣兵衛問道。

「噢。三人見到老夫突然現身，先是出於警戒覓地藏身。別瞧老夫如此年邁體衰——在當年也仍是個年輕小伙子，而且還生得既蒼白又瘦弱，怎麼看也不像個捕快或衙門官吏。一看穿這點，這夥人便一躍而出。真是把老夫給嚇壞了。」

沒錯，當時真的是嚇壞了——老人以不帶任何抑揚頓挫的語氣說道。

從這口吻，要比誇張的形容更能聽出當時的他是多麼驚訝。

「這夥人一現身，便以匕首朝老夫頸子上這麼一抵。」

「匕首？」

「真是目無法紀，竟然以刃物要脅手無寸鐵的百姓。」
惣兵衛咒罵道，老人笑著說：
「別忘了此三人並非武士，而是盜賊，本來就是靠著以刃物要脅手無寸鐵的百姓餬口，目無法紀本是理所當然。毋寧該慶幸這夥人並未不分青紅皂白地將老夫給殺了呢。」
說得也是，與次郎同意道。
「不過，周遭不見其他人影，再加上老先生又是毫無防備，在這種情況下，如此惡徒為何沒下毒手……？」
旅人身上通常都帶著點盤纏，照理說，這夥人應該會取命劫財才是。
「不不，從這夥人以匕首架住老夫頸子的力道看來，這只能算是打個招呼罷了。緊接著，這夥人便逼問老夫那座島是什麼地方——」
「這夥盜賊沒聽說過這座島？」
那還用說？聽到惣兵衛這麼一問，劍之進說道：
「就連當地百姓都沒聽說過了，甫亡命至此地的盜賊哪可能曉得？想必這夥人不過是沿海岸一路竄逃，偶然發現這座洞窟便躲了進去罷了。」
應是如此沒錯，一白翁說道：
「這下老夫當然得給個回答。因此便告知該處名曰戎島，不僅飛鳥不能及、當地漁夫亦無膽接近。這夥盜賊一聽，竟是樂不可支。」
「樂不可支？」

「為何樂不可支?」

「因為當時看得見那座寶殿。」

「噢,難道這群傢伙打算逃往戎島?原來如此,應該是看到上頭有一座宏偉寶殿,以為上頭住著人罷。還真是愚昧至極——」

不——老人遮手否定道:

「此等推論絕非愚昧。看到那光景,論誰都會這麼想,絕不會——」

想到那兒竟然是「那種地方」。

老人閉上雙眼繼續說道:

「總而言之,老夫真正的厄運,應該是打從這兒開始的。老夫的雙手讓這夥盜賊朝背後一縛,就這麼被押到了北浦沿岸。想必這夥盜賊應是考慮到一旦被追兵追上,便打算將老夫當成肉盾罷。」

亦即——把老夫當成人質。

而且,捕快們還真的趕到了港邊。

「當時,有捕快十名、衙門官吏兩名正在北浦海岸進行搜索。被押到這種地方,當然教老夫緊張不已。這夥盜賊以匕首抵著老夫胸脯,高喊快快退開,否則此人性命不保——」

唉,劍之進嘆道:

「還真是個駭人的經驗哪。我至今還沒遭遇過如此可怖的景況哩。」

「真正可怖的——還在後頭。」

老人翻閱起記事簿讀道：

「十名持棒捕快，夥同漁夫包圍吾等。後有頭戴陣笠之衙門官吏一名，海邊有拔刀出鞘之武士一名，雖然個個開口威嚇，但盜賊依然毫不畏怯——這裡頭的記述看似平靜，但當時可真是感覺生不如死呀。盜賊們架著老夫徐徐朝海邊移動，就這麼乘上了一艘繫在岸上的船，並一把將老夫給扔到了船上。當時已是入夜時分，老夫仰躺船上，望見滿天星斗以及一輪滿月。當時心中想的，竟是原來今宵正值中秋哩。」

看來人在遭逢危難時，淨會想些無關緊要的事哩，老人笑道。

「一行人——就這麼逃開了？」

「不，捕快當然也搭乘其他船隻追了上來。但過了兩刻，不，應是僅有一刻罷，追兵便突然停船，放棄追趕了。」

「可是因為——船隻已駛入神域？」

老人點了點頭。接下來，這夥人便將老夫給拋入了海中——一白翁以出奇平靜的語氣說道。

【陸】

或許該為自己暈了過去感到慶幸罷。老夫並未溺水，而是在海上漂流了好一陣子。

是的，老夫並不擅長游泳，因此落海時還以為自己這下必死無疑。噢，也不是出於覺悟，而是老夫生性膽怯，因此該說是死了心罷。但胡亂游個一遭，卻也僥倖地撿回了這條命。

沒錯，否則在水中胡亂踢腿，按常理應該不出多久就會溺水才是。

回過神來，發現自己竟已漂到了岩礁上。

噢，島嶼已是近在眼前。海潮果然是朝島嶼的方向流動的。

當晚的滿月，將四下照耀的一片通明。

黑黝黝的大海暗不見底，海面卻被照耀得一片熠熠生輝。只見燦爛光芒隨波蕩漾，彷彿天上繁星，忽而跳動忽而眨眼，景致美得難以言喻。

這景致教老夫出神觀賞良久。

身子卻在不知不覺間繼續漂流。

沒錯，正是朝島嶼那頭漂流。

海潮十分強勁。

壓根兒不像海，而是宛如一條涔涔流動的河川。

再這麼下去可又要被沖走了，老夫心想。這下要是被沖回海中，準是死路一條。被拋入海中時是事出突然，當時心裡毫無準備，但這下的景況可就教人畏懼了。

直覺自己不想就此喪命。

因此老夫死命攀上了岩礁。

雖說仍是秋季，但入夜後的海水實在過於冰冷。

沿途滑落了不知幾回。

最後終於爬了上去——

這下，眼前的景致教老夫大感驚訝。

驚訝得難以形容。

海中竟然有一條小徑。

細細的一條羊腸小徑。

雖然處處為海水所淹沒，但仍看得出有條細細長長的岩礁——筆直地通向那座島嶼。

不對——

老夫又回頭望去。

在另一頭，這條海中小徑竟然也筆直地朝陸地方向延伸。遠方的入道崎在夜色中化為一片黑影，洞窟中的鳥居在月光照耀下，看來竟是如此渺小。

原來這條小徑筆直地連結著鳥居和島嶼。

老夫心中滿是迷惑。

當然——應該走回鳥居那頭去。若是走到島上，不僅無法獲救，還會碰上那夥盜賊。即便不遇上那幾個盜賊，也會一輩子回不去。

但當時老夫已是疲憊至極，就連靠雙腳站著都得使盡吃奶的力氣了。

此時，陸地那頭看來是如此遙遠。

至於島嶼這頭，則是近在咫尺。

當時的老夫——已無氣力再沿著這條難以踏足的小徑走向遙遠的陸地了。

不對。

或許是自己著了魔罷。

已無法冷靜判斷的老夫，就這麼被霧氣籠罩的迷幻島嶼給吸引了過去。

由於體力不支，老夫幾乎是爬著過去的。

隨著時間流逝，岩礁徐徐為海水所淹沒。看來這條小徑冒出海上的時間頗為短暫。當老夫抵達島嶼時，這條小徑已完全為大海所吞沒。

此時，東方天際開始泛白。

因有霧氣阻隔，圓圓的太陽化為數層彼此交疊的光暈。由於陽光是如此微弱，眼前的日出看來有如夢中景致。

緊貼斷崖的老夫——正置身於這幅奇妙的日出光景中。

強勁的海流沿著島嶼周圍朝島嶼後方——亦即外海的方向流動。老夫仰望斷崖，感嘆自己已是無路可走。

目前是撿回了一條命。

但來到此處，距離死亡亦不遠矣。

岩礁小徑已完全為海水所淹沒。當然，岩礁要高過海底，站在上頭尚能探頭出水——但畢竟有強勁海流，靠一雙腿根本不可能走得回去。

逼不得已，老夫只得步履蹣跚地沿著斷崖緩緩移動。

這下……

令人驚訝地——

而且是令人驚訝至極——斷崖絕壁上竟然鑿有一道石階。

一道一路通往頂端的石階。

老夫爬了上去。

畢竟已無其他選擇。

石階拐了好幾個彎，一路沿斷崖表面蜿蜒而上。當時的老夫已是疲憊不堪，加上又是渾身溼透，腳底隨時都可能踩空。因此老夫只得盡可能不朝下望，全神貫注地往頂上攀爬。

後來，石階曲度逐漸趨緩，在一塊巨岩處朝內側拐了個彎。

巨岩後方滿長了低矮的柑桔樹。

此處便是石階的終點。柑桔林的正中央鋪有一段細細的碎石小道，小道前方是一座圓圓的太鼓橋。

這景致，老夫至今依然是歷歷在目。

褪了色的朱紅欄杆、略顯斑駁的金箔擬寶珠裝飾——

橋上籠罩著裊裊霧氣，看來應是下頭的河水冒出來的罷。

一條涔涔小河自橋下流過——當時也看不出那究竟是水道還是什麼的——不過，可以看出河水的溫度大概不低。

事後老夫才發現，這座島上的河悉數為高溫的湧泉——也就是溫泉。而這座橋，就座落於流經全島的溫泉川的源泉上。

噢。

老夫過了那座橋。

橋的另一頭，是一座壯觀的庭園。雖然園內沒有任何花卉，但看得出有人整理。

園內有桃樹、橙樹、以及芥草。

庭園正中央有一座碩大的湧泉，四周圍著鋪石小道。泉水中不斷冒出濃濃的熱氣。

在熱氣的另一頭。

沒錯，矗立在熱氣另一頭的，就是那棟朱紅色的寶殿。

如今，這座寶殿就近在老夫眼前，顯然並非海市蜃樓，亦非縹緲幻影。即便如此，看來依然是如夢似幻，教人感覺不出幾分真實味兒。

對了，各位不妨瞧瞧那座水墨畫屏風。當時老夫的感覺，就活像是突然踏進了那幅水墨畫中的茅舍中似的。

世上真有這種事兒？

論誰都會感到難以置信罷。

正因為這種事教人難以置信，即便真的碰上了，想必也不會相信這是真的。

當時，老夫的心中正是這種感覺。

因此老夫使勁睜開自己這對小眼睛，將這座寶殿仔細觀察了一番。

噢，原來它實際上並不似遠觀時般絢爛。雖然格局堪稱宏偉，但已經顯得陳舊非常。處處油漆斑駁、樑柱皸裂，隨處可見風化的痕跡。

此時，突然——

有人喊了一聲。

「呀」的一聲。

沒錯。

這地方「有人」。

老夫只感覺渾身發冷。

雖然感覺兩腿發軟，但卻還站得好端端的。

看來——自己是給嚇得渾身僵直了罷。不對，應是因為當時的老夫已經連兩腿發軟、或失聲吶喊的力氣都沒有了。

迴廊上站著一個一身女官打扮的女子。

也不知女官這形容究竟對不對，真不知該如何形容她那身打扮。

噢，那並非武家的裝束，當然，亦非百姓行頭。

總之，當時老夫最先想起的，是上古繪卷中那些貴人的女僕。噢，也就是京都的殿上人罷。

對了，這女子就是這麼個扮相。

不過她那身衣裳並不華麗。

那衣裳完全稱不上燦爛，布料甚至顯得頗為粗糙。不論是褪色的程度、密不透風的質感，看來都像是件舊衣裳。對了，彷彿是一件以舊衣鋪子裡買來的舊布料拼湊而成的神社女巫裝束——

對，就是這種感覺。

只見這女官捧著一只陳舊的漆器餐盤，上頭盛著模樣古老的酒器，目不轉睛地凝視著老夫。

而且。

她的神色中看不出一絲驚訝。

看到她竟然是面無表情，老夫甚至一度懷疑她是否戴著能樂面具哩。

只見她話也沒說、神情也沒變，就這麼轉身走了回去，彷彿什麼都沒發生過似的。即使未感到一絲驚訝，若是常人碰上這種情形，至少也應該有點兒反應罷。

但她卻一點兒反應也沒有。

老夫不知該如何是好，只能呆若木雞地佇立原地。

也不知該說是呆若木雞——還是目瞪口呆？

接下來——

對，其實應該也沒過多久，但感覺卻像已經過了很長一段時間。

這下……

有數名同樣打扮的女官、以及一名身穿羽織袴的男子靜悄悄地出現在老夫眼前。這並不是個比喻，老夫還真是幾乎沒聽見半點兒聲響。或許是因為老夫當時過度緊張罷。不不，應該不至於，即便待老夫心境恢復平靜後，那兒仍是肅靜依然。

噢，整個館內幾乎聽不見什麼聲響。

他們……

對了。

男子望著老夫的臉，同樣是不帶一絲驚訝。老夫都已經是如此吃驚了，但他卻是連眉毛都沒

動一下，僅以平靜的口吻向老夫問道：

——您可是個貴客？

沒錯。

他竟詢問老夫是不是個貴客。

老夫完全不知該如何回答。唉。

正當老夫不知所措地呆愣著時，男子又問道：

您可是走過來的？

沒錯，的確是走過來的，因此老夫便點了點頭。畢竟除此之外，還能做什麼反應？那麼，您就是貴客了，男子說道。

老夫只得報上自己的姓名。

以極度嘶啞的嗓音——報上了自己的姓名。

【柒】

山岡百介——

山岡百介大人，一聽到百介報上自己的姓名，迴廊上的男子便不帶任何抑揚頓挫地複誦道。山岡百介大人，排在他身後的那群看似女官的女子們也齊聲複誦道。

歡迎大人蒞臨本島，男子以畢恭畢敬的語調說道。女子們也劃一地行禮如儀。

「膽、膽敢請教——」

「已有許久未有貴客蒞臨，想必主公必將甚感歡喜。還請大人在本地安心滯留。」

百介感覺自己活像是被狐狸給捉來的似的。

自己如今置身的，難道不是那傳說中的島嶼？

此處難道不是那僅能自貫穿入道崎斷崖的石窟中望見，連當地居民亦不曾聽聞的謎樣島嶼？

難道不是那終年為濃霧所籠罩，從海上、陸上均不可見，為不可思議的海流所保護，不僅船隻難以接近，就連飛鳥亦不能及的孤島？

百介完全感受不到半點兒真實感。

這下就連自己為盜賊所挾持、被拋入海中、九死一生地來到此地的經緯，感覺似乎都是如此虛幻。

等待百介回答時，男子雙眼眨也沒眨一下，女子們也悉數靜止不動。

小弟——雖然起了個頭，但到頭來百介還是沒能繼續說下去。畢竟他根本不知道該說些什麼才好。

男子再度問道：

「大人——可是走過來的？」

「小弟為兇賊所挾持，並被投入海中——」

「是麼？大人想必是吃了一番苦頭罷？」

請隨小的入殿，男子指著迴廊中央一座階梯說道。百介按照指示跨出了腳步，畢竟這下已經沒什麼選擇的餘地了。若要回頭走下階梯，那條海上的小徑如今應已完全沒入海中。不過——也才踏出一步，便再度駐足，因為百介這才想起自己渾身溼透，這副德行哪能直接入殿？

百介望向寶殿。只見那座階梯顏色泛白，木紋亦頗為模糊，看來應是以流木製成的。

「噢——小弟這身模樣，豈敢……」

「有請貴客入殿。」

男子以同樣的平靜語調複誦道。這下百介可開始困惑了。自己渾身溼漉漉的，他難道看不出來？

——難道是在試探我？

百介心想。

不過，若真是試探，究竟意圖何在？

即便——百介就這麼依照他的要求入殿，殿主頂多也只能責怪他這身溼答答的行頭把寶殿給弄髒罷了。

——除此之外，還能把他給怎樣？

那麼，這些人究竟目的何在？百介再度朝一行人望去。

這下他開始感到一陣毛骨悚然。

——他們究竟是誰？

是人麼？

若是人，這反應未免也太不正常了。

但若不是人……

——「若不是人」，究竟會是什麼？

這是座連鳥也飛不到的孤島。這種地方根本不會有幾個人上岸，不，甚至連接近都不可能，又哪可能有活生生的人居住？

男子神情依舊不改。

女子們也依然連頭也不敢抬。

若是人，哪可能是這種反應？較之常人，總讓人覺得他們是不是有哪兒不正常。百介眼前這群人——究竟是什麼樣的人？

請大人別再為難小的了，男子說道：

「大人若不願入殿，可就是違背主公的命令了。」

的確如此，女子們也附和道。

「若是不從，將會如何？」

「率先發現貴客者。」

「顏面將如惠比壽。」

「顏面將如惠比壽。」

「顏面將如惠比壽。」

站在最旁邊的女官行了個禮。原來她就是第一個發現百介的女官。雖然樣貌、身高皆有不同，但由於個個面無表情，這群女官們實在是教人難以區別。

男子迅速地轉頭望向女子們說：

「咱們上奉公眾那兒去。」

是，女子們依然以毫無抑揚頓挫的語調說道，接著便沿廊下深處走去。男子也同樣轉頭離去，彷彿渾然忘記了百介的存在似的。

「請留步。」

百介朝一行人喊道：

「請問，那位姑娘將受到什麼樣的懲罰？」

顏面將如惠比壽，究竟是什麼意思？

「此乃本島之誡律。」

男子回道。

請稍後，小弟隨各位進去就是了——百介喊道，在一股難以壓抑的內疚驅策下，慌忙跑上了階梯。

恭請貴客入殿，男子回過頭來說道：

「不出多久，主公就要醒來了。晉見主公前，還請貴客先沐浴淨身、換身衣裳。」

說話時，男子的臉頰依然是動也不動，但嘴巴可還是一張一闔的。

看得出他並不是僵住了。

「這兒——可就是那位戎——？」

「此處即為戎家寶殿。」

男子回答道，看來應該是一座神殿。外觀雖然陳舊，但看得出造型和施工均頗為講究，絲毫不像凡人居住的屋舍。廊下左右兩側均圍有細細的注連繩，上頭繫有狀似人臉的怪異御幣。這些御幣和從前在四國看過的頗為相像，但仔細觀察，便能看出這些御幣乃是模擬惠比壽的臉孔雕製的。

看來這兒應該是個祭祀戎神（註12）的神社罷，百介心想。

在一行人移動的過程中，男子始終保持緘默，女子們也是一臉嚴肅地拖著步伐跟在後頭。被領到澡堂的百介帶著齋戒沐浴的心境泡了澡、漱了口，接著便換上一行人為他準備的單衣。

接著，便被請進了一個小房間，裡頭已備妥酒菜。

一座陳舊的惠比壽雕像坐鎮壁龕，房間四角悉數飾有小型的惠比壽像，就連酒器都施有描繪惠比壽的細緻裝飾，舉目所及淨是惠比壽。

毫無興致飲酒的百介只能呆坐房內。不出多久，便有一名女官現身，引領百介來到了寬敞的座敷。

許多女官等距排列於將紙拉門悉數拆除、至少有百疊以上的寬敞座敷兩側。座敷外鋪有木板的房間中，左右板門、窗後方各坐著兩名頭戴彩色烏紗帽、作神官打扮的男子，全都動也不動地正襟危坐。

座敷深處看似床間的區域被布置得宛如祭壇，上頭安置著一座碩大無朋、至少有八尺高的惠

註12：「戎」的日文唸音Ebisu，即惠比壽。

比壽像。

而在惠比壽像前方不遠處。

亦即祭壇正前方，鋪有一塊碩大的坐墊，一名男子正盤腿坐在上頭用餐。

真是幅奇妙的光景。

此人年約五十好幾，膚色黝黑、頭頂光禿。

他身披一條被子，上頭還罩著一件漁夫船東愛穿的長棉袍，雙手環抱胸前。兩名女官隨侍其左右，將餐盤上的飯菜送進他的口中。

只要他一張口，女官們便戰戰兢兢地以筷子將菜餚夾進那張滿口黃牙的嘴裡。

他的這身打扮，和這地方還真是不對盤。

百介原本以為出現在這種地方的，應該是個作朝廷高官或神主打扮的高貴人物，但眼前這名男子怎麼看都不像是身分高貴，反而還顯得頗為粗野。

不，這光景之所以古怪，或許是因為這粗野男子的模樣、與眼前每個人的舉動顯得是如此格格不入。雖然個個面無表情，但女官們的動作活像是在餵乳兒吃飯，一個剛毅的中年男子，理應不該受如此待遇。但此人臉上毫無羞怯，亦不見一絲喜色，只是一臉理所當然地默默用著餐。

稍早領百介入殿的男子畢恭畢敬地走上前去。

旋即行了個將額頭貼向榻榻米上的叩首禮。

「容奴才稟報。」

「說罷。」

男子以宛如打呵欠的口吻回道。
「容奴才向主公稟報。此位——便是這回的貴客。」
「貴客!?」
男子高聲喊道，菜餚紛紛從嘴裡撒了出來。
「他可是走過來的?」
「乃自蛭子泉後方上岸。」
「是麼?」
男子撥開朝自己嘴邊伸來的筷子，起身說道：
「是麼?所以他是走過來的?那麼，他就是貴客了。而且是本公這代的頭一位貴客。」
只見踩著地鋪，一腳踢開低頭跪拜的男子，手撩棉袍走到了百介面前。
「本公乃戎島島主，戎家第七代當主，戎甲兵衛。」
他以一如其扮相的粗野嗓音說道。
「小弟名曰——」
山岡百介，來自江戶京橋——話畢，便行了個叩首禮。
「歡迎歡迎，歡迎山岡先生蒞臨本地。打從本公懂事以來，先生應是首位來訪的貴客才是。
吟藏，是不是?吟藏——」
主公所言無誤。被喊了幾次後，吟藏——亦即將百介領到此處的男子也沒抬起貼在榻榻米上的腦袋，只是將身子轉了個方向回答。

「是麼？本公果然沒記錯。那麼，山岡先生，就請先生在此地好好地待下去罷。」
「好好地待下去——請問此言何意？」
好好待下去就是好好待下去，甲兵衛以略帶怒氣的語調說道，接著便轉了個身，跨著大步走向地鋪坐了回去。
一切又回復到原本的狀態。
甲兵衛一張口，菜餚又彷彿理所當然地送進了他的嘴裡。
沒有任何人吭聲。
除了甲兵衛粗魯地咀嚼飯菜的聲響，四下是一片鴉雀無聲。
這奇妙的光景又持續了好一會兒，期間，吟藏一直保持著屈身叩首的姿勢。
最後，吟藏頭也沒抬地往後退，接著才緩緩抬起頭來。
甲兵衛依舊咀嚼著飯菜。
每當汁液要從他嘴邊溢出，女官便持布為其擦拭。
吟藏朝百介望了一眼，接著便靜悄悄地站了起來。
看來——這場面會已經結束了。
這下百介才赫然發現，自己一直忘了呼吸。
在吟藏的帶領下，百介來到了另一個房間。
這房間十分寬敞。
「方才那位甲兵衛大人——可就是統治這座島嶼的島主？」

百介這麼一問，吟藏的表情才首度起了點變化。但除了眼中閃過一絲狐疑，變化的幅度可說是微乎其微。

「統治——此言何意？」

「這……就是統治本島之意……」

「本島的一切均為甲兵衛大人所有。大人口中的統治——恕小的聽不明瞭。」

「本島的——一切？」

「沒錯，一切均為主公所有。」

吟藏面不改色地回答道，並保持著同樣的姿勢在廊下繼續前進。

「您方才說——小弟是個貴客？」

「大人的確是貴客。」

「這……小弟雖知極少有人造訪此島——但來客真有如此罕見？」

吟藏停下了腳步。

「自從與海之彼岸斷絕交通之後，據說已有百餘年未有貴客造訪了。」

「百餘——年？」

「據說交通斷絕前，每月一度均有商人或和尚造訪本島。從前——戎島地勢較目前低，相對地，海中小徑則較目前高。由於環流本島之海潮至為強勁，故若非經由該條小徑，均無法抵達本島——」

「交通之所以斷絕，原來是因島嶼隆起，小徑遭淹沒使然——？」

那海潮的確教船隻無法航行，除非是小徑浮出海面，否則船隻必定會被沖走。

如此說來——

「如此說來，島上居民已有百餘年未與外界接觸？」

沒錯——吟藏說道，並拉開了紙拉門。

房內有個打扮華麗的女子，還有一個孩童。這孩童一如甲兵衛，也是坐在一床地舖上。

「貴客前來謁見第八代島主。」

吟藏跪坐在廊下，在敷居前叩了個首。

孩童默默無語地注視著百介。

「此乃戎家第八代島主亥兵衛大人，身旁的則為亥兵衛大人之生母壽美。」

恭迎貴客大駕光臨，女子彬彬有禮地叩首致意道。

百介也鞠躬回禮。

孩童依然是毫無反應。

鞠躬時，百介微微抬起視線觀望，只見這孩童彷彿一個人偶般動也不動。彷彿兩眼根本沒瞧見百介似的。

想到似乎該問候幾句向他致意，百介於是抬起頭來，但話還沒出口，便聽到吟藏說句「奴才告退」，並旋即將紙門給拉上。

直到紙門完全闔上為止，壽美連頭也沒敢抬，舉止如此卑微謙遜，看起來絲毫不像方才那傲慢島主的妻子。而且生母這個稱謂，聽起來也頗為古怪，讓她顯得不像個妻子、反而像僕人。

但百介還沒來得及詢問箇中詳情，吟藏便表示將引領他走訪村莊。

與其說是寶殿，這棟建築或許較接近神社。

雖稱不上纖細，但施工品質良好，細節亦堪稱細緻。也不知是因歲月還是氣候使然，油漆剝落頗為嚴重，處處可見刮損。雖稱不上美觀，但倒是維持得頗為潔淨，看得出經過悉心打掃，就連地板也擦拭得閃閃發亮。

隨處可見惠比壽的雕飾，並掛有惠比壽的御幣。在約十名女官並列的玄關口換上新鞋後，百介戰戰兢兢地步出了殿外。

寶殿座落於島嶼邊緣——位於接近本土的方角，背向入道崎而建。

亦即，百介隔著石窟中的鳥居所望見的戎之淨土，其實是寶殿的背面。

門上也飾有碩大的惠比壽臉孔的雕飾。

一跨出門，便是一座高臺，這下百介終於得以望見島嶼全貌。

全島一周約有兩里，背向本土的方角是一座遼闊的海灣，島形呈凹陷的磨缽狀，海灣外圍還可見到幾個漩渦。環流島嶼的海流似乎就是經過這些漩渦旋流入海灣，再從海灣內流出大海。

同時，也能聽見陣陣不祥轟聲。

聽來雖不似浪濤聲，但此聲的確是發自大海。同時也嗅得到海潮的陣陣香氣。

此時，百介注意到一件事。

此處氣候頗為溫暖。

暖得教人難以相信自己正身處北國秋日。或許是因為如此，教人感覺不到一絲涼爽寒意，或許多少也和古怪的渾濁天色有關。可能這座島的天上從來沒放晴過罷。

朝下頭走沒多久，便能見到幾棟簡陋的小屋。吟藏解釋這些屋子稱為匠小屋，裡頭的住民稱為工匠眾，以製造供戎家寶殿使用的大小器具、與修繕建築物為業。看來百介所穿的木屐，也是這些人製作的罷。

不過，看來這些人似乎並不從事任何買賣。

只負責製作供甲兵衛使用的器物。

沿途隨處祭祀著惠比壽的雕像。

再朝下走，便來到一可望見海邊處。

此處又有一座村落。

散布其中的，是僅在柱子上披著草蓆，連小屋都稱不上的簡陋住居。屋內只見得到神情恍惚的老人、以及渾身齷齪的孩童。住民們的衣著也十分襤褸，個個還幾乎半裸著身子。

每個住民都是面無表情，別說是笑聲，就連半點談話聲、甚至咳嗽聲都聽不見。

總之是一片靜寂。

「彼等為黑鍬眾。」

吟藏說道。黑鍬指的是農民，代表此處應該是個庄稼漢的聚落。

在住居後頭，果然看得到荒蕪的農田。

——不過……

此處為何如此貧窮？江戶也有不少貧民，亦有身分低賤備受歧視者，當然也不乏貧民窟。周遊列國期間，百介甚至目睹了許多在更艱困的環境下營生的百姓。飢饉或旱災肆虐後的農村，景況更是悲慘。

不過……

此處住民為何是如此有氣無力？

從這座島嶼的溫暖氣候看來，簡樸的住居和衣著都不難理解。但這兒未免也太貧窮了罷？與戎家寶殿的落差實在是太強烈了。

按常理，領民若是生活困頓，領主亦難逃貧困。哪管再如何竭力榨取，畢竟是巧婦難為無米之炊。不論如何威脅恐嚇，終究還是自己的子民。但這兒究竟是怎麼一回事？

放眼所見，島民悉數是瘦骨如柴。

每個看來都活像冤魂亡靈。

更朝下走，便來到了海邊，亦即磨缽狀的最底部。此處之後方與左右均有山巒圍繞。

在此處，百介見到了一個比至今見過的任何漁村都要凋敝的聚落。雖有披掛魚網的柱子，卻看不見任何小屋。

坐在涼蓆上補魚網的老人們，在百介眼裡個個顯得有如行屍走肉。

「彼等為福揚眾。」

「福揚眾？」

「是的。」

「難道彼等的工作不是捕魚？」

是否因這座島嶼資源貧瘠，因此將海產稱作「福」？此處哪捕得到魚——吟藏緩緩地搔著頭回答：

「彼等之職務，乃撈獲奉戎神之召喚漂來之福材，並將之搬運至御福藏（註13）。」

「福材——？」

這古怪的字眼教百介甚感困惑。

吟藏以同樣的神情、同樣的語調說道：

「若無戎神以神力庇護戎島，吾等絕無可能在此營生。故一切均為戎神之福德庇蔭。」

小弟依然不解，百介問道：

「對本島而言，何謂福德？」

看來本島毫無可能致富——百介原本想補上這麼一句，但連忙把話給吞了回去。

「本島至為貧困，土壤貧瘠、亦無魚穫。不過——」

請瞧，吟藏手指前方說道：

「請瞧那漩渦、那潮汐，不論是流向遠洋、流自本土、抑或流於海上，皆將自那海灣流入本島。為魚網所撈獲者並非魚穫，乃福材是也。」

「何謂福材？」

——是漂流物麼？

的確，似乎也有人將海上之漂流物稱作惠比壽。據說此說法乃根據遠古傳說——伊弉諾命與伊弉冉命所生的第一個兒子——蛭子神曾被擺在空穗舟上漂流海面的典故而來。

而蛭子神與惠比壽神被視為同一個神明。

惠比壽即為漂流之神。

根據百介的理解，所有漂流物——包括浮屍在內——均可被稱作「惠比壽」。而由於惠比壽為福神，或許正是基於這個典故，才將漂流物稱為福材的罷。

「彼等若是將撈起的漂流品略事清理，並將之運至甲兵衛大人之御福藏，便可依福材之價值獲賜相應之糧食。」

「糧食——？」

「也就是食物。」

「甲兵衛大人以食物向彼等購賣福材？」

「購買——？」

這問題似乎教吟藏大感困惑：

「非也。彼等將為此獲賜黑鍬眾所耕種之穀物，偶爾亦可能獲賜剩餘的魚。」

「剩餘的魚？」

本島為戎神所有——吟藏說道：

「即代表島上之一切，下至每根草或每粒砂，均為主公所有。凡生長於島上之農作物、漂流至島上之物品、乃至生息於島上之人民，當然均為甲兵衛大人所有。此乃本島之誡律。」

註13：藏為倉庫之意。

「誡律——？」

「拜此誡律之賜，吾等方得以存活。」

話畢，吟藏垂下了頭。

一切均為甲兵衛所有。

就連島民們也不過是為島主的「所有物」——也就是財產？

百介拭了拭額頭上的汗水。

接下來，恭請貴客參觀御福藏，吟藏說道。

「御福藏——？」

「是的。據說今晨有稀世珍寶漂至——主公獲報至為歡欣，欲邀貴客一同觀賞。」

「稀世珍寶——？」

究竟是什麼樣的東西？

想到漂浮於江戶水道上的多為水草與垃圾，即便絞盡腦汁再如何努力想，百介還是只能想像到流木一類的東西。

要不，難不成是——？

——溺水死者？

料想死屍多半會漂至河岸。

神情恍惚地往來島上的島民個個默默不語、有氣無力，教百介越看越感厭煩。見著這些人，只會讓人幹勁全失。

但一股較厭煩更為強烈的怒氣亦在百介心中湧現。這令人焦慮的憤怒究竟是從何而來？百介不禁自忖。唯一能確定的，是這怒氣並非出自對貧窮的歧視。百介不僅天生厭惡階級歧視或身分歧視，甚至常對貧民之生活方式心懷強烈的共鳴與憧憬。

前往倉庫途中，百介親眼目擊的島民生活——就百介所知——已可說是最為貧賤的生活。男子們個個衣衫襤褸、形同半裸，不僅眼神空洞，動作亦至為緩慢。動作緩慢多肇因於長期飢饉，可見這些島民可能都沒吃過什麼像樣的東西。

除了撒網、收網之外，這些人完全無活可幹，而且還哪兒也不去，也沒有任何期盼，只是日復一日幹著同樣的活兒。既無娛樂、亦不養生。如此度日，當然只能活得像有氣無力的亡魂。

百介抬頭仰望戎家寶殿。

「島上大概住有多少人？」

應有約二百五十名，吟藏回答道：

「工匠眾共五十名、黑鍬眾共百名、福揚眾亦有百名。」

「那麼，寶殿內的人是——？」

「小的所屬的世話眾共有十名——小的即為世話眾頭。此外，亦有以維護本島誡律為職責之奉工眾四名，以及夜伽眾的姑娘。」

「夜伽——？」

「不論身屬何眾，只要家中有女，年至十三便須獻入閨房，至二十歲時方得下賜。」

「下賜——？」

「是的，意即與某人成婚。」

「噢——」

意即在那之前，每個姑娘都是甲兵衛的妾？如此說來，先前閨房內的所有姑娘，亦均為甲兵衛的——

洩慾工具。

不過，吟藏說道：

「懷了甲兵衛大人骨肉的姑娘可被奉為生母，留居寶殿。而被奉為生母者，將被下賜予世話眾。」

「世話眾？意即……？」

壽美乃小的之妻，吟藏說道。

「這——？」

不對。

不該這麼想。

這座島並不屬於百介所居住的國家，一切都依截然不同的規矩運作。就連這等事——在此地「或許也沒什麼大不了」。

那名曰壽美的女子並非甲兵衛之妻，不過是為甲兵衛傳宗接代的——

「工具」罷了。

而身旁的吟藏也不過是甲兵衛的貼身物品之一。不，包括所有島民在內，整座島上的一切均是甲兵衛的財產。因此他……

完全可以恣意妄為。

這下，兩人抵達倉庫門前。

這是一座門外飾有惠比壽臉孔雕飾的巨大倉庫。

乘轎的甲兵衛已抵達倉庫門外。抬轎的男子們應該也和吟藏同屬世話眾罷。除此之外，還有四名作神官打扮的男子圍在轎外，看來應該就是吟藏曾提及的奉工眾罷。

此四人之職責為維護誡律，看來性質應與奉行相當。

山岡先生——甲兵衛高喊道：

「你終於來了，進倉瞧瞧本公的財富罷。」

「是——」

「開門。」

奉公眾打開了倉庫的大門。在哪兒？在哪兒？一下轎，甲兵衛便邊問邊走進倉庫中。

吟藏催百介跟著進去。

奉工眾守在門外兩旁。

百介只得視線低垂，一張臉背向四人地步入倉庫。

抬起頭時，百介不由得嚥下一口唾液。

倉庫內有金、銀、玉石、珊瑚、以及各種如夢似幻的寶物。不，不僅如此，還有形形色色的行李、衣裳、飾品，甚至是各類前所未見的珍品，多不勝數的寶藏在房內雜亂無章地堆積如山。

除此之外——

為數驚人的牌位也吸引了百介的目光。

雖然仔細一瞧，發現它們的形狀與常見的牌位略有出入，但應是牌位無誤。數百片經過加工的木片上寫有許多名字，在昏暗的倉庫中井然排列。

牌位旁——

還坐著三名頸枷銬首的男子。

只見三人口含猿轡（註14）、雙手縛背地正坐於石頭地板上。

——此三人……

正是仁王三左、快腿貳吉、以及山貓與太——

亦即將百介拋入海中的三名盜賊。

這夥盜賊乘船航向這座島嶼，僅能聽認那海流擺佈。即使沒翻船，也註定要被捲入漩渦流進海灣、沖上岸邊。

不過——縱使能安然登陸，看到島民們活得如此匱乏，根本找不著任何可偷可搶的東西，既無財物可奪，當然也沒必要殺人，這夥盜賊只得前往戎家寶殿試試運氣。

想必就是這麼被逮著的罷。

甲兵衛走向被縛的三名盜賊面前，一一端詳過每一個盜賊的長相後，便眼神兇險地朝站在門口的吟藏問道：

「吟藏，這些就是這回『漂至本島的東西』？」

「是的。」

「那麼，就為它們烙印罷。」

遵命，吟藏回道，接著便向門外的下屬下了命令，甲兵衛則是依然目不轉睛地打量著這夥盜賊。不出多久，兩名手提一只火缽的世話眾、和四名奉公眾走進了倉庫裡。

一名頭戴紅色烏紗帽的奉公眾走到三左面前，世話眾旋即朝他遞出了火缽。甲兵衛再度朝三左瞪了一眼，開口問道：

「你不想被烙印罷？」

三左兩眼瞪得斗大，頭戴紅色烏紗帽的奉公眾從火缽中掏出一支烙鐵，只見烙鐵尖端還燒得紅通通的。

三左一張臉旋即漲得通紅。

他劇烈地搖著頭，但嘴裡畢竟有猿轡堵著，想吭也沒辦法吭一聲，只能嗚嗚嗚地死命呻吟。

「什麼？不想？那麼，就由本公來為你烙個印罷。」

——烙印？

這下百介終於知道即將發生什麼事了。

耳朵裡先是聽到嘶的一聲，隨之而來的，則是一陣口齒不清的慘叫。

鼻子裡也嗅到一股肉類燒焦的臭味。

註14：塞於口中防止出聲，用以剝奪受害者口部自由。

百介戰戰兢兢地抬起視線，看到兩名奉公眾正將火紅的烙鐵壓向三左的額頭上，碰上額頭時還冒出了一縷黑煙。

抽開烙鐵後，這名盜賊的額頭已經被烙上了一個鮮紅的「戎」字。

「你已經成了本公的財產。到死為止都是本公的財產。」

甲兵衛說道，接著又望向一旁的貳吉。

貳吉先是渾身不住顫抖了好幾回，接著又嗚地呻吟了一聲，旋即開始劇烈地掙扎起來，但不出多久就讓人給制服了。

不忍再看下去的百介，只得蹙著眉頭別過頭去。

這回又聽到了那令人不寒而慄的聲響。

兩名盜賊都成了甲兵衛的財產。

「山岡先生。」

名字被這麼一喊，百介感到一陣心驚。

緊接著，又感到一陣恐懼。

「小——小弟……」

百介掩著額頭躲向倉庫一角。

「請、請饒了小弟罷，小、小弟不過是……」

這下完了。

原本百介還以為自己能逃過一劫，但倘若島上的一切均為甲兵衛的財產，那麼百介自己——

不也成了甲兵衛的財產？

「山岡先生在怕什麼？」

甲兵衛一臉訝異地問道。

「請、請不要將小弟烙印。小弟不過是——」

「山岡先生為何說這種怪話？本公哪可能對貴客做這種事兒？」

「貴——貴客？」

甲兵衛兩眼圓睜地環視倉庫內說道：

「凡漂至本島的東西，淨是本公的財產。」

甲兵衛張開雙臂說道：

「不論是金、銀、珊瑚。」

接著又轉過身子說道：

「抑或是盔甲、小判金幣、行李、書畫，淨是本公的財產。」

甲兵衛一一指著倉庫內的收藏，繼續說道：

「凡是漂流至本島者，不分人或物，皆為本公的財產。不過——」

這下甲兵衛伸手指向百介。

「若是走過來的，就是貴客了。是不是？做人總得講點兒道理。被烙印者，即成為本公的財產，但本公為何要在貴客身上烙印？若是如此，豈不是和盜賊沒兩樣？難道山岡先生以為，我甲兵衛已經老糊塗到連這點兒道理都分不清的程度？」

先生說是不是？甲兵衛問道。

「講——道理？」

原來他是這麼想的。

唯有隨環流本島的海流漂流至此的東西，才會被歸為甲兵衛的財產。

而出於巧合——純粹是出於巧合——百介隨著自己的決定，憑自己的一雙腿沿著那條小徑走到了這座島上。

因此——

——就成了貴客。

海上有一惠比壽島，

人跡罕至飛鳥難及。

島上滿是金銀珊瑚，

亦不乏財富珠寶。

漂流至此者入倉中，

步行至此者上客座，

死時面如惠比壽。

凡人至此均不復還，均不復還——

百介憶起了這首阿銀所吟唱的歌。

多謝主公開恩——百介叩首回禮道。

這下，一股莫名的恐懼開始在他心中湧現。

甲兵衛和奉公眾或許都不會對百介施以任何危害，至少人身安全是有所保障。但正因如此，百介才會感覺到這股無以名狀、深不見底的恐懼。

「山岡先生。」

甲兵衛走到百介面前蹲下身子說道：

「先生方才也瞧見了罷？從外界漂流至此者是何其有趣，竟然膽敢開口拒絕，不聽從本公的命令。先生說這是奇怪不奇怪？」

「噢──那麼，島民們是如何？」

「島民們怎麼了？」

「島民們──難道就不會開口拒絕？即便──主公命令他們烙上印……」

「拒絕？為何？為何要拒絕？」

「為何要拒絕？這……」

「先生這番話，本公完全無法理解──」

甲兵衛站起身來說道：

「──若是不想，便會開口拒絕。若未開口拒絕，就代表不會不想。因為不會不想，也就不會拒絕。喂，吟藏。」

是，吟藏應道。

「若要被本公烙印，你會拒絕麼？」

「決不拒絕。」

並不會不想？百介驚訝地望向吟藏。

只見吟藏的神情未有一絲動搖。

「為何要拒絕？小的完全無法理解。」

「這……」

「任何人均應奉甲兵衛大人之命行事。若無法達成大人之命，或許感到悲哀、傷痛，但若能順利達成，便應感到歡喜。因如此能讓甲兵衛大人歡喜。故豈能有想或不想之別？這道理——大人難道不明白？」

原來——此地要求的是絕對服從。

不，這算不上是服從。

因為這並非出於強制。

而是「理所當然」。

島民們毫無受甲兵衛支配的自覺。或許不該說是沒這種感覺，而是甚至連這種概念也沒有；亦即島民們根本不懂得強制或服從是怎麼一回事兒。若是如此，當然也沒有任何人認為自己為甲兵衛所榨取。不滿或違抗，在這島上並不存在。若是甲兵衛要他們死，他們一定會立刻從命，乖乖受死——不論情況如何，對島民們而言，這都是理所當然。故此，打一出生便在此種環境下成長的島民們，從來沒有忤逆甲兵衛的選擇。

——就是這點。

百介稍早所感受到的憤懣，應該就是出於對這不合條理的規矩所感覺到的焦慮罷。島民們活得如此貧苦。

但——沒有任何人知道自己過的日子是何其悲慘。

沒有任何人質疑。沒有任何人不滿。因為他們原本就缺乏這類情緒。

這座島已經在這種狀態下孤立了百年餘。根本沒有任何對象可供比較。

島民們那更甚於倦怠、閉塞感的有氣無力態度，或許正是出自沒有任何人對這種生活心懷不滿的風氣。

日子都已經過得如此淒慘了。

大家卻不曾感覺艱苦、從未試圖抗拒、亦不懂何謂唏噓。

只不過——百介依然猜不透這究竟是為了什麼，也說不出到底有哪裡不好。雖然明確感覺到有哪兒不對勁，但對一切仍無法斷言。

就是這點教百介感到焦慮。

也讓他倍感憤懣。

若當事人不自覺日子辛苦，未心懷任何不懣，旁觀者不也沒什麼好追究的——？的確是如此。

——不過。

倘若島民們不曾感覺艱苦、從未試圖抗拒、亦不懂何謂唏噓。那麼，理應也不知歡喜、開懷、和快樂為何物。

——若是如此。

這可就稱不上幸福了。

百介向吟藏問道：

「可否向吟藏先生請教一件事兒？」

大人直說無妨，吟藏面無表情地回道。

「這座島上的人——是否『從來不笑』？」

「笑？」

吟藏神色不改地朝奉公眾望了一眼，接著才回答：

「本島嚴禁嬉笑。」

嚴禁……

「為何——嚴禁嬉笑？」

「自古便有此規定，唯有在死時方能嬉笑。」

「死時——」

百介朝甲兵衛望去。

甲兵衛似乎未曾留意百介在說些什麼，只是像個孩童般興味津津地打量著驚懼不已的盜賊們。

奉公眾的其中一名說道：

「不可嬉笑。」

另外一名接著說道：

「不可點燈。」

此乃本島之誡律，剩下兩名說道。

「島內一切均為主公所有。」

「主公之命勝過一切。」

「此乃至高無上之誡律是也。」

「若有違誡律，將導致惠比壽之臉孔轉紅。」

「若臉孔轉紅，本島亦將隨之湮滅。」

沒錯、沒錯，奉公眾們異口同聲地說道。

此時，甲兵衛突然發出一陣粗鄙的笑聲。

「這三人究竟想拒絕什麼，本公還真是迫不及待想瞧瞧。想必山岡先生也想瞧瞧罷？」

甲兵衛望向百介問道。聞言，百介低下了頭。

「果然也想瞧瞧是罷？那麼，今天就到此為止罷。」

話畢，戎甲兵衛便轉身離去。

【捌】

「真是教人難以置信。」

正馬說道：

「如此暴政，哪可能不引起暴動？老隱士，在下雖相信老隱士並非吹噓，但此事實教人難以置信，不知老隱士之陳述是否有誇張之嫌？」

老夫僅依實情陳述，絕無分毫誇張不實。一白翁回答道。

「不過，方才老隱士所提及的黑鍬眾，這些農民所收成的作物必須悉數上繳戎屋敷？」

「的確是如此。」

這可能麼？正馬轉頭望向惣兵衛說道：

「就連五公五民都可被斥為苛政了，住民哪可能不心懷憤懣？若以這種比例收取年貢，只怕任何藩國都要被人民起義推翻。而這座島竟然——這不就等於是收取十成年貢了麼？這種制度，哪可能服人？」

沒錯，惣兵衛蹭著下巴應和道：

「若將作物悉數上繳，這些百姓們哪可能活得下去？」

「事實上，每人每日均可領受適度之配給。」

「原來如此。那麼，工匠們呢？」

「工匠們亦是如此。唯有被喚做福揚眾之漁民，才以撈獲的物品換取相應的穀物。若是撈到一大箱寶藏，便可換得數量龐大的稗米和穀子了。」

噢，惣兵衛再度蹭起了下巴。澀谷，你怎麼看？正馬問道。

「我倒認為硬要說起來，這制度或許也不算壞。這座島不是氣候溫暖、而且穩定？」

沒錯，老人回答：

「不僅終年溫暖，降雨也適中。到頭來，老夫在那座島上整整滯留了兩個月，從未見天候有任何變化。」

「如此說來，應該也沒有飢饉或突如其來的天地變異之虞。倘若收成穩定，只要人口無增減，或許均等分配這法子要來得穩當些。」

均等？哪裡均等了？正馬說道：

「每個人都得忍受那名叫甲兵衛的島主的榨取哩。哪管下頭的百姓們有沒有飯吃，這傢伙不都同樣奢侈度日？」

「這也是不得已。」

劍之進說道。

「有哪裡不得已？」

「統治者與被統治者之間必須劃清界線。正馬，這並非貧富不均，而是區隔。正因有如此顯而易見的區隔，秩序方得以維續。」

「真是如此？你的意思難道是，從前那把人劃分為武士、農民、工匠等階層的方式是正確的？矢作，眼光放遠點兒，看看全世界罷。幕府時代已經結束，如今我國已循列強的方式治國，四民已不分貴賤、等而視之。即便貴為士族，如今也僅是徒留勳階，毫無實權。然而，秩序可曾亂過？」

誰說沒亂過？劍之進說道：

「維新前後，社稷難道還不夠亂？唉，或許老在異國逍遙度日的你沒經歷過罷。況且，正馬，如今華族（註15）依然健在，被視為現人神（註16）之陛下也依然高高在上，這些人不是依然過著與平民有別的日子？此等權貴仍須奢華度日，以示與平民有別，但可曾有任何人斥之為榨取？」

沒錯，異國也有王族，正馬說道：

「亦不乏貧富不均。但再怎麼說，也不比這座島上的情況嚴重。矢作，我並不認為這種制度不好，的確如澀谷所言，這也是一種生活方式。但我在意的，是程度問題。」

「程度問題？」

我的意思是，正馬端正坐姿說道：

「可記得舊幕府時代，受苛刻年貢壓迫的農民們做了些什麼？不是起義劫主子之財、就是放棄耕作遠走高飛。不管是什麼樣的人，只要被過度榨取，理所當然都要挺身反抗。若為政者之統治手段過於殘暴，人民必無法心服，暴政終將被迫修正。若不修正，便將滅亡。這難道不是世間常理？」

老隱士，您說是不是？正馬問道。老人點頭回答：

「的確是如此。」

「那麼，如此暴政竟能統治百年有餘——在下當然要感到難以置信。」

有理有理，老人再次點頭說道：

「如此推論當然有理。不過，正馬先生在年輕時，不是曾旅居異國？」

是的，正馬回答。

「那麼，請容老夫請教，在洋人眼中，吾等的國家是否有任何扭曲之處？」

「扭曲與拙劣之處可謂多不勝數。不過，當然亦不乏優點——」

瞧你這假洋鬼子說的，劍之進說道：

「日本有哪裡扭曲了？」

「不就是因為扭曲，才需要維新的麼？就連你幹的警察，不也是參照歐美方式建立的制度？全都是學來的罷。」

「胡說八道。」

好了好了，老人調停道：

「正如井地之蛙不知天高地遠，游魚不覺己身游於水中，各國均有缺點，亦有優點，只是身

註15：依明治二年頒佈之舊憲法，授與皇族之下、士族之上的貴族之特權身分。於一八八四年起，又加入因對國家有貢獻而獲頒公、侯、伯、子、男爵位之軍人、官吏。後於一九四七年隨新憲法之頒佈而廢止。

註16：又作荒人神，即以凡人之姿現身人世的神，多指天皇。

處其中者至難察覺。」

「言下之意可是——島民們就是如此被教育長大的？」

沒錯，被與次郎這麼一問，老人回答：

「打從祖先的時代起，戎島島民們世世代代都是如此生活。對一切毫無質疑，視之為理所當然，打一出生便在如此環境中長大成人。因此只曉得對甲兵衛不可忤逆，若其下令某人受死，此人便應遵從。」

「對死亡亦不抗拒？」

「老夫曾親眼目睹有人聽其命受死。」

真是殘酷，太殘酷了。惣兵衛說道：

「這誡律什麼的——真的徹底到這程度？」

「是的。人人均深信若對誡律有任何不從，島嶼便將湮滅，因此不僅不敢忤逆，甚至不懂忤逆為何物。」

「不懂忤逆為何物？」

「的確不懂。順帶一提，戎島上並無貨幣流通，故當然亦無累積金錢之概念，因並無與物品分離之價值存在。不知各位是否能想像？」

惣兵衛雙手抱胸地問道：

「不過，甲兵衛不是蒐集了不少寶物？」

那純粹是因這些東西漂亮，老人說道：

「該島與外界毫無交流，故貨幣或小判在該地根本是毫無用處，即便坐擁再多寶物，亦是無從致富。在這種毫無價值觀念的世界中，當然也不會有任何榨取罷。」

「而且，還沒有半點笑聲？」

與次郎問道。對與次郎而言，這要比沒有貨幣流通來得更古怪。的確沒有，老人回答：

「也不知這誡律是何時、為了何種理由給訂下的。不過，關於不可點燈這點，倒是不難理解。由於油在該島至為貴重，故有此誡律也是理所當然。但關於不能嬉笑這點，實在看不出有任何理由。只是嬉笑還真是被嚴格禁止，而且的確是毫無笑聲。」

一個沒有笑聲的世界。

與次郎——完全無法想像。

「唉，在一切能運作順遂時，這點倒也無妨。」

但到頭來還是出了亂子罷？正馬問道。

「不，雖然是出了亂子，但絕非島民群起違抗甲兵衛，或有人意圖謀反。」

噢，惣兵衛探出了身子問道：

「那麼——難道是島民們發現甲兵衛這傢伙的做法錯了？」

並沒有錯，一白翁說道：

「世上沒有完全正確的事兒，同理，亦無完全錯誤的事兒。若依吾等的常識判斷——甲兵衛的確是殘酷不仁，看起來也的確瘋狂。而且，還真是十分扭曲。不過在那島上，其作為卻完全不顯得扭曲。這——才是此人的不幸。」

「殘酷不仁？」
是的是的，老人翻閱著記事簿說道：
「在老夫抵達該島的翌日，甲兵衛便殺害了那三名盜賊。」
「可是將他們給——處以極刑？依島上的誡律將盜賊正法？」
「不對不對，劍之進先生。甲兵衛不過是做了這夥人——亟欲違抗的事兒。」
亟欲違抗的事兒？四人異口同聲地齊聲大喊。
「沒錯。島民們不僅不忤逆甲兵衛，而且任何命令均會遵從，甲兵衛下令跳舞便跳，下令哭泣便哭，下令受死便死。即便甲兵衛命某人殺害親生骨肉，此人亦會照辦。」
「這——」
未免也太慘無人道了罷？惣兵衛高聲喊道：
「雖然我不懂這是什麼習俗，但總有些違背倫常的事兒，在任何情況下均不可為罷？」
「德川家康侯不也曾命自己的兒子切腹？」
此二事不可等同視之，老人說道。
「不過——武家人等，有自己的大義名分需要嚴守。」
「惣兵衛先生，戎島的島民們，可是有教武士更為嚴格的大義名份需要嚴守哩。」
聽到老人這句話，惣兵衛便閉上了嘴。
「由於未曾有人違抗甲兵衛，因此甲兵衛大人並不知道被拒絕是什麼滋味，畢竟再無理的命令，島民們也會從順照辦。因此對被違抗究竟是什麼樣的感覺，甚至是怎麼一回事都不懂。因此，才想做點兒——教人亟欲違抗的事兒瞧瞧。」

老人闔上了雙眼。

【玖】

那還真是個駭人的光景。

至今憶起仍教人鼻酸。

是的，那是翌日發生的事兒。

於事代灣——噢，老夫擅自稱戎島之海岸為事代濱，海灣則為事代灣。於此灣之不知該說是左側，抑或西南方的尖端，有一名曰鯛原之草原。被吟藏喚醒後，老夫便被帶到了此地。

當時時值清晨，原本就疲憊不堪，卻又徹夜睡不好，這下也只能迷迷糊糊地步行至此。

四名奉公眾已在草原並排而立。只見四名頭戴紅、藍、綠、黃的奉公眾，個個手持看似船槳的棍棒。前方則是坐在一把熊熊柴火前的三名盜賊。

是的。

三人額頭均被烙上了戎字的烙印。

雖然口中的猿轡已被移除，但此時的三人卻顯得十分溫順。

大概是出於恐懼罷。

畢竟面對的是一群毫不講道理的傢伙。

即便被逼問怕不怕死，若是回答不怕，可就沒戲可唱了。唯有在財物和性命還有價值的地方，盜賊才幹得了生意。

老夫在吟藏引領下來到此地時，甲兵衛大人仍未抵達。約莫過了四分之一個時辰，才看到甲兵衛大人乘轎抵達，後頭還跟著成群的世話眾。

甲兵衛大人先是向與太問道：

你可有討厭什麼？

起初，與太似乎吃了一驚。

想必他是猜不透甲兵衛大人為何要這麼問。接下來，與太就開始叫鬧了。沒錯，還喊得十分淒厲。

他都喊些什麼？

饒了小的罷，小的什麼都願意做，求求主公開恩，只聽到他如此哭喊。而甲兵衛大人先是看著他哭鬧片刻，接著才開口說道：

本公不需要你做什麼，也不會饒了你。

沒錯，這下與太哭喊得更淒厲了。

饒了小的吧，小的不想……小的不想死──

甲兵衛大人雖然依舊是一臉兇險神情，但眼神突然起了變化，看來心中正暗自竊喜罷。

噢？不想？你不想死麼？

不想死，小的不想死！

是麼？不想是麼？那麼，就讓你死罷——甲兵衛大人說道。

接著便命人為他鬆綁，卸下了他的頸枷，並下令道：死給本公瞧瞧。

人哪可能甘心就這麼死？與太死命號哭求饒。

但他越是求饒，甲兵衛大人就看得越是起勁。是的，其神情雖兇險依然，但兩眼可是閃閃發亮哩。

這下，他又命人為貳吉鬆綁。

各位可猜得出甲兵衛大人說了什麼？

不對不對。

並非如此。他向貳吉說的是，這傢伙不願受死，看來就由你來送他一程罷。

接著便命令奉公眾將一把船槳遞給了貳吉。

沒錯，就是像支長木棍、前端扁平的船槳，大概像是宮本武藏在巖流島所用的那種。

貳吉想必認為若是不從，自己也將小命不保，因此便不知所措地舉起船槳走向與太。

想必與太絕對沒料想到事態將演變到這般地步，便抱著腦袋蹲下身子，高喊饒了小的罷——

想必換做任何人，在這種時候都會如此反應才是。唉，與太此時的舉止早已超出令人同情的程度，看來甚至顯得頗為滑稽了。但在這種情況下，老夫哪可能笑得出來？即便如此，老夫還是無力上前制止，因為自己也早已兩腿癱軟，不——甚至被嚇到暈過去也不足為奇。

即便如此，他那動作還是顯得頗為滑稽。

喂，還不快幫他一把？甲兵衛大人催促道。

貳吉便舉起船槳朝與太劈了過去。

第一棍似乎打得有點兒手軟。

但要想矇混過去，可沒這麼簡單。

盜賊亦是有血有肉，哪幹得下如此殘酷的事兒？再加上對方又是自己的同夥。但此時的表現畢竟攸關自己的性命，再加上甲兵衛大人怒斥這只能把人打疼罷了，因此第二棍可就是——猛力的一劈了。

揮下這一棍後，貳吉便開始打紅了眼。

之後的情況就教人不忍卒睹了。貳吉失聲嘶吼直朝與太猛劈，差點沒把船槳給打斷。就這麼打了一棍又一棍。唉，這東西不比刀刃，哪能兩三下便取人性命？打了不知多久，與太才被打得動也不動。

沒錯，即使已是動也不動，貳吉還是直朝與太的屍身上劈，直到真的把船槳給打斷了方才罷手。期間，甲兵衛大人一直蹲在一旁，目不轉睛地觀看著。

最後才說道：

——已經被你給打死了。

聞言，貳吉立刻拋下船槳，朝地上一坐。

甲兵衛大人走向貳吉，開口問道：說說你有什麼心願罷，可有什麼想要的？

已是口吐白沫的貳吉，以布滿血絲的雙眼望著甲兵衛說道：請饒小的一命罷。

要本公饒你一命？那麼，本公就不饒了，甲兵衛大人說道。這下貳吉可就發狂了，是的，雖然起身撲向甲兵衛大人，但旋即為後頭的奉公眾給制服。

這下，甲兵衛大人走向至今仍是一臉茫然的三左，開口問道：

你，也想求本公饒你一命麼？

畢竟也目睹了兩個同夥的後果。

三左搖了搖頭。

噢？不想向本公討饒？那麼，說說你想要什麼罷。

三左被問得啞口無言。

如何回答這問題可是攸關生死，這反應也是理所當然。

快說，甲兵衛大人催促道，因此三左表示自己想討點兒水喝，想必喉嚨也真的很渴了罷，這夥人打從被捕至今似乎都沒吃喝過。看來為了讓自己活命，他做出了一個最妥善的選擇。

噢？你想喝水？

好罷，甲兵衛大人說道。

三左當時的神情，老夫這輩子都無法忘記。

直至那時為止，老夫從未見過如此安心的神情。是的，明顯看得出他真是鬆了一口氣。甲兵衛大人一下令立刻準備，世話眾們便快步離去。期間，三左早已拋棄盜賊的兇相，亦拋棄了大哥的威嚴，只曉得一味逢迎討好。

後來。

世話眾們帶來了一只水桶，以及一只熱氣騰騰的鍋子。

想喝水是麼？甲兵衛大人以杓子舀了一杓水，湊向三左面前問道。

是的，小的想喝水，三左笑著回答。

看來他真的是很安心，以為自己終於得以突破難關。已經有個同夥因回錯話丟了小命，看來他似乎是漂亮地贏得了這場以性命做賭注的賭局。

是的。

是麼？這麼想喝？甲兵衛大人又問道：

那麼，若是滾燙的水，可就不想喝了罷？

不，真是如此。

不想喝，三左一時也大意了，竟然老老實實地如此回答。

不想喝？真的不想喝？甲兵衛大人說著，並將盛著水的杓子朝三左面前一扔，命令旁人餵他喝下滾燙的水。

三左剎時被嚇得臉色鐵青。

沒錯，畢竟甲兵衛大人一早就說過，要給他們的，是他們最不想要的東西。

三名奉公眾架住三左，另一名則將一只漏斗塞進了他的嘴裡。三左死命將兩眼睜得斗大，臉頰劇烈顫抖，使勁渾身氣力抵抗。

這下他早已不像個曾取過許多條性命的兇狠盜賊，眼前的情勢讓他嚇破了膽。老夫也被這駭人光景給嚇得雙膝直打顫，腦子裡一片空白。

是的。

還真是殘酷呀。
熱騰騰的滾水就這麼被灌進了他的嘴裡。連一聲哀號也沒聽見。
不想喝？不想喝是麼？甲兵衛大人接連問了好幾回，但三左一張臉教人給緊緊撐著，即使想回答也是無從。
還想多喝一杯麼？
第二杯就直接潑到了他的臉上。
這下三左暈了過去。不，應該是一命嗚呼了罷。
只見他的身子痙攣了幾回。
接著就一動也不動了。
見他一斷氣，甲兵衛大人立刻一臉掃興地站了起來。
看來他對壞了的東西絲毫不感興趣。
接著，他便走向還活著的貳吉。
是的。
貳吉他——已經完全「不行」了。
他的腦子應該是廢了罷，他此時的模樣也不知該如何形容。總之，看得出他已經不是個正常人了。
超出他所能容忍的緊張與恐懼，就這麼將他給逼瘋了。
是的，問話他不回答，喊他也沒有回應。

不，即便戳他的身子，也是沒有半點兒反應。
他的雙眼應該什麼也看不見了罷。
唉。
只見他嘴角垂著口涎，並微微點著頭。
不，當然沒放過他。
甲兵衛大人這下勃然大怒。
整個人從頭到腳都漲得通紅。
為了什麼理由？
噢。
這不就和島民們沒兩樣了麼？
他如此罵道。
是的，一點兒也沒錯。
所謂絕對服從，和毫無反應其實沒什麼兩樣。
聽到任何話都只曉得點頭，豈不就和島民們同樣無趣了？
把他給弄醒，甲兵衛大人命令道。
唉。
世話眾們快步離去，不出多久便運來一塊碩大的鐵板。起初，老夫還猜不透這東西是拿來做什麼的，只看他們在柴火上頭架起了支架，並將鐵板朝架上一擺。不出多久……

鐵板便被烤得通紅。

是的，正是如此。

唉，老夫還真不願再憶起那光景。

是的，沒錯，正是如此。

貳吉他——被抬到了鐵板上。

接下來——

【拾】

三名盜賊就這麼成了三具教人不忍卒睹的死屍。當天就被葬在寶殿旁的一座墓地裡。甲兵衛親手在工匠眾所製作的古怪牌位上記下了三人的名字，並將之擺到福藏中的牌位群最前頭。

接下來——這場酷刑烙印在原本就比誰都怕看見殘酷景象的百介腦海裡，成了長年揮之不去的地獄景象。

島上的生活極為單調。

身為貴客，百介在島上的行動可謂無拘無束，若是肚子餓了，也隨時都能享用三餐。雖然飯菜多半是以稗米或穀子為主的雜糧飯，配上湯、根菜、以及一份海產，絕對稱不上奢華，但已算得上是應有盡有。雖是鄉下的粗茶淡飯，但也不至於不合口味。

只不過——添了百介一個，下層島民們所能分配到的食糧想必也隨之減少。

雖然如此，眼見島民們如此親切招待，百介亦不敢婉拒，但總是會感到心疼。只是人要活命，終究得填飽肚子，百介也只能把飯菜給吃下。

同時，感到鬱悶非常。

這也是理所當然。

因為百介找不到任何法子逃離這座島嶼。

島上沒有半條船。即便找得到，也無法乘船離開。由於強勁海流沿島嶼周遭注入海灣，故自海灣是毫無可能出海，畢竟無法逆流操舟。此外，除了海灣內側，整座島嶼亦無海灘，幾乎都是斷崖絕壁。即便能自斷崖放下一艘船，亦是不可能划得出去——只能任憑環島海流給沖回海灣內。而且自左右兩側注入海灣的海流，還在灣口處形成漩渦，看來和曾在阿波見過的鳴門漩渦同樣洶湧，想必是十分強勁，絕非小船所能招架。

唯一能走的，只有那條小徑。

不分晝夜，百介都會走進寶殿內的庭園，自柑桔林簇擁的石階上眺望海中小徑。

的確可見看似道路的隆起，想必水深不至於超過自己的身高。記得自己登陸時，水深大概僅及自己的腰際。

不過……

即使水深僅及腰際，倘若小徑沒浮出海面，若是行於其上，只怕也要教海流給沖走。

根本不可能逃出去。

百介想得到的，僅有三種選擇。
一是以貴客的身分，在此無為度日，直到老死。
二是向甲兵衛輸誠成為島民，選擇某個階層加入，拋開情感、放棄嬉笑、默默勞動只求餬口。
三是縱身入海，再次被沖上海灘，成為甲兵衛的財產——然後再像那夥盜賊般遭人百般凌辱折騰，最後像個垃圾般被處刑殺害。
這情勢當然要教人鬱悶不已。
由於無法下定決心，百介僅能鬱悶地在島上四處徘徊，見到貧民們毫無笑容地過著貧困的生活，更是教百介益發鬱悶。
至於甲兵衛。
這陣子的脾氣似乎也不太好。
總是抱怨島民們無趣，隨時隨地刻意挑人毛病。遭甲兵衛斥責者，悉數活不過翌日。
除了奉甲兵衛之命當場自裁者之外，其他死者——亦即激怒甲兵衛者，似乎都由奉公眾行刑殺害。
只為了保全甲兵衛的權威。
只為了維護島內的秩序。
這就是支配這座島嶼的誡律。
百介根本無從質疑。畢竟此乃本島法規，亦為本島之倫理。

受甲兵衛斥責、詰問者，翌朝都會於海灘上的惠比壽祠內曝屍示眾。但島內根本沒有任何惹甲兵衛生氣的理由。島民們對甲兵衛悉數是絕對服從，因此甲兵衛每次發怒，都可說是刻意找碴，諸如斥責某人走路姿勢不對，或是一張臉教人看不順眼——但即便僅是如此芝麻蒜皮的理由，被挑上的都是死路一條，而且從未有人試圖違抗。

而每一具屍體臉上，都是一臉燦爛笑容。

島上唯有死時方能嬉笑——

吟藏所言果然不假。這些人大概是在被殺害前，奉命擺出笑臉的罷，可說是邊笑邊死的。

死時顏如惠比壽

凡人至此均不復還，均不復還——

原來這首歌句句都是事實。

戎島上的居民，死時悉數是一張惠比壽般的神情。

約一個月過後。

甲兵衛開始變得更為殘暴。

甚至下令以鐵板烤殺島民。

即使此時的百介已開始習慣島上種種不合條理的古怪誡律，聽聞此事時仍大感震驚。為何要烤殺無罪的子民？難道他把這種事當成樂子？

不過。

聽到這道命令時，吟藏依然面不改色地回了一聲「遵命」，他的毫無表情，又一次教百介感到毛骨悚然。不論在什麼樣的常識下生活，人畢竟還是有血有淚，按理吟藏也應是如此。

遺憾的是，百介絲毫感覺不到半點人情。

當晚——所有島民群聚鯛原，被迫觀看這齣殘虐至極的古怪戲碼。首先，將自生產性最低的福揚眾中選出一名犧牲者。

環視過井然排列的島民後，甲兵衛指著一名男子說道：

「你。」

此人就這麼輕而易舉地被定了生死。但這名男子並未掙扎，亦未試圖逃離，更沒有跪地求饒，而是心甘情願地走上前來，有氣無力地鞠了個躬。

鐵板已被架到了熊熊烈火上。

在烈焰烘烤下，鐵板開始冒起騰騰熱氣。

男子動也不動地站在鐵板前方。

坐在甲兵衛身旁的百介再也耐不住煎熬，不忍地垂下了頭。世上怎會發生這種事？百介一心只想逃離，甚至不惜縱身投海。

「叫這傢伙的父母妻小出來。」

甲兵衛向吟藏命道。

不出多久，一個年邁的老婆婆和一對瘦弱的母子便被揪了出來，坐向甲兵衛前方。

「行了。你，坐到鐵板上。」

是，男子低聲回道——

旋即朝發燙的鐵板上一坐——

也沒聽見半聲哀號。

「如何？燙不燙？夠燙麼？」

是，只聽見男子如此回答。百介緊緊閉上了雙眼。

要觀看這種場面，真不如死了算了。

「夠燙了麼？那就給本公躺上去。你是想躺，還是不想？可記得那名盜賊完全不願躺上去？還號啕大哭地直掙扎。不想是罷？噢，難道你並不會不想？為何不違抗本公？」

為何不違抗本公？甲兵衛怒斥道。

只聽到陣陣駭人的燒灼聲，男子是一句話也沒回。同時——一股刺鼻的焦味直朝百介的鼻頭撲來。

場面直催人作嘔。

此時，還聽到甲兵衛以卑劣的語調說道：

「喂，妳兒子就要被烤死了。」

好好瞧瞧吧，越烤越焦黑哩——一個人怎說得出這種話？

「如何？不想看麼？噢，並不會不想？難道想眼睜睜看著自己的丈夫被烤焦麼？如何？回答呀，快給本公回答！」

甲兵衛怒斥道。

沒有任何人回答。想必這一家人全都把腦袋別了過去罷。

當然不會不想。

太無趣了！甲兵衛提高嗓音怒罵道，接著便站起身來補上一句：你們也給本公死！旋即快步走上轎子，打道回府。

百介再也按捺不住。

這下也站了起來，高聲吼道：

「各——各位還是人麼？這未免也太沒有天良了。大家怎能眼睜睜地任憑這種事發生——？」

奉公眾立刻站起身來，架住百介的兩腕。

「凡是人，悲傷時就該哭！開懷時就該笑！遇上不想做的、或不該做的事兒就該回絕。為何還要——？」

百介硬是被架離了現場。

「為何各位還……？」

突然間。

百介看見犧牲者的家屬回過頭來，竟然悉數是面無表情。

剎時，百介感到萬念俱灰。

而且——鐵板上被烤得通紅的焦屍——

竟然是一臉笑容。

「嗚哇哇哇！」

百介甩脫奉公眾的控制，快步奔馳而去。

內心感到一陣椎心刺骨的傷痛。

百介漫無目的地往前跑，對生命已是厭倦至極，因為在此地什麼道理也說不通。

而且，什麼人也救不了。

不，應該說根本就沒有任何人心懷獲救的期望。

放棄了求生的期望者，是絕無可能得救的。

百介在沙灘上跑著。

到處都飾有惠比壽的雕像。

惠比壽。惠比壽。惠比壽。

——這算哪門子福神？

——還在笑個什麼勁？

百介在沙灘上疾馳，跑上了坡道，跑進了戎屋敷的庭園，來到了蛭子泉。可憎哪，可憎，一切都顯得何其可憎，自己哪能在這座島上活下去？

一切都顯得何其可憎。

這下——

百介起了投海的念頭。

他撥開柑桔林，爬上了石階。

抬起頭，睜開雙眼——

只見霧已消散，一輪碩大滿月照亮了天際。

——滿月。

那天——百介來到島上那天，也是滿月。

徐徐將視線往下移。

百介看到了入道崎，同時……

還看到一道直線在海面上浮現。

——是那條小徑。

就在此時。

鈴，傳來一聲鈴聲。

【拾壹】

教人驚訝地，此時自下頭步上石階的——竟然是御行又市先生。

是的，老夫當然是大吃一驚。

甚至不住納悶這究竟是夢是真。

由於過度震驚，老夫停下了腳步。

是的，若是又市先生晚了一刻才現身，想必老夫早已葬身大海了罷。

畢竟當時心志已動搖到這種地步。

又市先生應是來拯救小弟的罷。眼見小弟這個傻朋友又犯了好奇的老毛病，擔憂會不會又遭什麼不測，因此不辭千里趕來相救——呵呵，老夫雖想這麼說，但又市先生前來的真正原因其實和這頗有出入。

是的，這小股潛並非此等會為人情所動的角色。

據說他是受人所託前來辦事兒的。是的，委託他的，就是那告訴老夫戎島故事的小販。其實這個小販當初之所以造訪入道崎，決非為了遊山玩水。

是的，正是如此。

那小販受某人所託，需要找一個人，因此才會踏足這窮鄉僻壤，甚至來到入道崎這鮮為人知的小地方。

男鹿北方一家迴船問屋（註17）曾有艘船遇難，淹死了許多船客，亦有多人行蹤不明。

是的，這迴船問屋的少東，當天也不巧也在這艘船上，隨沉船失蹤了。根據九死一生的船伕所述，那少東在船沉沒前便搭上小舟逃離，應不至於遇難才是。

是的，正是如此。

聞言，當地漁夫懷疑會不會是為那怪異的霧所吸引，隨那奇妙的海潮漂走了。因此，不願死心的迴船問屋老闆便委託這與其熟識的小販代為尋人。

那小販就這麼找著了那座島。

而且連寶殿也看見了。

倘若少東漂到了那座島上，人或許有可能還活著——聽聞小販稟報的迴船問屋老闆想必是如此推論罷。畢竟主人再怎麼說也不肯死心。

因此——

一籌莫展的小販於旅途中結識了這小股潛，便委託其代為尋人。

是的。

又市先生曾告知小販，自己的友人德次郎先生與戎島略有淵源。這應該也是原因之一。

總而言之，對這小販而言，真可謂天無絕人之路。

同樣教人驚訝的，是又市先生後頭，竟然還跟著算盤德次郎先生。

阿銀小姐曾告知，德次郎先生乃由入道崎洞窟內之戎社的看守人所扶養長大——但略事深究，老夫發現真相更是教人驚訝。

德次郎先生竟然是戎島出身。

是的，正是如此。

萬萬沒想到，德次郎先生竟然就是循老夫登陸的小徑逃出戎島的唯一一個島民。

是的，正是如此。

由於必須通過戎寶殿之後庭，方能經由石階前往小徑，故除了戎家島主、奉公眾、與世話眾之外，島上無人知悉海中有這麼條小徑。

而島民中未曾有人入殿，更遑論踏足內庭。

當然，這祕密完全不為人所知。

註17：迴船為從事日本國內沿岸運輸之商船，迴船問屋則為斡旋貨物船運之業者，又作迴漕問屋、迴漕店。

也不知德次郎先生是生性不馴還是怎麼的，打十歲時起便對島上的生活多所質疑。

據說其原為工匠眾之子。

只是，據說其生父額頭上亦有戎字烙印，想必是漂至島上後歸化該島的木工還是什麼的罷。

是的，看來漂流至此者並非悉數遭到殺害。吟藏曾言有一技之長者，於島上頗受珍視。

某日。

年幼時的德次郎先生肚子餓了，便趁夜偷偷潛入寶殿——由於自古至今未曾有人潛入該地，因此寶殿周遭似乎未有任何警戒。

但是，寶殿內庭十分寬廣。

即使摸進去了，德次郎先生依然不知該往何處覓食。

因此，就這麼迷迷糊糊地走出內庭。

此時，德次郎先生望見大海、望見對岸、也看見了石階和那條小徑。猶記德次郎先生當時曾言，這已是四十年前的往事了。

因此，年幼的德次郎先生便走到老夫意圖投海的地點，是的，意圖自此處逃離該島。畢竟他是首度望見對岸。

德次郎先生亦坦承，當時在自己眼中，對岸看來猶如一片淨土。

是呀，說來諷刺，對岸竟然也將島嶼視為淨土。

德次郎先生便步下石階踏入海中。是的，勇氣的確教人嘉許。

有勇無謀?噢，或許也可說是有勇無謀罷。

一心以為對岸有許多東西可吃，德次郎先生死命地跑。但當時的他畢竟只是個孩童，而路不僅有兩里之遙，還是步步難行。就和老夫當時所遭遇的情況一樣，才跑了一半，海水就開始將小徑給淹沒。

此時，入道崎已是近在眼前，因此他死命游完了剩餘的路程。

沒錯，想必要是游得慢了些，他就要教海流給吞沒了。

他就這麼千鈞一髮地逃出了神域。

接下來——

也不知德次郎先生是順利游完全程，抑或是途中便告體力不支。幸運的是，他並未讓那兇險的海流給吞噬，而是被沖上了入道崎的懸崖下頭，並為神社的看守人所尋獲。

是的，正是如此。

先生果然英明。

這條小徑，唯有在每月的滿月之夜才會浮出海面——而且唯有在太陰升上天際到落下之間的時間內，人才走得過去。

噢。

不過，從前似乎不是如此。

吟藏曾言小徑乃隨島嶼上升，方才沒入海中。因此在古時，大概是兩、三百年前罷，這條小徑曾是恆時高於海面的。但後來徐徐下沉，最後於百年前完全沒入海中——自此之後，唯有逢滿月之夜，方能勉強走過。沒錯，百年前的訪客亦是每月僅能登陸一次。

德次郎要比老夫早四十年走過這條小徑，或許在當年，這段路要比老夫走過時好走得多罷。後來。

德次郎先生告訴老夫，將其扶養成人的看守人曾提及一與戎島相關之遠古傳說。

該看守人表示，那應是近三百年前的事兒了。

當時，海中小徑完全浮於海上，島嶼本身亦不似今日般隆起，故兩岸往來尚屬頻繁。

那一帶為秋田藩佐竹大人之領地。

但三百前究竟從屬何處，老夫就不清楚了——

只知道自古時起，該處就是一座貧瘠的島嶼。既無米可上繳、亦無漁獲可食，民生景況至為悲慘。

某日，有一行腳各地之六十六部（註18）來到該島。是的，正是那種肩揹佛龕、手持法華經雲遊諸國之朝聖者。

六部抵達島上後，島嶼便為暴風雨所襲，同一時候尚有地震、海嘯肆虐，島上的情況是一片狼藉。當時，這個六部攀上島上最高處——應該就是那座石階的頂端罷，立地虔誠誦經，助島嶼安然度過此劫。

看來這六部似乎是法力高強，大概是祈禱應驗，暴風雨竟然戛然而止。島民對六部感激至極，便贈予家屋，並獻上一女助其成婚。

自此，六部便定居島上，歸化為住民。為了替島民壓驚，於島上各處設惠比壽像，並廣張結界為島嶼辟凶。

不僅如此，還焚護摩、誦經文，以求島民能聚財致富。

從那時起，漂流於海上之財富便開始源源不絕湧向戎島。

噢，唉，這畢竟只是個傳說，如今民智大開，想必這種說法已是不足採信。或許這海流原本便存在於島嶼周遭，眾人以為六部所鎮之天變地異，或許亦是肇因於此海流。

是的，看來應是如此。

後來，戎島因地勢逐步隆起，小徑逐步下沉，再加上熱泉湧出，霧氣籠罩，而化為奇妙的傳說淨土，想必亦是天然變異所造成。

不過，三百年前的古人當然不作如是想。

是的。拜六部之賜，島上民生終於開始富足起來。撈獲寶物可換為銀兩，有了銀兩，便能自他處購買年貢上繳。島民們原本過的是有一頓沒一頓的日子，這下靠漂流物終於得以翻身。

後來，孩子也生了，六部完全被島民們視為自己的一分子。

是的，正是如此。世事本無常，人生哪可能永遠如此順利？

沒錯。

領主大人開始起疑了。

註18：古時抄寫六十六部法華經，並周遊日本六十六國靈場，於每一處捐贈一部經書之僧侶。此風習自室町時代開始流行，簡稱六部。此類僧侶多著白衣手甲（袖套）、腳絆（綁腿）、草鞋，頭戴六部笠，背負一座供奉阿彌陀佛像之佛龕，並以此打扮巡迴諸國。此外，作朝聖者打扮乞討米錢之乞食，亦稱為六部。

一座原本貧窮至極的島，竟然迅速致富，當然要問清楚財源究竟為何。

但島民們個個是守口如瓶。

噢？是的，也可能是在六部的吩咐下緘口的。

是的。對六部這位大恩人，島民們當然是忠心耿耿。

不過……

與其如此推論，老夫毋寧認為島民們是出於利慾薰心。

若是據實吐露財源，必將為領主所搾取。如此一來，只怕大夥兒悉數要被打回原形。若將漂流至島上的財富拱手讓給領主，富裕的日子必將一去不復返。

是的。

正是如此。

島民們再度央求六部——

求其以咒術殺害領主。當時，六部想必亦是左右為難，畢竟自己也有責任，但苦惱了一陣，六部還是開始了詛咒祈儀。

但是，這計畫為領主所察覺。

怒不可遏的領主派遣一名官吏入島，向島長下了一道嚴酷的命令。

若不即刻交出六部的首級——島民們將被視為同罪，於三日內處以極刑。

六部這恩人的首級，以及島民們的性命，究竟孰者重要？

對島民而言，這可真是兩難。

不過，即便是個恩人，即便其法力再強大，六部畢竟是個外人。
是的。
沒錯，的確是忘恩負義。
的確是如此。不過為了大局，這下也是顧得頭顧不得腳。島民們畢竟不是武士，而是只能勉強填飽肚子的貧民。即便懂得做人得講情講義，這下也無餘力顧及一個外人了。
因此，島民們傾巢而出，包圍了正在祈禱的六部。
是的，還個個手持竹槍等兇器。
將六部住家給團團圍起。
是的，就連婦孺也不例外。畢竟事關全島存亡，既然要背上忘恩負義的罪名，就得由所有成員一同承擔。
如今或許已不再是如此。
但在往昔，村莊的誡律常常就是這麼回事兒。
所有村民均須同生死、共患難，凡事但求休戚與共。
不過，雖然理由老夫並不清楚，但或許是村民們仍心懷羞愧，不敢讓六部見到自己的臉孔使然罷。
因此每個島民都戴上了惠比壽的面具。
這下，六部也約略感覺到了。
島民們將要把自己給殺了。

是的，至少——老夫是如此認為。

應該是有所察覺罷？

不，一定是感覺到了。畢竟這座島嶼是如此狹小、封閉。再者，六部已有妻小，其妻亦是島民出身。

唉。

或許正因為如此，六部幾乎是毫無抵抗地乖乖受死。

不過，雖然在竹槍與鐮刀的戳刺下被砍得渾身是血，六部依然兩眼圓睜地瞪著島民，聲嘶力竭地如此大喊：

恩將仇報——

恩將仇報，天理豈能容？

但這座島，畢竟是吾妻、吾兒之島。

故島民們若欲取吾人性命，吾人願委身成全。

條件是——須將吾兒定為島長。

若香火不斷，得奉吾人代代子孫為島主，虔心奉事。

並宣示絕對服從，誠心效忠吾人世世代代之末裔。

若是違此約定，

島上所有惠比壽像之臉孔將悉數轉紅，

本島亦將湮滅。

立誓！汝等不得不從！喊完後，六部便斷了氣。

據傳其歿後，首級被置於戎祠示眾，兩眼泛發異光不輟，凡七七四十九日方休——

【拾貳】

如此說來——劍之進戰戰兢兢地問道：

「這戎甲兵衛，可就是昔日為島民所殺的六部之子孫——？」

「是的，正是如此。」

老人捲起記事簿回道。

「那麼，老隱士言下之意，是戎島的島民們就這麼——背負著殺害六部的罪孽，愧疚地生息了三百年？」

唉，惣兵衛深深長嘆了一口氣。

「先祖犯下罪孽後的不安，就這麼世世代代地傳了下來？」

正馬一臉陰鬱地問道。

噢，看來應是如此，老人說道。

「因此才得對島主絕對服從？這——還真是悲哀呀。」

與次郎說道，這下老人低低垂下了頭。

「起初，應是為了贖罪沒錯。畢竟島民們原本是如此仰賴六部之恩，但事後卻忘恩負義地將他給殺了。」

「因此——便盡可能善待其遺孤？」

「應該——就是如此罷。」

劍之進不禁掩面嘆息。

「事後，六部之遺孤受島民們悉心照料，並依其遺言被奉為島長，備受島民崇敬恭奉。不過，在傳承數代、歷經漫長歲月後，這傳統也就本意漸失，僅剩下源自罪惡感的絕對服從之誡律依舊支配全島。而隨著這誡律施行數百年後——島民們也就變得如此頹喪了。」

頹喪——與次郎感嘆道。

若是打一出生便活在一個頹喪不已的世界裡，這些人便無從察覺自己的傳統是何其扭曲。老人方才曾以水中魚譬之，這比喻可真是傳神。

不過，與次郎先生，老人語調溫和地說道：

「島民們的確是活得頹喪不已。但最為頹喪的——應該是身為六部後裔的甲兵衛大人罷。」

「但是，老隱士。」

正馬語帶不服地質疑道：

「這甲兵衛不是打一出生，便過著凡事皆聽任其予取予求的日子麼？」

「沒錯。在那環境中，凡是他下的命令，大夥兒皆會乖乖照辦。」

如此度日，豈有頹喪之理？正馬一臉納悶地說道：

「這——不是個得天獨厚的禮遇麼？哪能和被困苦逼得頹喪不已的貧者、弱者相比？雖然這說法或許欠妥，但通常犯罪者多為身分低賤者。如今四民平等，的確不該有此歧視之念，但放眼諸國，亦是如此。俗話說人窮志短，收入低微者、不學無術者、常會被迫犯下不該犯的罪孽。但家世良好、受過相當程度之教育者則——」

不不，正馬——惣兵衛打斷了他這番話說道：

「雖然悲哀，但這的確是個事實。不過，你仔細想想，可不是所有生活優渥、身分崇高者，都是人格高潔、品行端正呀。」

「這的確有理，但……」

唉——老人一臉嚴肅地說道：

「甲兵衛大人的確是活得得天獨厚，衣食無虞。從更衣到沐浴，皆有人服侍代勞。總而言之，此人就是在這種任何無理要求都有人聽命的環境下長大成人的。」

這……

「一個打一出生便得以予取予求、無條件受人供奉的環境——」

這不也形同為人所排擠？

「一點兒也沒錯。噢，若要說是排擠，這或許正是最徹底的排擠罷。不論下任何命令，旁人皆只能恭敬從命，決不可能有人不服或拒絕。在此種人際關係下，此人與旁人哪有可能建立任何交情？」

「有道理。」

惣兵衛略事沉思，接著又補上一句：

「這種日子，我只怕連三天也撐不下去。」
「是麼？但我可是求之不──」
不，當我沒說過，正馬話沒說完，便乖乖閉上了嘴。
「難道在此等關係中──毫無任何真情可言？」
這……一白翁一臉迷惑地回道：
「何謂真情，老夫至今仍未能參透。但至少感覺得出甲兵衛大人對此至為饑渴，似乎渴望得到些什麼。而他自己究竟該追求些什麼，此人是完全不知。因此到了某晚，甲兵衛大人終於以身試法……」
自己破了島上的誡律──老人神情痛苦地說道。

【拾參】

正當百介在石階上與又市和德次郎重逢，聽聞兩人道明原委後，稍稍安了點兒心時……
百介突然感到一陣強烈的不安。
又市悄悄探出身子，示意別再出聲。
「似乎──是出了什麼事兒了，先生。」
聞言，百介的不由得緊繃起身子。
似乎是寶殿內起了什麼騷動。

「混帳東西！」

只聽到甲兵衛咆哮道：

「你們為何不忤逆本公——？」

甲兵衛如此怒罵著，氣沖沖地跑出了迴廊。

百介趕緊躲進柑桔林中。

德次郎也躲到了石階下頭，又市則是潛身蛭子泉旁。

只見甲兵衛手持一把看似寶劍的刀子，從頭到腳都因氣憤而漲得通紅，奉公眾則是緊隨其後。只見這四名頭戴顏色不同的烏紗帽，身著的神官裝束的男子直喊著主公息怒、主公息怒，但甲兵衛對四人卻是絲毫不理會，一走到迴廊的台階前便停下了腳步，朝柱子上猛力一踹。

「為什麼？為什麼不忤逆本公——？」

甲兵衛再次咆哮道。

奉公眾們連忙繞到了台階下，跪地叩首。

「此乃……」

「此乃……」

「此乃……」

「此乃本島之誡律是也——」

四人一致回答道。

甲兵衛先是遲疑了半晌，接著才又拋下一句：

「誡律？」

旋即又繼續說道：從今以後，你們都不許再聽本公的命令。爾後，這才是誡律。懂了麼？依舊不敢平身的奉公眾們反覆說道：

「此乃誡律是也——」

這下……

甲兵衛突然朝正中央那頭戴藍色烏紗帽的奉公眾腦袋上一踩。

「是麼？那麼……」

他眼神茫然地說道：

「若是『命令你們忤逆本公』，你們要怎麼做——？」

忤逆本公，本公命令你們忤逆！甲兵衛接連朝奉公眾們踢了又踢。四名奉公眾先是忍耐了好一陣子，最後，跪在最右端、頭戴紅色烏紗帽的奉公眾突然抬起頭來說道：

「求主公勿再作弄奴才——」

這名奉公眾如此說道。

這下甲兵衛半瞇起眼，宛如夢囈般的反覆說著：作弄？作弄？接著便使勁毆打起頭戴紅色烏紗帽的奉公眾。

「滾！快給本公滾！」

聞言，奉公眾們一言不發地退下。

甲兵衛怒不可遏地走進庭園中，高聲大喊壽美！壽美！亥兵衛！亥兵衛！

不出多久，壽美便抱著年幼的亥兵衛，在吟藏引領下現身。

雖然三人隨島主召喚火速趕來，但吟藏、壽美、乃至年幼的亥兵衛，神情卻絲毫沒有任何異狀。

「壽美！壽美！給本公過來！」甲兵衛咆哮道。抱著亥兵衛的壽美隨即擠開吟藏，走進了庭園。

甲兵衛粗暴地將年幼的次任島主一把搶來，將他朝蛭子泉旁一擱。

接下來，他兩眼睜得斗大，朝神態畢恭畢敬的壽美端詳了一陣後，旋即粗暴地一把將她給摟起。

禿頭的島主嘴裡直嚷著壽美，壽美，不斷吻起她的頸子、臉頰、和嘴唇，同時還朝她身上上下其手地愛撫了起來。

看著自己的妻子被如此調戲，吟藏依舊是面無表情。

只見——甲兵衛活像個哺乳中的幼兒般緊抱著壽美，磨蹭著她的肌膚、捏揉著她的身子、撫摸著她的秀髮。

剎時。

甲兵衛以雙手捧起壽美的臉頰，定睛凝視起她那張神情依然不變的臉龐。接著便彷彿拋球似的，將她猛然一拋。

壽美步履蹣跚地跌坐在地上。

接著，甲兵衛又冷冰冰地朝站在迴廊等候差遣的吟藏拋下一句：

「無趣至極——」

是，吟藏畢恭畢敬地回道。

主公請息怒，壽美跪地叩首，誠惶誠恐地致歉道。

「哼。」

甲兵衛一屁股坐向跪地不起的壽美身旁，一把拉起她的臉龐，目不轉睛地端詳起她那張白皙的臉孔。只見壽美這張在月光映照下的臉龐依舊是毫無表情，只曉得默默回望著甲兵衛那對血絲滿布的雙眼發愣。

「看什麼？」

甲兵衛先是低聲罵道。

「妳是在看什麼？」

「妳這是什麼神情——？」突然間，甲兵衛以幾乎要扯破嗓子的嗓音咆哮道。

「為什麼為什麼為什麼為什麼，為什麼為什麼你們時時刻刻都是這種神情？本公命令你們別老是用這種神情看本公！真是教人作嘔。一看見你們這種神情，本公就胸口發悶！」

這是命令！甲兵衛咆哮道，並一把揪起壽美的衣襟，將她給拉了起來，這下卻突然換個溫柔的口吻說道：

「喂，壽美。」

「奴家在。」

「想必妳應知道該做些什麼罷。壽美——做點最令本公厭惡的事兒來瞧瞧。」

聞言——壽美大感困惑。

雖然神情依然沒變，但百介還是看得出她心中必定是一陣猛烈的困惑。

「來罷。來，做點令本公厭惡的事兒。」

「這——」

壽美以細細的嗓門猶疑道。

什麼？妳難道連這都不會！甲兵衛怒斥道，一把拔出了手中的刀。

情急之下，壽美連忙抱起呆立於熱泉旁的亥兵衛。

「噢。原來——妳不想讓這孩子死？」

甲兵衛將刀刃湊向壽美的咽喉。

「甲、甲兵衛大人，請息怒。」

吟藏說道，並快步跑下石階。

「請息怒。」

「什麼？」

甲兵衛一身長棉袍翻動地轉過身來，怒目瞪向吟藏問道：

「吟藏。你不想看到壽美——自己的老婆死罷？不想是麼？吟藏，快給本公回答！」

「並……」

吟藏跪向甲兵衛腳邊，畢恭畢敬地回答道：

「並非如此。奴才乃擔憂亥兵衛大人若是有什麼三長兩短，恐將殃及全島。故此——懇請主公息怒。」

「什麼？」

甲兵衛以血絲滿布的雙眼狠狠瞪著自己的兒子瞧。

「奴才懇請主公收刀平怒。」

「哼，你——是想忤逆本公麼？」

「奴才不敢。甲兵衛大人至為重要，但亥兵衛大人亦是同等重要。倘若亥兵衛大人有個三長兩短——戎家血脈恐將就此斷絕，故此事萬萬不可發生。維持戎家之血脈於不輟，乃本島之——誡律是也。」

話一說完。

刀鋒便抵向了吟藏的頸子上。

「誡律？」

甲兵衛兩眼狠狠瞪著吟藏，一張臉因盛怒而漲得通紅，連額頭都是青筋暴露。而吟藏原本就慘白的臉龐，這下是更失血色。

「誡律——誡律、誡律、誡律。什麼狗屁誡律！」

本公就是誡律！甲兵衛先是握刀深深一刺，旋即使勁抽刀。只見大量鮮血自吟藏的頸子噴洩而出，四濺的血花被月光映照得閃閃發亮。

也沒等到吟藏的身子向前撲倒，壽美便護子心切地緊擁起亥兵衛。

斷了氣的吟藏，臉上不帶一絲笑意。

雖不帶任何笑意，但這張臉仍是和生前同樣毫無表情。

這下，這張臉是再也不會笑，也再也不會哭了。這一輩子，吟藏這張臉終究沒能展露過任何神情。

至於壽美。

則是面帶和吟藏一模一樣的神情緊擁稚子。

「為何要保護他？為何要庇護他？妳是不想見到自己的孩子被殺，抑或——」

也是為了維護誡律？甲兵衛高聲咆哮道，並朝壽美衝了過去。

兇刀貫穿了壽美的身軀。但壽美並未因此放開孩子。甲兵衛握刀使勁一擰，依然將孩子抱在懷中的壽美便像挨了撞似的倒向蛭子泉旁。

「誡律？什麼狗屁東西！全給本公死，全都給本公死！」

甲兵衛將刀自壽美身上抽回，邊咆哮邊胡亂揮舞。

數名世話眾和奉公眾聞聲趕來。頭戴烏紗帽的四人奔向壽美，但奉公眾們欲救助的並非壽美，而是亥兵衛。一察覺奉公眾的意圖，甲兵衛便走向壽美，自她懷中將孩子給搶了過去。

「甲——甲兵衛大人。」

壽美護子心切地伸出了手。

「誰希罕這種東西！」

甲兵衛竟然……

將亥兵衛朝熱泉中一拋。

這湧泉的水——是滾燙的。

百介啞然失聲地站了起來。

奉公眾們也嚇得呆立不動。

就在此時。

甲兵衛——望向壽美，渾身僵硬了起來。

只見一滴被月光映照得閃閃發光的淚珠自壽美臉頰上淌下。甲兵衛彷彿崩潰似的朝地上一坐，捧起壽美的臉龐，撫摸著她的秀髮，吮去了她的淚珠——

「妳——果然不想，是罷？」

甲兵衛說道。

「甲兵衛大人。」

「甲兵衛大人。」

「甲兵衛大人。」

一看到這可憐孩童的屍骸自滾燙的湧泉中浮起，頭戴烏紗帽的奉公眾們便將甲兵衛給團團圍住。

「甲兵衛大人自己破了誡律。」

「什麼？」

「甲兵衛大人殺害了亥兵衛大人。如此一來，戎家血脈將告斷絕。」

「什麼狗屁誡律——」

甲兵衛拋開壽美的屍骸，抬起頭來仰望四名正俯視著自己的奉公眾。

「什麼狗屁誡律！哪有什麼好希罕的？本公說的話才是誡律，而你們的職責就是服侍本公。」

給本公閉嘴！」

「非也。」

「非也。」

「非也。」

「非也？你們之所以活著，不就是為了奉行本公的命令？」

「並非如此。」

頭戴紅色烏紗帽的奉公眾以毫無抑揚的語調回答道。

「吾等所維護者，乃眾人均須奉行甲兵衛大人命令……」

之誡律是也——眾人語氣冷洌地如此說明道。

聞言，甲兵衛是滿臉不解。

吾等所維護者，乃誡律是也，依然俯視著甲兵衛的奉公眾們再次異口同聲地說道。

誡律？誰希罕這狗屁誡律？甲兵衛雖如此怒斥，身子卻往後退了幾步。

「誡、誡律這種東西，改了不就得了？」

「誡律至為崇高，甚於一切。」

「有違誡律，罪不可赦。」

「即便貴為島主——亦應奉行不諱。」

「如此以往，恐將惠比壽臉孔轉紅。」

本島亦將隨之湮滅。

「這說法——不過是個無稽的傳說罷了！」

全是無稽之談！甲兵衛高喊道：

「神像的臉孔哪可能轉紅？這不過是個迷信罷了。你們竟然還相信這種迷信？神像是木頭做的，不過是堆木片罷了，哪有可能轉紅！」

這不過是個迷信！甲兵衛再度高喊，卻被奉公眾給揪住了衣襟。

你們這是在做什麼？快放開！甲兵衛使勁掙扎。但奉公眾們一把奪下了他的刀，便聯手將甲兵衛給抬了起來。這下甲兵衛——臉上明顯浮現出恐懼的神情。

「主公請起。」

「主公請起。」

「主公請起。血脈萬萬不可斷絕，主公須另添一子。」

「事不宜遲，主公須另添一子。」

「若不另添一子，必將導致神像臉孔轉紅。」

「必將導致惠比壽臉孔轉紅。」

「倘若臉孔轉紅——」

本島亦將隨之湮滅。

【拾肆】

這場騷動並未持續多久。

但吟藏先生、壽美小姐、以及年幼的亥兵衛大人，悉數在這短短的時間內喪生。

的確是一樁令人痛心疾首的慘劇。

唉。不過老夫認為，甲兵衛大人想必也是同樣痛心罷。非得親手犯下這樁慘絕人寰的慘禍，甲兵衛大人方能體驗到這種痛楚。

只是，這代價未免也太龐大了。

四名奉公眾就這麼架著甲兵衛大人，將他一路拖回了寶殿。

不，四人並未殺害甲兵衛。其實殺害吟藏先生與壽美小姐之舉，並無絲毫違反誡律之處。

是的。

甲兵衛大人所犯下的罪僅有一個，就是殺害了戎家的下任島主亥兵衛大人。

這下戎家已不再有任何承襲其血脈者繼後。因此，甲兵衛所犯下的可是個滔天大罪。

是的，甲兵衛大人被帶進了閨房。

是的，正是老夫初次面見甲兵衛大人時那間寬敞的座敷。沒錯，正是那間祭壇前方鋪有地鋪的廳堂。

夜伽眾的姑娘們個個被剝得一絲不掛，成排躺在閨房內。

是的，這正是為了——催甲兵衛趕緊再添個子嗣。既然殺害了原有的，就得趕緊再生一個補上。

唉，說來還真是慘絕人寰，慘死的亥兵衛生就這麼被扔在蛭子泉裡。

看得實在是於心不忍，又市先生與德次郎先生只得將遺骸給撈了起來，同吟藏先生與壽美小姐的屍首擺在一塊兒。
對奉公眾而言，維護誡律要比什麼都來得重要。而甲兵衛大人也有點兒年紀了，因此，奉公眾們便分坐於房內四隅。
唉。
口中直說著早生貴子、早生貴子地催促著。
四雙眼睛也悉數瞪著甲兵衛，直嚷嚷著：違反誡律，恐將導致惠比壽臉孔轉紅。
倘若臉孔轉紅——
本島亦將隨之湮滅。
甲兵衛大人則不斷駁斥這說法不過是個傳說、是個迷信，即便破了誡律，也不可能有任何災厄降臨。
沒錯。即便這僅是個迷信，一個身為此迷信之象徵的六部子孫，竟然親身否定了這個迷信。不過，噢，之後也不知究竟是發生了什麼事兒，畢竟老夫和又市先生一直藏身於內庭。唉，後來甲兵衛大人突然暴怒，推開了姑娘們，並將四名奉公眾給痛毆了一頓——接著便……
奪門而出。
是的，就這麼逃離了寶殿。
旋即有人敲響了半鐘（註19），世話眾們全數奔向海岸，沿途不斷高喊：甲兵衛大人逃走了、甲兵衛大人逃走了！聽聞這警訊，全島島民們悉數自窩身處傾巢而出。

而且……

個個都戴上了惠比壽的面具。

每個人手上也都高舉火炬。

是的，那光景還真是嚇人。

十分嚇人——

也比什麼都要駭人。

是的，正是如此。頭戴笑容滿面的惠比壽面具的群眾，有氣無力地在這怪異島嶼上四處徘徊。誡律分明嚴禁點燈，這下卻處處是燈火通明——

是的，兩百五十名看似幽魂、衣衫襤褸、毫無幹勁的惠比壽神，就這麼成群結隊地在宛如惡鬼般四處竄逃的甲兵衛大人後頭緊追不放。

怎麼看都不像這世間應有的光景。

是的，是的，不出多久，甲兵衛大人就被大夥兒給找著了。畢竟這不過是座狹小的小島，而且甲兵衛大人他——竄逃途中還不斷慘叫，這哪能躲得了多久？

是的。

可知他為何慘叫？

乃因……

註19：遇火警等緊急情況時敲的警鐘。

整座島上……
惠比壽像的臉孔……
是的，島上每一座惠比壽像的臉孔，悉數被——
抹成了紅色。
是的。全都成了一片鮮紅——

【拾伍】

甲兵衛後來如何了？劍之進詢問道。
「是否為——島民們所殺？」
正馬則是如此問道。
且慢且慢，惣兵衛說道：
「正馬，難道你是認為——島民們正好藉此一雪經年積怨？但應不至於如此罷。就老隱士所言聽來，島民們即便境況如此淒慘，卻未心懷任何不滿。若是如此……」
若是如此。
甲兵衛理應不至於被逼到如此窮途末路才是，與次郎心想。
即便為數稀少，倘若島上能有幾個違反誡律者、藐視傳統者、抑或對自己的生活心存疑問之人——

那麼，甲兵衛或許能夠略事思變。

不不──正馬豎起食指說道：

「不不，澀谷。或許島民們的確未曾心懷不滿。不過，若大夥兒對自個兒過的日子毫無質疑，不就代表那誡律貫徹得極為徹底？」

應不至於罷，正馬質疑道。

正是如此，劍之進回答道：

「這應該就是──所謂的『盲從』罷。代表那股隨挫折而來的罪惡感，已深深根植於島民心中。」

但，若是如此──正馬解開跪姿說道：

「至今為止，這甲兵衛就是誡律的代表。在漫長的三百年間，戎甲兵衛……不，整個戎家一直都是活生生的誡律。如今這戎家的島主自個兒破了誡律，並因此遁逃。你認為結果將會是如何？」

原來如此，劍之進恍然大悟地說道：

「代表他已是罪該萬死？或許真是如此哩。眾人若是為自己信賴的對象所背叛，勢必將掀起強烈的反彈。對此人越是信賴，反彈也將越強烈，感覺就好比猛然跌了一跤。」

與次郎覺得自己對這種感覺似乎是深有體會。

因此我推論，正馬繼續說道：

「這甲兵衛應該是被大夥兒給殺了。甲兵衛的背叛，讓島民們從漫長的惡夢中醒了過來。如此一來，哪可能讓甲兵衛這惡夢元兇活下去——？」

老隱士，不知在下這推論是否正確？正馬自信滿滿地問道。

「不是殺人，就是被殺。唉，冤冤相報，何時能了？」

老人分明敘述了那麼多殘酷的事兒，這下卻說得如此超然，彷彿忘了自己方才都說過些什麼話似的。

那麼，這甲兵衛究竟是如何了？惣兵衛心急地問道。老隱士，就請告訴咱們罷，正馬也如此附和道。

「是否——為島民們聯手折磨致死？」

「該不會是遭到了和三百年前的六部同樣的命運罷？」

「喂，矢作，這種結局豈不是太殘酷了？」

「瞧你說的。因果報應本來就是世間常情。種了什麼因，本來就是必得什麼果。而且，這難道不是最適合這故事的結局？」

這並不是個故事，一白翁面帶困擾地說道：

「這——並不是個故事。凡老夫所述，一切均為事實。」

一切均為事實。

沒錯，這是老人的親身經歷。

這麼一句話，剎時澆熄了眾人的興奮之情。

「或許如此陳年往事，讓各位感覺與現實多所悖離。但對老夫而言——一切均為事實。」
真是抱歉之至，惣兵衛低頭致歉道。
「畢竟聽來實在是太——」
「先生無須致歉。總而言之，接下來所發生的，就不像故事般順利了。噢，或許各位最感到難以置信的，是全島的惠比壽像的臉孔——為何會轉為紅色，是罷？」
沒錯，就是此處教人起疑，正馬搓著下巴說道。
老夫了解，老夫了解，老人面帶微笑地說道：
「或許正馬先生認為，這種事兒理應不可能發生。這也是無可奈何，因為這種事兒還真是不可能發生。」
不可能麼？與次郎納悶道。
與次郎認為——這種事兒或許真會發生。
「不過，對老夫而言⋯⋯」
畢竟自己曾親眼目睹，一白翁再次笑道：
「即便是如次不合常理、教人無法置信——畢竟老夫是親眼看到了。噢，也或許那僅是老夫的幻覺。要想為此事找出一個解釋，最簡單的法子就是質疑自己的眼睛。」
「錯覺？」
「說不定真是錯覺。不過，除了老夫以外，島民們和甲兵衛大人也全都瞧見了。每張臉孔都被抹得一片深紅哩，絕非因日光映照還是什麼的，活像是被抹上了丹墨似的。」

各位可知道，甲兵衛大人為何要逃離寶殿？老人向一行人問道。

「是否因——身邊這些深陷因習的愚民教他感到不耐煩？」

應該正如正馬所言罷，惣兵衛也說道：

「哪管是有什麼誡律得遵從，像這樣在監視下被迫生子，論誰都會想逃離罷？劍之進，你說是不是？」

「是的。他自個兒都斥傳說為無稽，並親手破了誡律，手刃了自己的孩子。由此看來，這推論應是頗為自然。」

不不，老人斷然否定道：

「真相並非如此。」

「並非如此？」

「是的。或許——甲兵衛大人直到當時，才真正體會到『島上誡律果真並非無稽之談』。」

老人啪一聲地闔上了記事簿。

「老隱士——此言何意？」

與次郎向老人問道。

這還不簡單？老人回答：

「直到那時為止，甲兵衛大人從未將島上誡律當真。不僅如此，就連有違誡律將使全島湮滅一說，更是嗤之以鼻。」

這——想必是理所當然罷。

誡律要求島民對甲兵衛的命令絕對服從。

甲兵衛自個兒則無須聽命於任何人。

況且，島民們對甲兵衛也決不可能有絲毫忤逆——而這正是促使甲兵衛將自己逼上毀滅之途的理由。

「當時甲兵衛大人——恐怕是發現閨房內祭壇上那座龐大的惠比壽像，臉孔竟然轉紅了。」

什麼？劍之進聞言，不禁失聲大喊。

「破了誡律，並斥其為……不，深信其為無稽迷信的甲兵衛大人，被奉公眾告知島民們所服從的並非他，而是務必聽從誡律。但破了這比自己還重要的誡律的並非他人，竟是甲兵衛自己。結果——一見到惠比壽的臉孔竟然如傳說所言轉為朱紅——就這麼被嚇瘋了。」

想必他當時所感受到的，應是一股無以言喻的恐懼罷。老人語帶同情地感嘆道。

「甲兵衛大人被嚇得驚駭不已，就這麼逃了出去。但在奪門而出時，他曾轉頭回望，看見雕在門上的惠比壽像也同樣變得一片鮮紅。這——」

想必是相當駭人。

「但不論是往哪兒逃——島上到處都祭有惠比壽像。畢竟甲兵衛大人的祖先，當初就是以這些惠比壽像在島上布下結界的，因此全島均為這些神像所包圍。只見這些惠比壽像悉數——」

轉為朱紅——

「任他再怎麼逃，也無法逃出這座島。到頭來，還是教個個頭戴被火炬映照得通紅的惠比壽像的兩百五十名島民給追上了。」

與次郎不禁開始想像起這幅光景。

一大夥有氣無力的島民，頭戴惠比壽面具，在夜色中成群追來。

舉目可及，淨是滿臉通紅的惠比壽像。

倘若置身其中的不是甲兵衛，而是自己……

及此，與次郎便不敢再想像下去了。

只因他發現這光景之駭人程度，已遠遠超乎凡人所能想像。

「最後——」

一白翁將喝乾了的茶杯放到大腿上說道：

「——最後，甲兵衛大人躲進了海岸邊那座惠比壽祠堂內。」

「可就是當年六部首級示眾之處？」

沒錯，老人先回答了與次郎這個問題，接著又繼續說道：

「而在祠堂裡頭，甲兵衛大人似乎瞧見了一個駭人的東西。」

「請問——他是瞧見了什麼？」

這，老夫就不清楚了，老人說道：

「老夫雖不清楚——但想必是個教人感到無比驚駭的東西。也不知是紅面惠比壽、遭到殺害者的亡魂、還是六部的首級，不不，甚至可能是瞧見某種更為駭人的東西。總而言之，甲兵衛大人他……」

就這麼斷了氣，老人說道。

「因過於恐懼而——斷了氣？」

「除此之外，別無理由可解釋。只見他一張原本紅通圓潤的臉，在一夕之間就變得有如木乃伊似的，兩眼就像這樣……」

睜得斗大哩——老人使勁撐大細小的雙眼形容道。

話及至此，老人便沉默了下來，雙眼茫然地望向與次郎背後的一堵土牆。與次郎心想，或許老隱士此時並非遠眺，而是在追憶往昔。

「那麼——敢問這座島後來是如何了？」

劍之進問道：

「難不成真的……？」

老人面帶微笑地回答：

「老夫稍早不也曾說過？島是沒有沉，亦未發生地震或海嘯。但這座島畢竟是湮滅了。」

只因為惠比壽像變了個臉色，老人繼續說道：

「從此就無人願意再幹活了。由於非等到滿月方能離去，因此老夫、又市先生與德次郎先生只得在島上多滯留一個月。期間，島民們個個都成了名副其實的行屍走肉。」

「大夥兒——什麼活也不幹了？」

「沒錯。福揚眾們不再收網，黑鍬眾們不再下田，工匠眾們拋棄了鑿子，世話眾與夜伽眾們離開了寶殿，而四名奉公眾則是切腹殉死。」

「切腹——？」

是呀，此四人分明不是武士，竟選擇了這條路，老人轉頭面向惣兵衛說道：

「後來，又市先生順利地，噢，也不完全順利罷，在福藏中找到了欲尋之人的牌位。那迴船問屋的少東，當初果然是漂流至此，就這麼命喪戎島。接下來，又市先生與德次郎先生將所有寶物悉數自福藏搬出，將所有能分的全數分給了所有島民。」

「分給了——島民？」

「是的。在戎島與本土尚有往來時，這些寶物還有點兒用處，但自交通斷絕後，這些東西全都成了無用的破銅爛鐵，這下總不能讓它們繼續給鎖在倉庫裡罷。除此之外，原本儲藏於寶殿穀倉中的糧秣，也悉數分配給了島民。否則大夥兒都不願幹活，豈不是全都要活活給餓死？」

那麼，島民們可有什麼反應？

「依然是毫無反應。老夫一行人只得為他們炊粥配食，否則島民們依然是什麼活也不願意幹。日復一日，大夥兒只曉得終日眺望茫茫大海，兩百五十人中，無一例外。」

「這——」

兩百五十人中，無一例外。

總而言之……

「情勢如此，這座島也就形同湮滅了。不過，容老夫奉勸各位……」

老人似乎是準備下個結論了，他先是端正了坐姿，接著才繼續說道：

「切勿以為此事事不關己。或許在外國眼中，我國其實和戎島根本沒什麼兩樣。也或許有某些事兒，吾等視之為理所當然，事實上卻根本是完全不符常理。吾等所信奉之價值一旦崩毀——

或許大夥兒也只能如島民般，個個感到悵然若失罷。」

「難道——真是如此？」

惣兵衛說道，這下他的神情變得更是一本正經。

倒是在安房國——老人唐突地轉了個話題：

「有一地名曰野島崎。據傳該地曾有兩名船藝高超的船頭（註20），操起船來可謂神乎其技，任何天候均可駕船出海，絲毫不畏風浪。某日，此二人乘大船出海，卻不幸遭遇颶風，船隻因而沒海。」

好奇老人準備說些什麼，與次郎與劍之進不禁探出身子聆聽。

老人繼續說道：

「船沒時，兩人與約二十名生還者乘小船逃生，漂流至一座不僅看來至為陌生，似乎也未曾有人聽聞其存在之島嶼。分明是座大島，島上卻是毫無人煙。只見岩石上長著前所未見的繁茂草木，木稍卻多掛有海藻。亦可見海水流入岩間。走了兩、三里，依然不見任何民家，而且僅有潮水，不見任何清水。一行人只得返回原地，乘上小船再度出海。待小船駛離島嶼約十町之遙——該島竟於轉瞬間沒入海中。」

這又是怎麼一回事兒？惣兵衛問道：

「既無地震，亦無海嘯，好端端一座島為何就這麼沉了——？」

註20：負責指揮船伕之船長，或負責搖櫓、划槳之操船者。

「惣兵衛先生，其實那並非一座島，而是一條大魚。」

大魚？惣兵衛高聲驚呼：

「該不會是條鯨魚罷？不，即便是鯨魚，理應也不至於教人誤判為島嶼才是。」

「並非鯨魚，其實是條鰩魚。」

「鰩魚——？」

「是的。鰩魚中有稱紅鰩者，據說身長可達三里。鰩魚通常於海底生息，故魚背常為海砂所覆蓋。為了甩開背部積砂，此魚得不時浮上海面，常為人誤判為島嶼。但一察覺有人試圖靠近，此魚便迅速沒入海中。據說這紅鰩，在大海中頗為常見。」

不論是戎島，抑或是我國，不，或許世上所有國家，都不過是紅鰩之島罷，一白翁說道：

「雖然吾等均以為己身踏足之地為陸地，但實際上，或許不過是堆積於魚背之砂，隨時可能沒入海中。待此時，吾人方察覺己身生息之地並非陸地。只是在那之前……」

決不會有任何人質疑，老人說道。

「不會有任何人質疑？」

「當然不會有。戎島上的生活雖是如此扭曲，但直到老夫登陸為止，並未有任何人對其生活心懷任何質疑。同理，吾等所生息之國——」

亦是隨時可能沉沒？與次郎問道。

「是的。」

這可真是駭人哪，與次郎說道。

「先生覺得駭人麼?」

當然駭人。若此事果真屬實……

可就更是教人不敢想像了，與次郎心想。

或許並非駭人，而是教人不敢想像罷。

「打個比方……」

如今，德川幕府不就已經沉了?老人說道：

「直到五十年前，尚未有任何人認為此事可能發生，當然更無人膽敢提出此類質疑。噢，若是當真說出了口，只怕就要身首異處了罷。而放眼今日，雖然號稱啟蒙、維新，聽來似乎頗為悅耳——」

但依然無法證明吾等腳踏之處的確是大地。

若是如此……

哪還需要什麼地震或海嘯?老人說道：

「或許，吾等與立足於紅鰩之上的戎甲兵衛根本是毫無不同。一旦這紅鰩沉了——大夥兒就只能驚慌失措。而要教這紅鰩沒海，根本不須什麼深奧的理由。」

只要惠比壽的臉孔轉紅，也就綽綽有餘了——老人下了如此結論。

【拾陸】

一行人離去後——

一白翁，亦即山岡百介，依然一臉茫然地沉浸於四十年前，在那奇異的島嶼上親身經歷的回憶中。

約莫過了半刻，小夜為他送來了升酒。

百介先生可真會胡謅呀，小夜先是朝百介短短一瞥，接著便如此說道。

「老夫有哪兒胡謅了？」

「當然是胡謅呀——那甲兵衛『根本就沒死』罷？那些惠比壽像也並非轉紅，而是教誰給抹紅的罷？再者，那幾名奉公眾也不是死於切腹罷？」

別再說了，百介制止道。

沒錯，一切都是又市所布下的局。

受迴船問屋之託登陸島上的又市與德次郎，目睹甲兵衛那連孩童都能無情慘殺的模樣，頓悟此地的情況已惡化到無以復加。兩人發現——

若不將這條紅鰩給沉入海中——

別說是甲兵衛，還真的是整座島嶼都將湮滅。

兩百五十名村民也將悉數滅絕。

因此，先由德次郎使出障眼法，將奉公眾們自寶殿中拐騙出來。雖不知他使的是什麼樣的伎倆，但據說奉公眾們的身手決不遜於武藝欠精的武士。

事實上，此四人才是以暴力綁架全島的元兇，甲兵衛不過是個傀儡罷了。

雖已淪為徒具形式，但套一句歐美諸國的說法，奉公眾其實是個同時具備司法與立法兩種功能、甚至還擁有軍事力量的機關。事實上，制定並以強制手段維護誡律的並非戎家歷代島主，而是奉公眾。

強逼甲兵衛進行性行為的四名奉公眾，應是受了放下師的幻術所惑，悉數墜海身亡的罷。因為——數日後，四人的屍骸全都回到了事代灣。

而且，當然全是漂回來的。

奉公眾們一離殿，甲兵衛便乘機逃了出去。不過，這其實又是個陷阱。將惠比壽像的臉孔抹紅的，其實就是又市。

又市以鈴聲巧妙地誘導甲兵衛，讓他逐一看見自己搶先一步抹紅的惠比壽像。這教甲兵衛驚愕不已，只能四處竄逃。

布這回的局，其實並未耗費這小股潛多少力氣。

但星星之火畢竟可以燎原。一口氣失去了奉公眾、番頭、以及次任島主，教島民們大為惶恐，只得四處搜尋島主甲兵衛，為此如幽魂般在島上到處徘徊。島民們從來沒起過一絲殺害甲兵衛的念頭。

但在甲兵衛眼中，緊追其後的島民們要比什麼都來得駭人，甚至可能將島民看作紅面惠比壽化身而成的妖物，嚇得甲兵衛為此竄逃了一晝夜。接下來……

戎島便如此崩毀於一夕之間。

事件經緯看似如此。

翌朝，大夥兒在岸邊的戎祠中找著了甲兵衛。

不過，甲兵衛人還活著，卻是完全癡呆了。

百介趕赴現場時，見其已是廢人一個，成了名副其實的行屍走肉。

即使被抬到了沙灘上，甲兵衛依舊是動也不動。

又市於其鼻頭舉鈴。

鈴，地搖了聲鈴。

——御行奉為。

聞言，戎甲兵衛先是高聲吶喊，旋即開懷地放聲大笑了起來。

當時自己是何等震驚，百介至今仍記憶猶新。

甲兵衛放聲笑了不知有多久。即便眼神茫然、手腳鬆弛，甲兵衛還是持續大笑，活像是為了討回這輩子少了的開懷。

這下——

聞其笑聲，島民們陸陸續續聚集到了海岸邊。最後，世話眾們抬轎現身，眾人合力將已是有軀無魂的甲兵衛抬入轎內——就這麼返回寶殿去了。

到頭來……

到頭來，什麼也沒改變。

島上的情況，一點兒也沒改變。

但自此之後——

似乎就沒人再無謂地遭到殺害了，至少這也算是件好事兒罷。阿又，你說是不是？德次郎說這番話時的失落神情，百介至今仍無法忘懷。

而無言以對的又市那一臉落寞。

他那白木綿行者頭巾隨海風飄逸的模樣。

以及自偈箱中拋撒出的大量紙符緩緩飄落海面的光景。

百介至今亦是無法忘懷。

——那座島……

到頭來，那座島是如何了？小夜問道。

百介僅回以一臉苦笑。

「哎呀，百介先生，何苦連奴家都要隱瞞？」

「老夫豈有任何隱瞞？又市先生將寶物分配予島民的確屬實，平均儲糧亦是屬實。至於後來的情況，老夫可就不清楚了。又市先生表示，該島之命運應由島民自行決定，老夫亦深感贊同。吾等能做的，僅有告知島民海中小徑逢滿月便會浮現一事。」

「那麼，島民們後來是如何了？」

「完全不知。或許在吾等離去後，島民們也選擇離開戎島、抑或決定繼續留下。不過，小夜姑娘……」

百介啜飲了一升酒。

「約莫兩年前，老夫曾託人前去造訪男鹿。事後聽聞——」

戎島——竟已消失得無影無蹤。

就連入道崎的洞窟、鳥居、神社，亦悉數不見一絲痕跡。當然，無人記得這些東西曾經存在。僅有幾人聲稱，曾於滿月時望見海中浮現些許小徑痕跡。

可見……

那座島果真是條紅鰩呀，百介說道。

小夜笑了起來，看來僅將這番話當成了耳邊風。

天火

亦名墜火
墜自卅間餘高之魔道天際
內蘊各色惡鬼
可降災厄於人世

——繪本百物語／桃山人夜話卷第肆・第參拾貳

【壹】

從前。

於某邑里，有一慈悲為懷、公正不阿之代官（註1）大人，極受里民之仰慕、倚賴與崇拜。

此官年約四十出頭，神色和藹親切，面容圓潤帶福相，待人和藹恭謙，對里民至為厚愛，乃一體恤民心之清官是也。不論是收取年貢，抑或分配勞役，均不忘力求公正。見百姓有難，必兩肋插刀，積極相助，不論遭逢什麼樣的對手，均不忘盡其所能守護里民。

不過。

此官有一煩惱。

此煩惱即為其夫人。

不知是基於何種因果，此官之夫人極度沉溺肉慾，宛如人猶在世便墜入色道地獄，境況堪憐。每逢入夜，夫人激情洋溢的軀體便難以按捺沸騰的情慾。為此，只得命家僕每夜為其召來邑里男子作伴。

代官為此苦惱不已。

不過。

註1：掌管天領地區行政之地方官，負責收納年貢稅賦與掌管地方民政。

某日，有一法相莊嚴之法師行經此邑里。

此法師之加持與祈禱頗為靈驗，據傳其不僅能治癒各種疑難雜症，人格亦頗為高潔，任誰見了他都不禁想合掌膜拜，頗為人所敬重。

里民們見深為夫人境況所苦的代官處境堪憐，紛紛央請法師助夫人擺脫形同無間地獄之慾海折騰。

因此。

法師便親赴代官宅邸。

不過，祈禱尚未開始，法師之莊嚴法相便教夫人為之傾倒。夫人亟欲與此法師成親，為此幾乎是茶不思飯不想，並堅稱倘若無法如願，不惜以死殉情。法師則認為此乃己身之不德、修行之不足所致，為此甚感羞愧。

代官為此苦惱至極。

到頭來，竟誅殺了這位法師。

法師本無罪，但代官大人出於對夫人之憐愛，竟不惜憤而誅之。代官大人自此墜入無間地獄，終淪為喪智狂人。

最後，失心喪智之代官大人與其夫人……

終遭天譴神罰——

同為天降烈火所噬。

【貳】

攝津國高槻庄二階堂村常有怪火出現，自三月持續至六七月。此火約一尺，停駐於家屋或樹梢。細加檢視，可見其上眼耳口鼻依稀可辨，有如人面。但若未造成災害，人民對其多無所懼。

昔日，曾有一名曰日光坊之山伏（註2），於此地修法、助人。

村長之妻一度臥病在床，經日光坊入其房祈禱十七日之加持，重症即告痊癒。

其後，村長懷疑山伏與其妻私通，不僅未感謝其癒病之恩，還將之殺害。此二恨遂化為妄火，夜夜飛至其宅，終將村長折磨致死。

故人稱此日光坊之火為二恨坊之火——

朗讀完畢後，矢作劍之進抬頭環視眾人。

雖然生得一張白皙瓜子臉，怎麼看都像個娃兒，他的臉上卻蓄著一撮活像是糊上去的鬍子，看來極不協調。或許蓄這鬍子是為了彰顯自己身為東京警視廳一等巡查的威嚴，但看來還真像是惡作劇的孩童用煤炭給畫上去似的。看來若少了這撮鬍子，反而才能有那麼點兒威嚴。

笹村與次郎將指尖伸向自己的嘴邊，磨蹭了幾回。

與次郎沒蓄鬍子，即使蓄了，也僅能生出些日晒不足的豆芽般的細毛，因此只得剃個精光。誰知一剃了鬍子，身邊的人似乎都開始蓄起了鬍子，教與次郎甚是尷尬。大概是為了代替鬍

註2：遊走於山野之間的修行者。

子罷，他試著將腦門上的毛髮拉到鼻頭下，只覺得似乎沒有任何幫助。

這麼一拉，更教他覺得劍之進的鬍子彷彿是糊上去的。

簡直就是蘸在臉上的異物。就在他直盯著劍之進瞧的當頭，劍之進突然朝他問道：你應能理解罷？理解什麼？與次郎一如此反問，仰靠在劍之進身旁的澀谷惣兵衛立刻豪邁地笑了起來。

惣兵衛生著一臉濃密的鬍子。

而且還毛質剛硬，看來極為粗野。

「與次郎呀，你也未免太不像話了罷？難道你以為這種活像狐狸提燈（註3）的故事，如今能嚇得了誰麼？真教人難以相信你還曾是個武士哩。若是堅稱世上真有神佛也就算了，但瞧你為這等妖怪故事著迷成這副德行，未免也太愧對你這一等巡查的頭銜了罷？」

惣兵衛是個理性主義者。但從他的語氣聽來，腦子裡的似乎也不盡然是近代的合理思考。他的道理中其實還有著濃濃的儒教味兒，證明他其實不是什麼思想新穎的人物，而是打從舊幕府時代就已經是這副德行了。

總之，你的劍術實在是太差勁了，惣兵衛離題說道：

「即便我上你那兒指導武藝，你也只是一臉神氣地仰靠一角，輕輕鬆鬆觀賞著後進挨打，從未真正下場比劃比劃。如此德行，哪有辦法指導後進？」

「這與故事何干？」

「哪可能無干？瞧這種愚蠢至極的怪談也能把你嚇得一身寒顫，不正代表你這人意志不堅？還什麼二恨坊火哩，你這窩囊廢根本連根蘿蔔都砍不下手。」

膽敢罵我窩囊廢？劍之進氣得倏然起身，與次郎連忙安撫道：

「稍安勿躁呀，劍之進。還有惣兵衛，你也別老說這種話激怒人，咱們可不是為了吵架才上這兒來的。這回聚首的目的，不正是為了聽聽一等巡查大人的意見？總之，惣兵衛，你和我同為北林出身，應該也聽說過天狗御燈（註4）的傳說罷？」

我可沒親眼瞧見過，惣兵衛說道。

「但家父曾看見過。難不成你要說，連家父也是個傻子？」

「噢，我可沒這麼說。或許有些時候真有自然起火的現象，但這傢伙陳述的可是遺恨成火哩。這種嚇唬娃兒的傳聞哪可能是真的？」

「不——這二恨坊的故事，我也曾聽說過。劍之進，你方才讀的書叫什麼來著？」

被與次郎如此一問，劍之進立刻回答是菊岡沾涼的《諸國里人談》。

「沾涼？不就是那博學多聞，著有《江戶砂子》的俳人？」

「想不到與次郎竟然連這都曉得。我任職於奉行所時，所內有個酷愛俳句的公事方（註5），目前隱居於仲町，這本書就是他的。你也曾讀過？」

「我並沒有讀過——」

註3：或作狐狸娶親。

註4：天狗所點的鬼火，又作老人火。

註5：江戶時代負責審判相關事務的官員。

與次郎讀過的是另一本書。

「這本書是何年付梓的？」

讓我瞧瞧，劍之進回道，旋即開始翻起了書來。

「上頭印著——寬保三癸亥正月。」

「是麼？我讀過的那本叫做《宿直草》，記得是延寶年間付梓的，所以這本要比我讀過的早了約六十年。我記得很清楚，後來又讀了一本《御伽物語》，雖然書名有別，內容卻完全一致。裡頭稱這種火叫仁光坊火。」

是不同的東西罷，惣兵衛說道。

「不，記得地點是相同的。那也是津國的故事，正是攝州。」

而且內容大綱也是完全一致，與次郎繼續說道：

「此火起於天將降雨之夜。時大時小，四處飛竄。大小如繡球，若趨近觀之，可見其狀似和尚腦袋。」

「腦袋？」

腦袋也會自個兒燒起來？惣兵衛語帶不服地說道：

「又不是煤球。腦袋若是自個兒燒起來，豈不馬上就燒成灰了？」

「不不，書上寫的是那腦袋每呼吸一回，吐出來的氣就會化為火焰。上頭寫著曾有位祈禱法師投靠某國領主門下——地名我是不記得了，這位法師是個相貌美得教人歎為觀止的美男子，教領主之妻為之傾倒不已。」

是個破戒僧麼？」惣兵衛問道。

「不，倘若他是個破戒僧，那麼這件事就可說是自作自受了。不過這位法師似乎是個品行端正、嚴守誡律的僧侶。領主夫人對其多所妄想，對方卻是毫不理睬，教夫人忿恨難當，遂向其夫做不實密告。聽聞妻子遭法師調戲，領主也沒確認是否真有此事，便逕行逮捕仁光坊，斬首誅之。」

「真是不講道理呀。」

原本一直默不作聲地靜觀事態變化的倉田正馬，這下終於忍不住開口嘆道。

或許是為了炫耀自己曾經放洋，他今天穿著一身洋裝，卻和他那張純然日本人的相貌顯得十分不協調。

「這法師根本未與女人私通。領主該懲罰的，應是自己那迷戀上其他男人的妻子才對罷？」

「正是因為如此，這法師也惱火了罷。據說仁光坊被斬首時，腦袋飛得老遠，就這麼化為一團火球。」

真是愚蠢至極呀，惣兵衛揶揄道：

「沒錯，色道的確能蠱惑人心，女人的怨念有時真能害男人喪命。但這件事可就不大一樣了。即便死時再怎麼懷恨在心，被斬下來的腦袋也不可能飛得老遠、口吐烈焰罷？若是如此，上野的山巒豈不都要被燒個精光了？倘若放任彰義隊到處吐火飛竄，新政府哪有法子高枕無憂？」

我可沒說這種事是真的，與次郎回答：

「把這當個故事聽聽就成了。惣兵衛呀，重要的是，我讀過的那本延寶年間付梓的書，上頭也記載了同樣的故事。」

「這哪裡重要了？」

「別心急。我的意思是根據某人所言，這二恨坊的故事，不僅日後元祿年間付梓的《本朝故事因緣集》中也有記載，還被收錄於劍之進方才朗讀的這本書中，至少代表攝津一帶可能曾發生過這等怪事。如此而已。」

「管他是攝津還是陸奧，被斬下來的首級是不可能四處飛竄的。腦袋一被砍下，就只會在地上滾而已。」

「但四處飛竄的並非首級。」

惣兵衛腦袋並不傻。只是每回同惣兵衛交談，與次郎都不禁納悶所謂理性主義是否等同於毫不柔軟的思考方式。若要講求理性，不是應該要相反才是麼？

而是火，與次郎說道：

「該怎麼說呢，與其說是火，或許該說是火球罷——若依這些記述想像，應該是個巨大螢火般的東西才是。我想說的不過是，這種東西四處飛竄的現象，或許還真的是事實。若非如此，哪可能被持續談論了六、七十年？」

「倘若是事實，有這麼些不同的說法，豈不奇怪？」

惣兵衛摩娑起粗硬的鬍子。

與次郎也搓起了沒有鬍子的下巴。

「傳聞原本就是牽強附會的。這種事——噢，雖不知劍之進怎麼想，我個人是無法相信真有怨念或忿恨化為飛火這等事兒。但惣兵衛，光就火球飛竄這現象而言，或許還真可能發生？」

意即，這類故事是虛構的？劍之進一臉複雜神情。

「還不知這些故事是否是虛構的。或許真曾發生過類似的事兒也說不定。不過，雖然故事不盡相同，但現象的記述不都是大同小異？或許是因某些附會，故事才會隨時代而有所變化。」

難得看到笹村如此堅持哩，正馬揶揄道：

「你平時不都沒什麼意見？」

「我不過是認為像惣兵衛這般不分青紅皂白的否定，會不會反而是更為盲目罷了。」

膽敢說我不分青紅皂白？惣兵衛拍腿回嘴道：

「狐火、鬼火、人魂、天狗御燈什麼的——打從江戶時代起，就沒有任何節操之士相信真有這些妖物了。這些東西要不是草雙紙（註6）的戲作作家為了嚇唬孩兒寫的，就是一些膽小鬼看到燈籠火光或月影，出於驚駭誤判為妖物的罷？」

「或許並不盡然哩。」

出人意料地，這句話竟然是出自正馬口中。

正馬一身異國文化習氣，對劍之進這等酷好迷信之人總是嗤之以鼻。認為這等人性喜找理由牽強附會，要比只懂得執拗否定的惣兵衛還難講道理。

註6：江戶時代出版物之一種，以繪畫為中心，佐以假名撰寫的文字敘述。早期多為兒童讀物，後來逐漸演化成流行或滑稽的成人讀物。亦作繪草紙或繪本。「戲作」則指江戶時代後期之白話文學作品。

鬼火這種東西國外也有，正馬說道。
「又牽扯到國外了？你這假洋鬼子。國外也有膽小鬼罷？」
「澀谷，瞧你這副德行，笹村對你的形容果然沒錯。若是認為像你這般逞英雄就能釐清世間道理，可就證明你自己要比任何人都蠢了。這類的火球，其實是一種依循自然界道理所產生的現象。」
是麼？劍之進探出身子問道。
「沒錯，就如同颳風或下雨。這種東西——該說是火球麼？其實是一種雷。」
「雷？」
惣兵衛一臉不悅地說道：
「我不信。」
「為何不信？」
劍之進面帶揶揄道：
「惣兵衛，難不成你認為這是菅公發怒？還是哪個妖獸拋下來的？你該不會認為真有什麼鬼怪會披著虎皮、揹著大鼓前來取你的肚臍眼罷？瞧你一張臉生得像隻熊似的，一聽見打雷還不是嚇得立刻躲進蚊帳裡？」
劍之進摸摸鬍子高聲笑道。
別以為我和你一個樣，惣兵衛氣得朝自己大腿上又是一拳：
「雷——必是從天下落下來的。但雷僅能發出稍縱即逝的光，哪可能忽明忽滅、四處飛竄，甚至停駐於屋宇之上？」

「你還真是沒學問哪。」

正馬聳聳肩說道：

「這種東西，叫做電。」

話畢，還開心地笑了起來

「有什麼好笑的？那又是什麼東西？」

「電就是電呀。你難道不曾聽說過靜電的原理？」

「哼。」

惣兵衛彷彿踩到蛤蟆似的忿忿喊道，接著又不屑地補上一句：我哪懂這種南蠻魔法？

「魔法？這可是一門技術呀，技術。不不，與其說是技術，應說是自然界的原理。」

「原理？據說這不是靠摩擦什麼的冒出來的麼？不過是一種幻術雜耍罷？」

「可別把它當雜耍。雖然詳細原理我並不清楚，但藉摩擦發生的電就叫做靜電。因此，這並非什麼幻術，而是一種自然現象。貓身上的毛在暗處發光，就是微弱的靜電所造成的。電裡頭似乎有正負兩種氣，通常正負是均衡的，但是當帶負氣的雲在大氣中湧現，天上的負便朝地上的正落下雷光。而當大氣的狀態不安定時，雷光便可能碰上某種力量的抵抗，並在這種抵抗之下化為球狀。」

球狀？惣兵衛刻意高聲大喊並反駁道：

「閃電是像條線似的，從天上接到地上的。你難道沒見過？雷電分明像一條線，哪可能變成球狀？」
「當然可能。而且非但呈球狀，還能四處翻飛移動，甚至飄進屋宇之內。在國外所謂鬼火，指的其實正是這種東西。絕不可與死人亡魂、或狐狸披上人頭骷髏點燈──這類無稽之說混為一談。」
「不過，這──真有可能如此？」
惣兵衛歪著腦袋納悶道：
「火球通常只會在死了人的家裡或墓地出現罷？即便真有這種繡球般大小的雷──而且還是亡魂或鬼火，不就代表雷自個兒會選擇地方落下？難不成雷僅落在墓地、或僅落在死了人的民家上？這麼說未免也太愚蠢了罷。況且，落雷可是會起火的，就連木頭或銅鐵尚且會被燒個焦黑，落在人身上就更不用說了。若是如此，剛死了人的民家或寺廟豈不就成天要起火了？」
與次郎，你說是不是？惣兵衛轉頭向與次郎說道：
「你應該也知道北林城後頭那座巨岩罷？那不是教落雷給打落的麼？」
與次郎也是如此聽說的。
根據傳說──那座自古便矗立於山腹的巨岩，因遭強烈雷擊而朝城內墜落。
那座岩石的確是碩大無朋，難以想像如此巨大的東西竟然也會鬆動。不過，此事與次郎也僅是聽說，雖然無法想像大自然真有可能如此威猛，但無須舉這種破天荒的例子，也不難想像落雷真有劈裂巨木、焚毀民家的威力。
「落雷的威力就是如此驚人。哪管它是圓的還是方的，這種威力是絕不可能消失的。我可沒聽說過被鬼火燒死的亡魂會把民家燒個精光。看來，這一切不過是被鬼神之說嚇破膽的孬種所看見的幻覺罷了。」

不可將一切混為一談，正馬說道：

「你這種對自己的蠻橫不以為忤的傢伙還真是教人困擾。性子再蠻橫，也總該有個限度。矢作，你對迷信如此深信不疑，應該較為清楚罷？這種可能是亡魂化成的火球，和狐火、鬼火什麼的——是否為同樣的東西？」

聽不出對方這番話對自己是褒獎還是揶揄，劍之進一臉複雜神情地朝與次郎瞥了一眼。

「噢。」

劍之進先是伸手梳理起彷彿蘸在臉上的鬍子，接著便語帶戲謔地回答：

「既然你問到了，就讓我好好為大家就民間傳承的種種鬼火迷信逐一解釋一番罷——」

「若是為數眾多，大可不必每個都解釋。」

正馬蹙眉說道。劍之進皺起鼻頭開始解釋道：

「其實，誠如正馬所言，亡魂與狐火的確有別。亡魂多呈球狀，據說後頭還拖著一道尾巴。至於宗源火或姥之火等源自死者生前遺恨者，火中多半有張臉。所謂鬼火、妖火等，大致上就屬於此類。而名曰釣瓶墜火，自樹上落下的怪火，有時裡頭也可能帶張臉。」

哼，惣兵衛嗤鼻說道：

「火中哪可能有張臉？」

傳聞真是這麼說的，劍之進說道：

「至於妖獸起的火，可就屬於另外一類了。例如鳥火或狐火，多半是在遠方明滅，有時也會四處飄移，或群列成行。而在墳地或荒野出現的火——亦即墓火或野宿火等，火光大多呈藍白色，飄浮於離地約一尺處。」

「嗯，這說法我也聽過。」

那是燐燃燒所致，正馬說道。

惣兵衛答腔道：

「人骨中帶燐，若是滲出來便可能燃燒成火——記得這曾在哪本書上讀到過。」

「你也會讀書？」

正馬揶揄道。

「當然，哪像你這種老愛吹噓自己只讀洋文，卻連假名都看不懂？武士原本就該是文武雙全，我的知識比起我的劍術，保證是毫不遜色。」

但你只懂得讀論語罷？正馬笑道：

「孔夫子曾云，子不語怪力亂神。你的面相怪，唯一可取之處是蠻力，而且飲酒必亂，還老愛談論神佛妖怪。看來是一點兒也不受教呢。」

「想怎麼說是你的事兒。我所指的，是孩提時讀過一冊以心學道話（註7）為基礎的知識書籍。書中有張狐狸啣著人骨起火的圖畫。此外——對了，在《和漢三才圖會》中，也提到逢小雨暗夜、四下俱無人聲時，即可能出現燐火。」

「好罷，姑且依你的。如此看來，矢作稍早提及的怪火中，起於墳地的鬼火，或呈藍白色靜靜燃燒的火，悉數可被歸納為燐火。這類火不會移動，而且很快便燃燒殆盡。這些東西——只要條件俱備，可說是隨處可見。只要地下有可能產生燐的東西——例如埋有屍體或什麼的，再加上大氣溼度或溫度適中，揮發的燐便可能滲出地上起火燃燒，原理與點瓦斯燈可謂如出一轍。但這種火很快便燒盡。至於狐火，則不僅會移動，還可能聚列成行，因此衍生出狐狸娶親的傳說。」

但這種現象，只有在天雨時才會發生，劍之進說道：

「總之，狐火不僅不會馬上燒盡，還會四處移動。而且大抵都在小雨的夜晚出現。因為這種火起於地形或其他條件的作用，亦即，是一種自然現象。」

「據說不知火也屬於此等現象。」

與次郎如此附和。聞言，正馬捶了個手，旋即以右手指向與次郎說道：

「說得好。笹村，這下我可要對你刮目相看了。那種火的確是某種海市蜃樓，起因是海面與大氣的溫差導致空氣產生亂流，使光線遭扭曲所致。」

哪可能一切都可以同樣的狗屁道理解釋？劍之進面帶不服地抗議道。

「同樣的道理？這些解釋有哪兒相同了？球狀的雷、燐、大氣的狀態，每一個道理不是都不一樣麼？至於你一早提及的什麼坊火的，其實也就是雷。」

「你說那火球——是雷？那麼，難道亡魂也是雷？」

「沒錯。」

註7：江戶時代中期之思想家石田梅岩所創立的心學流派之道德講釋，江戶時代後期曾盛極一時，但於明治時期衰退。

「但二恨坊火的形狀，和亡魂可是不同的。」

「反正同樣是四處飛竄的火球不是？拖在後頭的尾巴，應該就是移動時在人眼中留下的殘影罷。不過是發現處的條件不同，因此看起來也會有所出入罷了。」

「噢。」

劍之進不再反彈，雙手抱胸地靜了下來。

「那麼，這球狀雷——」

可會發燙？被劍之進如此一問，正馬點頭回答：

「既然同樣是雷，應該就和其他妖火不同——是會發燙的罷。人若是碰觸到了，應該會想閃躲，也會被燒傷罷。」

哼，這位一等巡查使勁抗議道。

你這是怎麼了？眼見他這一臉不服的曖昧態度，惣兵衛搖了搖劍之進的大腿。

「還真是想不透。你把大夥兒找來，究竟是為了什麼？」

「這——」

仔細想想，與次郎至今尚未從劍之進那兒聽到本次聚會的用意。這回乃因劍之進表示想聽聽大夥兒的意見，四人才依例聚於與次郎的住所。劍之進雖然率先抵達，但一直是默不作聲，待大夥兒到齊時，才開始朗讀起那二恨坊火的故事。

眾人如此率性直言地爭辯良久，他卻未說明本意，大夥兒哪會服氣？

「其實——」

劍之進以指尖捻著鬍子說道。

如此難以啟齒？惣兵衛問道。

接下來，這生性豪放的劍術師父朝這一等巡查的背後猛力拍了三回。

「你在做什麼？」

「劍之進呀，別這麼扭扭捏捏的。咱們全是你的哥兒們，哪有什麼好害臊的？噢，原來如此。看來你是看到了什麼亡魂，被嚇破了膽子罷？由於擔心誤判有損你這一等巡查的尊嚴，才想證明這種怪火真的存在——」

不對不對，不是這麼回事兒，劍之進挺起胸膛回嘴道：

「在下，不——本人並沒有看見什麼亡魂，即使看到了，也不會被嚇破了膽子。絕對不是這麼回事兒。」

「那麼，又是怎麼一回事兒？」

「這——」

「都叫你別害臊了。唉，或許你會有點兒忿忿不平罷，但方才這個假洋鬼子大少爺不也賣力解釋過了？這種東西絕不是什麼離奇的妖怪。既然如此，你即使看見了，也沒什麼好害臊的不是？唉，雖然被嚇破膽出了糗，說來的確是有點兒難堪——」

再這麼胡亂臆測下去，我可要逮捕你了！劍之進怒斥道。

「瞧你吼個什麼勁兒？有種何不說來聽聽？」

沒錯，與次郎也附和道。這下劍之進才一臉沉痛地開始解釋道：

「好，我就說罷。前些時候，在兩國一帶接連發生了幾起原因不明的火災，大夥兒應該也聽說過罷？」

「噢，你可是指那一連串的小火災？」

正馬一副毫不在乎地回應。這下劍之進神情嚴峻地反駁道：

「誰說是小火災了？大前天賣油的根本屋整棟都給燒光了哩，幸好沒燒出人命。事後調查發現，根本屋老闆的後妻涉嫌重大。先前幾場火，極可能也是這女人放的。不過──」

「怎麼了？」

「這個後妻堅稱自己清白，指稱火其實是前妻放的。但這前妻──早在五年前就過世了。」

噢，這可就奇了，正馬說道：

「人都死了──竟然還能放火？」

「沒錯。這後妻堅稱有顆帶前妻臉孔的火球從窗子飛入屋內，直追著她丈夫跑。屋子就是在這時起火的──」

言及至此──劍之進又一臉無奈地再度捻起了鬍子。

【參】

噢噢，原來是這麼回事兒，藥研堀的老隱士一白翁搔著剃得短短的白髮說道。

「此名曰二恨坊火的怪火，應是真的存在才是。」

老人蜷著背，和藹地點頭說道。

本日，眾人齊聚於老隱士所隱居的九十九庵內的一棟小屋。

一如往常，完全聊不出個頭緒的與次郎一行人，再度前來造訪這位學識淵博、過著清心寡慾的隱居生活的老隱士。

深諳古今東西之奇聞怪談的一白翁，如今雖已是個身材矮小的和藹老人，但昔日似乎也曾為蒐集諸國的奇聞異事雲遊四海。

「老隱士。」

劍之進探出身子問道：

「如此說來，難道您曾親眼見過這二恨坊火？」

老人開懷地笑著回道：

「老夫的確是一把歲數了，但如此久遠的事兒還真是沒見過。延寶要比元祿距今更久，若是老夫曾見過，如今豈不是已有兩百歲了？」

的確有理。雖然哪管是五十年前還是兩百年前，對與次郎而言似乎都是同樣久遠。

因此，與次郎才會有——曾親眼見過五十年前的事兒的一白翁，應該也曾見過兩百年前的事兒的錯覺。老人雖識廣，但許多事也僅止於有所聽聞，並不代表曾親眼見過或親耳聽過。

「關於此怪火，除了各位所讀到的幾冊書以外亦有記述。例如在山岡元恕所編纂的《古今百物語評判》中便有記載。本書之付梓時期為貞享年間，應是晚於《宿直草》，早於《本朝故事因緣集》。書名雖曰百物語，但體裁並非蒐集普通怪談並加以編纂，而是記述編者之父——即一名曰山岡元鄰之學者召集門生，講述古今怪事，再逐一加以評論之過程。」

「加以評論——？」

「是的，亦即，此則純屬捏造，此則純屬誆騙，此則乃基於某種緣由——一如各位常舉行之怪談議論。不過，本書畢竟撰於往昔，在此文明開化之時世讀來，部分評論已顯得頗為粗雜，但仍有部分評論頗有見地，令人對著者之慧眼讚嘆不已。可惜本書並非戲作，讀來少了那麼點兒趣味便是了。」

「亦即，本書對怪談持的是否定態度？」

並非全盤否定，被正馬這麼一問，老人回答：

「元鄰並未頑固否定一切，只表示世上絕無無中生有之事，謊言即為謊言，誤判即為誤判。遇有不純然為虛構者，便試圖闡明此類不可解之現象乃因何而起，可謂極為理性。可惜著者為一儒學家，因此文中不時有八股說教之處，實屬遺憾——」

哇哈哈，即便是兩百年前的儒學家，都要比你明理呢，正馬朝惣兵衛笑道。

「那麼，本書中所記述的，是什麼樣的內容？」

大抵與《宿直草》大同小異，被與次郎這麼一問，老人回答：

「於舟幽靈的章節內，曾提及丹波之姥火與津國仁光坊一事。」

聽來果然還是被否定了哩，惣兵衛洋洋得意地說道：

「著者若是名儒學家，哪可能相信世上真有此等愚蠢至極的怪事？」

「不不。」

老人揮了揮瘦如枯枝的手說道：

「元鄰並未否定怪火之存在，僅認為水上若起怪火，亦不值得大驚小怪。」

這可就令人費解了，惣兵衛納悶地說道。

「有何處令人費解？」

「當然令人費解。堂堂一介儒學家，為何要談鬼論神？」

「此人並未談鬼論神。若不諳世間原理，便指其為不可解之妖物，即為談鬼論神。但——若能成功解釋某事乃因某種原理而起，便不再是談鬼論神了。元鄰將起於汪洋之上的火推論為水中陰火。一如高山頂峰能有水，水中亦能有火。凡曾有多人喪生、遺下強烈執著怨念之處，均可能出現此類怪火，並為此舉姥火、仁光坊火兩者為例。即便於唐書中，亦不乏關於此類遺恨火之記述。」

「水中陰火？」

沒錯，老人頷首說道：

「元鄰之主張，乃盈天地間皆有陰陽五行之理。例如於其他章節中提及之釣瓶墜火，便可以木生火解釋之。亦即，凡樹木均散發狀似火球之精氣，白晝因陽光照射而不可見，但入夜後便可於樹下暗處見之。如此而已。」

「樹木真有精氣——？」

正馬驚呼道。老人以安撫的語氣回答：

「其意應為——所謂精氣，絕非不可思議之妖物，不過是眾生生息之證據。」

「不過。」

正馬訝異地說道：

「倘若樹木起火符合自然原理，為何並非每株樹下均可見此火？」

老人再度開懷笑道：

「有理有理。不過元鄰亦有云，陰陽之老變與五行之相生，均隨四季推移。此火之所以不見於幼木，一如春去夏來、秋去冬來，乃初始之氣尚未盈滿，便無可產生後續之氣使然。而初生小樹雖也符合木生火的道理，但因木氣未滿，而火氣難生——此一解釋，的確有些許牽強之嫌。」

聞言，正馬與惣兵衛大笑不已，但與次郎似乎視此解釋為理所當然。

「元鄰亦進一步推論，世間之火可分為三類。星精飛火、龍火、或雷火為天火；燃木擊石所生之火為地火；心火或生命之火則為人火。此三類火，又可分為陰火與陽火。」

「陰火與陽火——？」

「陽火可燃物，陰火則不可。陽火遇陰氣則熄，但陰火遇水亦不能熄。總而言之，此等現象或許真符合自然之道。」

「這——或許可歸納為物理？」

正馬抬高下巴說道。

雖放洋僅區區數年，不知究竟學到了多少，但正馬的確擁有不少此類知識。

「某些火不可燃物。若雷可解釋為陰氣與陽氣碰撞所生，那麼陰陽五行之說，或許與西洋之自然科學亦屬吻合。」

當然當然，老人說道：

「物本有其形，不論自外或自內觀之，均為同物。一只碟子自側面觀之呈扁平，自上方觀之呈圓形。扁形與圓形大不相同，但畢竟是同樣一只碟子。東洋與西洋之別，僅在於觀察點之不同。例如這只茶碗——」

老人指著方才端來的茶具說道：

「在洋文中如何稱之？」

Cup，正馬回答。

「Cup？噢，讀法截然不同，但指的不都是茶碗？可見陰陽五行與西洋學問，即便敘述方法有別，結論仍是殊途同歸罷？」

原來如此，這說法也不無道理，與次郎心想。

「如此說來——」

劍之進聳了聳肩，向前探出身子說道：

「——稍早正馬曾言，亡魂亦屬雷之一類。依老隱士方才的解釋，便可被歸類為天火。不過，亡魂亦可以生命之火視之，如此一來，豈不應被歸類為人火？」

「有理有理。」

「那麼，究竟應屬何類？」

老人腦袋微傾地回答：

「首先，宜先探討人火是否為人眼實際可見。人有生命，心中可能有火燃燒，亦可能有氣散發，故生命常以火喻之。但這生命，是否真可以雙目可見之形體出現？」

聽老人這語氣，似乎是不可見？正馬回應道。

「不，遺憾的是，老夫已活到這般歲數，至今仍未見過此類物體自臨終人體脫出。但也不可因此便全盤否定。即便此物的確存在——譬如，倘若真有自人體脫離之火球，而正馬所提及之球狀電光亦是的確存在，此類雷火便可能被誤判為亡魂罷。」

「意即，兩者難以區別？」

「大致上，均可謂是遠觀而非近觀。此火球究竟為何，均是依觀者自行判斷。觀者要做出何種結論，可能依觀時心情而異。許多時候便可能是鬼怪露真形，原是枯芒草。」

「對對。」

劍之進對老人這套說法更是信服了。

「如此說來——噢，劍之進，你曾提及那出現在兩國油屋（**註8**）的火球像雷不是麼？」

但它怎會引起火災呢？劍之進問道。

「當然會。那不就是老隱士所言的陽火？這火是熱的，碰上紙或木頭當然會燃燒。」

「有理。不過老隱士，即便這東西是一種電光，其中是否可能帶張人臉？」

「人臉——？」

「是的。根據僕役或鄰人的證言，怪火出現一事應是不假。不論此火究竟為何物，但有個火球自屋外侵入店內引發火災，似乎是事實。該店老闆之後妻表示，此火球乃其夫前妻之怨念，火中清晰可見此前妻之面孔。此外，尚表示此火球緊追老闆不放，導致其夫火傷送醫，至今尚未恢復意識——」

「噢。」

老人雙眼圓睜，興味津津地聽著。看來他不僅年輕時酷愛奇聞怪談，至今對此類故事依然是難以忘情。

「不過，想必老隱士也略有所聞，兩國一帶接連發生了幾起原因不明的小火災，而且數度有人目擊這位後妻出現在小火災現場。亦即這位後妻——名曰美代，似乎不乏縱火嫌疑。否則，未免也太湊巧了。」

整棟油屋都給燒了？老人問道。

「燒得一乾二淨。尤其碰巧是油屋，燒起來可旺了。未殃及其他民宅，也沒出人命，已是不幸中之大幸。之所以沒出人命，乃因僕役等人眼見火球飄入屋內，紛紛驚惶失措直往屋外逃使然。鄰人於火勢向外蔓延前，便已通報消防單位。再加上當夜天雨，而且是在消防員鎮火時降的，才沒教火勢殃及周遭。倘若當夜天乾物燥，想必燒掉個五六棟也是輕而易舉罷。由於火是從屋內開始燒的，因此僅有老闆逃生不及，慘遭烈焰灼傷。」

「火球緊追著老闆不放？」

惣兵衛驚訝地吊起雙眉說道：

「聽來甚是有一番因果，著實教人難以採信呀。」

註8：日本古時製造、販賣燈油或髮油等油類的商店。

「姑且不論是否值得採信，但親眼目睹火球者為數甚眾。當然，這火球是否為妖物，可就是另一個問題了。」

「看來這東西該稱之為雷球罷？」

否則，靈魂哪會四處飄移？正馬問道。

「誠如老隱士所言，無人能斷定此火球是否為亡魂。不過，若其真為亡魂，在下認為——理應不至於引發火災才是。畢竟從未聽聞亡魂可能引火。由此推論，應是有人刻意縱火，故姑且逮捕了這位後妻，但此女卻一味否認涉案，堅稱姑且不論其他，哪有人會幹放火燒掉自個兒的店家這種傻事？此言的確不失道理，為此，在下方思及或許可自古代文獻中蒐得線索。」

「縱火的亡魂——？」

「不，與其說是亡魂，或許該說是嫉火。循此推論，在下找出了二恨坊火的故事。雖不至於引火燃燒，但同樣是出現於小雨之日，火中也同樣帶張人臉。因此，才打算向各位徵詢意見。」

你可真會拐彎抹角呀，惣兵衛高聲笑道：

「將這女人給繩之以法不就解決了？」

「哪可能如此簡單？就連那幾場火是否是她放的，也缺乏確切證據。起火的不是空地、墳地、就是河岸，均為人跡罕至的地點，無人目擊火是她放的。或許美代不過是碰巧來到現場附近罷了。」

「這就夠可疑了罷？否則一個商家老闆娘，為何要上這些個人跡罕至的地方？而且還是在夜裡？」

惣兵衛一臉惱怒地說道。

「話是沒錯——但你仔細想想，在這些個地方縱火，哪會有什麼意義？而且在眾目睽睽之下在自己的店內放火，豈不是太瘋狂了？」

「想必她是患了什麼心病罷。」

惣兵衛冷冷地說，接著又轉頭面向老人問道：

「老隱士，您不是曾向我們提及——一個得了心病，縱火成癮的女人的故事？」

沒錯沒錯，老人笑容可掬地回答：

「的確有人患有這種縱火成癮的性癖。這種心病十分棘手，雖尚不至無法可醫，但要治癒的確是十分困難。這等人難以壓抑縱火之慾，人生被迫為此步入歧途。老夫的確曾見過一女——畢生戀火成癡，在燒殺數人之後，自身亦無法擺脫火氣詛咒，而於烈焰中殞命。」

老人神情悲愴地說道。

「你瞧瞧。」

惣兵衛瞇起雙眼說道：

「這個老闆娘，八成也是這副德行罷？即便不是如此，人不也常說縱火會成癮？」

她似乎不是這種人，劍之進回道。

「不是麼？」

「應該不是。據說美代倉皇自烈焰中脫身時，情緒至為激動。若是戀火成癡，據說這種人性喜遠眺自己所縱的火，理應不至於如此慌張罷？當時美代被嚇得語無倫次，即使自己的丈夫被嚴重灼傷，也無暇注意哩。」
「難道不是作戲？」
「我也不知道。」
劍之進再度雙手抱胸。現場陷入一片靜寂。
突然間——老人開口說道：
「看來——這應該就是正馬所言的天火。」
「天、天火？」
「沒錯。劍之進先生，或許幾場小火災，與油屋的大火之間並無直接關連。易於起火之日，大抵有大氣亂、溼氣重等易於產生雷電的條件。若是如此，這些火就是因自然產生的雷球所引起的。不過——這或許有可能是『天譴』。」
「天譴——？」
眾人不約而同地轉頭望向老人。
「上蒼——偶爾會佯裝偶然，向人施罰。」
接下來——一白翁便開始陳述起一段往事。

【肆】

也記不清那是什麼時候的事兒了。

對了，記得是老夫甫自京都歸來不久——噢噢，就是在許久以前曾向各位提及的那椿帷子辻所發生的怪奇事件之後。

沒錯沒錯，就是那椿岔路口突然出現女性腐屍的事件。唉，那件事說來也真是離奇呀。是的。

當時老夫也是與御行又市同行。是的是的。在那起事件後，又市先生突然變得沉默了起來。由於從未見過又市先生這種模樣，老夫不知該如何與其攀談，甚至不知該說些什麼，完全不知該如何同又市先生打交道。

老夫上哪兒去了？

噢，當時老夫受一位名曰林藏的帳屋（註9）招待，前去京都遊歷。京都內值得看的地方可多了。

沒錯，老夫對神社佛閣的確是興趣濃厚。

在老夫四處觀覽期間，又市先生則是獨自於京都外一棟荒廢的寺廟內棲身。

應該就這麼過了個把月罷。

噢。當時大坂一名曰一文字屋仁藏的出版商剛買下老夫撰寫的戲作，因此不缺盤纏。

對了，猶記嵐山的紅葉可真是美極了。老夫造訪時，葉子才剛轉紅不久哩。

就在此時，又市先生突然開始收拾行囊準備動身。老實說，原本見他一直是靈魂出竅般靜悄

註9：江戶時代販賣帳簿、紙張、筆墨等文具的商家。

悄的，這突如其來之舉，還真把老夫給嚇壞了。

噢，又市先生並不是個可依常規判斷的人。總是教人感覺有點兒超乎常人——不對不對，如今回想起來，倒算得上是饒富人情味——總之，屬於某種如今已不復存在的奇人。唉，如此形容可能要惹各位大笑，該如何說呢。此人似乎還維繫著某種教人懷念的特質——唉，或許當時就是這麼一個時代罷。

是的，似乎是接到了什麼消息。

沒錯，就是向老夫購買戲作的一文字屋先生所送來的。其實，此人骨子裡正是在上方（**註10**）統管又市先生等黑市幫辦的頭目。

是的，又市先生似乎是接到了什麼差事的委託，得前去大坂一趟。

這趟路，老夫也隨其同行。

噢？

不不，老夫當然不知又市先生接到的是什麼樣的委託。就連問也問不得，因為依往常的規矩，是不得過問的。沒錯。有時老夫的確會幫點兒忙，但幾乎從未聽聞經緯緣由，有時甚至連結果如何亦是無從得知。不，老夫對此毫無怨言，還擔心若是知道了某些不該知道的事，反而要教老夫更感困擾。

此類人對這道理十分執著。

沒錯。

非常執著。

噢，不不——老夫不過是對某件事兒頗為在意。是什麼樣的事兒？噢，說來羞愧，其實——純粹是想聽聽大家對老夫的戲作有何感想。

是的。

結果，老夫當時撰寫的作品經過改寫，得以付梓出版。

是的，這都是拜一文字屋先生的明確指導之賜。為了聽取自己售出的戲作獲得了什麼樣的評價，老夫便決定與又市先生同行。

大坂可真是個生機盎然的地方。相較之下，東京如今雖是熱鬧非凡，但當時的江戶仍是一片貧乏困頓，望之毫不悅目。街景亦是雜亂無章，毫無都會規模可言。相較之下，京都一帶可就富饒了，看到屋宇如此宏偉，即使才鬧過飢饉，食物依然是頗為豪華，果不愧為天下珍饌之都。

唉，都得怪地理條件失調。雖然同樣瀕水，但江戶排水不良，可謂是一座水路切割而成的都會，再加上火災、地震頻繁，屋宇多難持久，以致屋宇損壞被視為理所當然。江戶人今朝有酒今朝醉的習氣，或許就是由此而來的罷。

是的。

老夫再度成為一文字屋先生的食客。

落腳翌日，又市先生便不知上哪兒去了。

是的，這回老夫並未隨行。畢竟即使欲與其同行，也是難以開口。

註10：指當時天皇定都之京都一帶。

因此——老夫便在一文字屋先生的盛情款待下，在大坂度過了大半個月。

在其安排下賞了不少畫，也結識了幾位戲作者。

不過——

依然無法不掛心。

是的，仁藏先生當然也發現老夫靜不下心。某日，便將老夫召至廳堂，詢問老夫是否願意上某地瞧瞧。

某地？是的，至於是何地，恕本人無法詳細告知。總之，此地位於攝津國境內。據傳，該地起了一樁不可解的怪事兒。

據傳，該地出現了不可思議的怪火。此物騰空約三尺，狀似四處飛竄之火球。或許正是大和國或近江國人相傳的小右衛門火。一文字屋先生解釋道。

噢，此類怪火，小生曾有聽聞。

於馬琴之《兔園小說》中，便有關於此類陰火之記述。應是文政（**註11**）前的事兒了。此外，於《御伽厚化粧》中，亦有類似記載。地點雖有出入，但兩者均被稱為小右衛門火。出現於大和的火——即《兔園小說》所載者，據傳常出現於細雨霏霏之雨夜，逡巡於墓碑之間。

某日，有一名曰小右衛門之百姓巧遇此火。

見狀，小右衛門以杖擊火。這下怪火分身數百，將小右衛門團團包覆——不過，此乃書中記述，並非小生親眼所見。

是的，事後小右衛門開始發熱，不出數日便一命嗚呼。此類故事，常有聽聞。
因此，此類怪火便被喚做小右衛門火。
至於《御伽厚化粧》所載之小右衛門，則是近江人，與前者甚有出入。
根據此書記述，此火乃一名曰小右衛門之貪婪庄屋（註12）所留遺恨化身而成。此庄屋因惡行敗露，而遭處罪刑死。死後，其執念化身為火，四處擾人。是的，原形正是亡者之遺恨。據傳火中可見人臉一張，容貌酷似小右衛門，神情還頗為兇悍。沒錯，據傳此火中帶張臉。
兩者均為亡者遺恨幻化而成，而且火中同樣帶有人臉——
是的，早在當時，老夫便聽說過二恨坊火的故事。因此今日一聽見各位提及，便能及時憶起。畢竟地點亦是頗為接近。
或許兩者是同一種東西——老夫如此心想。唉，這下老夫可就坐立難安了，一股好奇不禁油然而生。
沒錯。
當然是——上過那村子了。
是的。直至去年仍鬧飢饉，景致當然是一副窮困。不過，老夫曾周遊全國大小村鎮，各地均

註11：日本於一八一八～一八三〇之間的年號。
註12：江戶時代的村長。

是一片淒慘。相較之下，此村落之景況堪稱良好。或許也是氣候風土使然，居民生計尚屬富足。

是的，雖然困頓，但態度尚屬親切。

噢？

怪火在何處？

噢，這——是的，事實上，據說是處處可見。

老夫沿途向各村落打探，方得知此火是這種習性。

噢，各地村民均表示，每逢深夜，山上墳地便會出現不可思議之怪火，朝河川方向飄浮而去。是的，據說自遠方亦可看見此火光移動。

亦有不少人就近目擊。

火中是否帶臉？

有人堅稱火中帶臉，亦有人表示火中無臉。聲稱火中帶臉者，則表示此臉乃一盜賊的臉什麼的，意見頗為分歧。其中亦有不少人顯然將此火與二恨坊火混淆——

是的，亦有人表示此臉乃一山伏或一修行者。但無人清楚箇中典故，僅記得此亡者於古時含恨而死。

沒錯，這類故事通常僅有斷片殘存。箇中姓名與故事性質，多為事後牽強附會湊合而成。是的，誠如與次郎先生所言，此類故事，多為事後摻雜各類解釋拼湊而成。

大抵均是如此。

不過，絕不至於是完全虛構。

即便是事後拼湊而成，其中亦有些許部分屬實。事實上，此類怪火之名稱與相關記憶並非以文字記載流傳，而是藉由口耳相傳，殘存於當地居民心中。

是的。看來，此地古時曾發生過此類事件——而事發時曾有怪火出現，理應是正確無誤。

是的，沒錯。

當老夫四處打探時，發現這已不是古老的故事。眾人並未將此視為傳聞或故事，而是表示自己也曾親眼目擊、或親身遭遇過。

是否為誤判？

這，老夫可就不清楚了。

即便或許純屬錯覺，但曾經目擊者，對己身親眼所見均是深信不疑。噢，老夫探聽消息之地域範圍頗廣，依理眾人不大可能串證撒謊。況且，對老夫這般雲遊者撒謊，哪有什麼利益可圖？

當然，老夫當時是滿懷期待。

沒錯沒錯，當然是亟欲親眼一睹。

遺憾的是，「此時」已無任何機會。

因此怪事業已止息。

的確，目擊者為數頗眾。但越是接近現場——居民越是異口同聲表示，此怪火已不復出現。

雖然自己曾見過，但此怪事「業已結束」。

有人表示其已遭收服、封印，亦有人表示其業已成佛。

看來此類推論，或許是依敘述者對此火性質之解釋不同而有出入。視之為亡靈冤魂者，便推論其業已成佛。視之為妖魔鬼怪者，則推論其已遭收服封印。難以推論其究竟為何物者，便僅表示此怪事業已止息。

總之，此火已不復出現。

據傳——此異象約於老夫觀覽京都時期開始，雖無人明確記得正確日期，但此火毫無預警突然出現，不分晝夜為人所目擊，自數日前起，便不復出現。

是的，這當然有個原因。

據傳某日，有一法力高強之六部突然現身村外，以祈禱降伏此怪火。沒錯沒錯，一如各位所知，六部即為六十六部之略，指的是半僧半俗，周遊各國靈地之修行者。

是的。

據說，此六部某日突然造訪。噢——稱之為造訪或許有失允當。六部雲遊各國，說是碰巧經過，或許較為正確。

沒錯，正是如此。他當然不是為了定居而刻意前來的。接下來，此六部——展現了某種神通法力。

接受村民佈施後，此六部曾數度略施小惠，諸如助佈施者覓得失物，或預言些許於後日應驗之事。

是的。

村人表示眾人心懷感激，便央求其住下。沒錯沒錯。噢，倘若只是個四處行乞的小和尚，理應不至於受到如此款待，但六部先前曾造訪檀那寺，並受到住持的招待。

噢——這可是大事一樁。畢竟當地居民無從分辨來者是否值得信賴。若見其與當地最受信賴者相識，便可能成為判斷此人是否值得信任的一大依據。事關信仰的場合尤其是如此。

村民對六部極為信賴，便央請其暫時滯留當地。

當然——這般央請與當時在村中鬧得滿城風雨的怪火亦不無關連。雖然怪火並未造成任何災厄——既無村民為此喪命，亦無家族遭逢滅門。但鬼魅魍魎終將為惡，各種臆測亦導致村中人心惶惶。

是的，住持似乎也為此頗感痛心。

唉。

據傳，和尚們曾為此誦經祈禱，但也未見任何效果。噢？不不，您誤會了，劍之進先生。

佛雖是法力無邊，但佛德僅能造福信仰虔誠者。唯有誠心念佛者，方能受佛祖功德庇保。至於狐狸妖怪，與佛可就是毫不相干了。

噢，沒錯。

拯救村落免於災厄之劫，或封印來路不明之妖魔鬼怪，可是需要另請高明的。

畢竟驅除荒神（**註13**）或附體鬼神，原本便不屬於寺廟之管轄範圍。當然，欲尋找失物或治療疾病，的確可委託法師代為祈禱。藉由祈禱，或許讓眾人免受怪火危害，至於降妖除魔，佛寺可就有欠專精了。

註13：為人帶來災禍或不幸的邪神。

是的，村民為此大感心安。六部為廟方所信賴一事，就這麼傳了開來。
噢，事實上——老夫抵達當地前，沿途亦聽見了不少流言蜚語。眾人豈可能放過這個機會？
因此，村民便向此法力無邊之六部代求助。
是的，當然是為了驅除怪火。
據傳，六部立刻接受了眾人的請託。
是的。
打鐵得趁熱，故本村之總代（註14）、村吏、乃至佛寺內的和尚齊聚一堂，相偕前往據傳為怪火湧現之墳地。
雖說是墳地，但此處實非普通墓地。老夫亦曾親自造訪，發現此地位處山中，距離村落頗為遙遠，僅有數座腐朽不堪、為荒草所遮掩的五輪塔。由於原有刻印已是模糊不清，也不知埋葬墓中者為何人。
是的，至逢魔時刻，四下已是一片漆黑。
不似街頭，在山中，燈籠火光完全無用武之地。畢竟非瓦斯燈，燈籠微弱的燭火，幾乎全為黑暗所吞噬。
是的，幾可說是伸手不見五指，教人感覺彷彿自個兒的身體都已融入了黑暗之中。
入夜後的山中，就是如此無色無形。
是的。
此景當然駭人。

入山後，感覺星霜似乎變得較近。這絕非因高度上升，而是四下實在過於黑暗，即便是微光也顯得至為明亮使然。

是的，因此，即便是正馬先生所提及的燐光——原本應是極不顯眼，若於山中觀之，便顯得極為耀眼了。

是的。山岡元鄰所言果然不假。

當時也在場的總代宣稱，此怪火極為明亮，甚至可將書上的字兒映照得清晰可讀，或許正是因其於此種情況下目擊此火所致。

噢——不不。

此火的確是十分明亮。

噢？

不不，這點就稍後再提罷。

總之，四人於六部帶領下，於戌時相偕前往該墳地。

當時，老夫心中並不舒坦。即便有不捨人親眼目睹怪火飛竄，但至今仍無人志願前往怪火湧現之處。

唉，別說是因為這怪火。日暮後，有誰膽敢入山造訪此類亡者身分不明的墳地？

此時，老夫似乎感覺到了一股氣。噢，惣兵衛先生想必認為老夫是疑心生暗鬼，正馬先生想

註14：總代意為某團體或組織之代表人，此處指的可能是村中神社或廟宇信眾之代表。

必要認為這不過是個迷信。至於劍之進先生，想必要推論此乃妖魔發散之氣罷——噢？您並不如此認為？

是麼？失敬失敬。

不過，這些推論無一正確。老夫絕非因疑心生暗鬼而有此感覺，而且絕對是感覺到了什麼。尤其是在山中，此種感覺至為強烈。不過，這並非基於某種特殊能力。絕非心靈感應、或所謂第六感什麼的。

這股氣，憑常人的五感便能感覺得到。只不過，並不似看見、或聽見等感知般容易形容。若以時下的用語言之，應可謂是一種綜合性的感覺罷。

這感覺，乃是以眼、耳、鼻、肌膚等感知外界的器官所接收到的感覺，加以綜合比較——可能未經頭腦思考，而是僅憑這些感覺做出綜合性的判斷。因此，與清楚聽見、或明確看見是有所出入的——

總之，老夫就是感覺到了一股氣。

就是這麼回事兒。人在山中，五感常會變得更為敏銳。

山中有許多東西是看不見的。諸如山中有樹、草、流水、蟲獸，但並非一切均是清晰可見。許多時候，樹蔭下有著什麼、土中躲著什麼、山巒後方藏著什麼，光憑雙眼是看不出來的。

許多東西，還得藉由聲音、氣味、溫度、溼氣、或風向方能察覺。這不就等於是需要傾渾身之力方能探知？

老夫於四國山中，也曾有過極為駭人的體驗。那回老夫感覺到的，噢，真不知這應如何形容，該說是一種遠超乎常人所能理解的可怖形體的存在罷。故此，當時也感覺到了一股不尋常的氣氛。

是的，據說，果真有火自石塔後方出現。

是否帶張臉？

噢，總代聲稱火中的確有張可怖的人臉，但村吏堅稱火中無臉。和尚則表示由於火光過於耀眼而難以辨識。村吏笑稱總代一見到火，便連忙抱頭蹲下──應該沒能看得仔細罷。

不過，根據和尚轉述，村吏也同樣被嚇破了膽。

據說──當時此火看似活生生地直在空中打轉兒。噢，應該是罷。可能活像被貓追急了的耗子四處逃竄似的。

或許正像是這種模樣罷。

年邁的村吏表示，當時還聽見一陣古怪的嗖嗖聲。此種未曾聽聞的聲響，聽來頗教人不快。此怪火──與其說是火，以光束形容或許較為貼切。當時宛如一條蛇般朝眾人衝來，沿途還在空中不住扭轉。

是的。

唉，雖然三人彼此調侃對方的膽怯，但據說當時悉數被嚇得兩腿發軟。

據說六部毫無畏懼地挺身面向怪火。先是誦了一段難解的咒語，旋即朝旺盛的怪火舉起手中搖鈴。

「御行奉為——」

誦完後，便搖了一聲鈴。

鈴。

這下——

出人意料地，這怪火竟於轉瞬間消失無蹤。四下又恢復了原本的黑暗。

怪聲也於同時止息，彷彿什麼事兒也沒發生過似的，周遭再度充斥起陣陣蟲鳴。

天邊還泛出了淡淡的月光。

總代猶記當時依舊雙手抱頭的自己抬起頭來，看見太陰沉穩地高掛天際，心中原有的不祥之氣便立刻煙消雲散，甚至懷疑方才所見的一切是否不過是一場夢。和尚亦表示，當時自己也是同樣感觸。

村吏亦表示，當時直納悶自己是不是教狐狸給捉弄了。

事後，一切異象便軋然止息。

是的。

老夫抵達時，此怪火——有人稱其為小右衛門火，亦有人稱其為二恨坊火，早已不復出現。

唉，說來可真是遺憾呀。

意即，老夫離開一文字屋先生之處時，異象已不復發生。噢，據傳是在老夫開始滯留京都時起的，看來應是持續了個把月罷。

是的。

當然。

不論此傳聞是真是假，還是得會會這位六部。即使換成各位，想必也要做如是想罷。酷愛此類故事如老夫者，更是迫不及待地前去造訪。

噢，是的。

幸運的是，六部當時尚滯留村中。沒錯，村民對六部當然是感激不已，極力央求其繼續停留。因此，六部便借宿村外一棟小屋，行為患病者祈禱等法事。

是的，此人——老夫當然是見到了。

【伍】

當時，山岡百介完全不知該如何打開話匣子。至於又市腦子裡在盤算些什麼，百介根本無從理解。

即使此人化名為天行坊，百介還是一聽便可猜出這根本就是又市。又市最得意的伎倆，便是混入群眾間博取信任，隨心所欲操弄人心。只要憑著一副三寸不爛之舌，便能以欺瞞、誆騙、脅迫、勸說行威脅利誘之實——憑這渾名小股潛的御行一口舌燦蓮花，要將純樸村民玩弄於指掌之間，根本是易如反掌。

雖然不過是個小藩，但又市曾有過順利誆騙整個藩國的經歷。看來這回又市又為了某個目的，打算混入這村中操弄村民。不過——

就百介所見，這村里堪稱和平。

當然，村中必定有些百介這局外人難以察覺的問題。像村莊這種聚落，總會有某些地方帶點兒封閉性，若不深入探究必難以發現真相。不過，也有些地方是非得從外頭才能瞧見的。譬如人若是窩在家中，根本無法發現屋樑歪了。像這種地方，只消步出屋外便能察覺。

或許——這也算得上是一股氣氛罷。

有時周遭出了問題，即便不諳詳情，亦能隱約感知。痛苦、傷悲、失落等情緒——即便再如何掩飾，也回為人所察覺。畢竟此類情緒，有時可能轉化為看不見的氣味、或聽不見的悲鳴。

不論生活如何貧困，只要心智健全，便難以為外人所察。這回又市潛入此處，究竟是為了什麼目的？沒錯，藉由耍弄巧妙手段，又市的確有能力修補人心破綻。但一塊沒穿孔的布，根本就無處需要修補。唯有金錢物資能夠解決貧困，而這並非又市所能提供的。

難道這村中其實潛藏著某種難以察覺的問題，只是百介無法感知？

經過一番深思熟慮，百介敲下了這棟村外小屋的房門。

先生好——

出乎預料的——雖然百介並未預料到什麼，又市僅回以一個普通的招呼，而且似乎還普通得過了頭。

先生怎會在此處？為何來到此地？又市並未如此詢問，而是應了一句先生好，一副老早料到百介即將來訪的態度。

「果不其然——真是又市先生呀。」
百介一臉納悶地說道。果不其然？又市笑道：
「難道小的如此好認？」
「也不知算不算得上好認——倒是，先生為何來到此地？」
還不是來耍些除魔降妖的伎倆？又市回答：
「是這兒的村民要我留下的。有謂是心誠則靈，只要心懷信仰，哪怕是泥菩薩也能當成神。別看小的如此不信鬼神，在信眾眼中，也可以是個法力高強的六部法師。倘若對方深信不疑，只要籌措得當，尋回失物或治癒疾病都不會是難事。小的這回不過是來充當一個即使毫無法力，也能為人消災除厄的六部法師罷了。」
「充當——？」
也可說是來贖罪的罷，又市笑道：
「平日憑這張嘴把人給騙得團團轉的，還幹了不少齷齪勾當。這回想到人生苦短，偶爾幹些教人感謝的事兒，或許也不壞——噢，請進請進。」
又市邀百介入屋。
只見鋪有木頭地板的屋內空無一物。
「雖說這回幹的仍是誆騙，但至少教孩兒夜裡不再號啕大哭，甚至教老嫗再度挺直了腰桿兒——總之，教人心懷感謝，至少不算是壞事兒罷？」
「這——的確不算壞事兒。」

當然不是。

若是向人收取高額銀兩，即便真的有效，也算是郎中勾當。但看不出又市曾向村民收取任何酬勞。不——又市絕不是靠這種勾當詐財的惡棍。

不消說，又市畢竟是個不法之徒，有時當然不惜詐欺、勒索、強奪。

但他這麼做時，不過是將這些勾當當做達成某種目的的手段。時至今日，百介仍未見過他憑藉此類郎中勾當斂財。想必又市若有意願，也不必設下什麼複雜的局，光憑一副舌燦蓮花便能賺進填滿好幾座財庫的銀兩，但不知何故，他從沒這麼做。別說是財庫，又市就連個像樣的窩身之處也沒有。從他過的日子看來，和金錢幾乎可謂無緣。

不過，這並非又市生性清心寡欲，或不擅長算計錢財使然。

這小股潛每回都不忘收取相應的酬勞，絕不白費工夫，總記得拿到自己該拿的。這群不法之徒，要比百介更了解錢財是何其重要。只是又市絕不幹僅動張嘴便能掙錢的勾當。

只不過，這回的差事——

看不出他是受誰所託。

目的也教人無法參透。

其實，若又市秉持的，果真是此等不法之徒罕見的助人為善之念——倒也不是一件壞事兒。

雖然仍是誆騙，但若真能救人，那麼說這類謊也不失為一個權宜之計。

不過，百介依然無法全盤相信又市這番解釋。又市這人理應不至於為惡，但雖不為惡，肚子裡也不可能沒在算計著些什麼。

一如村眾，百介也常為又市所欺騙。

小的對此可是深信不疑呢，又市說道：

「誰不願相信？此處先前的慘狀——先生應該也有耳聞罷？飢饉席捲了全國百姓，不只是北林，這一帶的景況也相當悲慘。甚至連大坂街頭都有飢民餓死哩。」

「就連大坂——也無法倖免於難？」

整個上方都是如此，又市眼神沉痛地說道：

「相較之下——江戶可就幸運多了。通常並不至於如此，但先前大坂一帶可是成了教人不知如何才能活下去的煉獄。稻穀歉收或漁獲匱乏，都可教人餓得生不如死。但在大坂一帶，卻有一小撮人仍過著好日子。」

「一小撮人——指的可是武士？」

「武士亦是其中一部分。這些傢伙宣稱是為了收取將軍下詔徵收的迴米（註15）而大肆蒐購稻米，而平民百姓若是儲存僅足以填飽肚子的份量，便要被指控私藏黑米而投獄——生意人也忙著囤積稻米，漫天喊價——自己則繼續過奢華的日子。天下鬧飢饉大家都曉得，這等人非但見死不救，還一味強取豪奪，這教百姓要如何過日子？」

這情況——百介的確是略知一二。為政者對飢饉毫無因應政策，曾引起不少詬病抨擊，甚至

註15：大量自產地輸送至其他地區的米，又作輸送米。江戶時代幕藩體制確立後，各藩領主為了張羅於江戶維持藩邸的所需開銷，常將徵收得來的年貢米販售至大阪、江戶等米市以籌措經費。

曾為幕府臣子的大鹽平八郎也為此舉旗造反，此事至今仍教人記憶猶新。

本國已是越來越鬆散了，又市說道：

「高知那船手奉行（註16）所言果然不假。看來，本國政體即將土崩瓦解。較之為政者，平民百姓反而更能察知。此地栽種油菜籽、木綿、以及釀酒頗為盛行，這類東西均可上市銷售，哪管時期如何艱辛，百姓理應也熬得過去才是。不過，其他藩國也不是傻子，近日開始有些僅限藩內專賣的物產，大坂市場上銷售的貨品因此半減。長此以往，若是繼續依原本的法子做買賣，獲利也要減半。就連百姓都不難察覺，商貿的道理已有所改變。」

——原來如此。

這國家已是形將瓦解。

外側情況越是危急，內側的健全更是與之形成強烈對比。

「人人內心均是惶恐不安。」

「因此深感應該有所信仰——？」

又市並未點頭，只是摸了摸腦袋。

「正是這麼回事兒。」

這個假六部坐在設於木頭地板正中央的地爐旁，一臉看似羞怯的神情。

「也請先生千萬別讓村民們知道——小的在江戶是個名聲響亮的小股潛，擅長詐術的不法之徒。否則好不容易靈驗的『法術』，也要完全失靈了。」

「這小弟知道——」

一如往常。

這回話也不能多說。

因此，小的對此可是深信不疑呢，又市說道：

「在此地，小的就是天行坊。還請先生務必助小的圓這麼個謊。」

「圓謊？」

先生會在此地滯留一陣子罷？又市問道。

「嗅——的確是有此打算。」

好不容易來到此地了，若就這麼折返，似乎有點兒奇怪。而且，也實在不好意思再回頭叨擾一文字屋了。

倘若此時又返回一文字屋，應該只有臉打個招呼就回江戶了。畢竟百介已經無所事事地返回大坂，當了好一陣子食客了。

此地雖無客棧，又市繼續說道：

「——不過，小的可與庄屋打個商量。這位庄屋之父對奇人特別感興趣，因此只消告知先生是在江戶對小的多所關照的戲作者，庄屋之父肯定樂意為先生提供住處。」

「難、難道是指小弟……？」

失敬失敬，竟然形容先生是個奇人，又市再度笑道。

註16：隸屬於德川水軍，以取締海盜為要務之武士。

他現在可真是愛笑。

在京都時卻是那麼消沉。

真不知他的心境是在什麼時候起了什麼樣的變化？抑或他只是為了什麼目的在強顏歡笑？

反正百介絕不可能參透。

「小弟撰寫的不過是些考物（註17），稱不上戲作者罷？」

這哪有什麼分別？又市說道：

「在這一帶，哪有人聽得懂何謂考物？以戲作者自稱，較能獲得眾人景仰。再者，不似小的永無可能成為法力無邊的行者，先生哪天終將成為如假包換的戲作者不是？這至少比小的所撒的謊要真實得多罷？」

「不不，至今就連文章能否付梓都還不知道哩。」

謙遜至此，可就顯得見外了，又市揮了揮手說道：

「一文字那老狐狸直誇先生寫得好哩。還說這文章極有可能大受歡迎。」

又市隔著自在鉤（註18）凝視著百介。

——看來他又拋開了一個包袱。

百介心想。

每當又市設一個局時——也就是需要窺探人心縫隙時——總會拋開了自己心中的部分包袱。

這百介可就辦不到了。而百介總是會小心翼翼地呵護自己心中的某些莫名的東西，深恐這些東西將被削除，為此變得老是畏畏縮縮的，無法活得如又市般自在。

——倒是——

「又市先生。」

百介問道：

「請問——又市先生與那怪火可有關係？」

「怪火？」

又市剎時露出一臉訝異神色：

「噢，先生是指那火呀。」

是的，百介湊身向前問道：

「又市先生的小股潛伎倆——小弟也是略知一二。先生常言，這種事並無任何不可思議之處。但——那火該如何解釋？」

「該如何解釋——？先生所言何意？」

「還不就這麼回事？據傳該怪火已遭一浪跡天涯的六部封印，想必就是又市先生收拾的罷？難道這怪事，不是又市先生解決的？」

「是小的解決的。」

「解決——？但那火打從你我尚滯留京都時便已開始出現，可見應是如假包換的妖物才是。

註17：供兒童解悶的謎題。

註18：懸於爐灶之上，用來垂掛鍋或鐵瓶的掛鉤。因高度可自由調節，故得此名。

若是如此，又市先生如何能收拾？」

「先生果真是教人佩服呀。」

又市抓起一把堆積在圍爐裡側邊緣的稻草屑，湊向自己眼前朝地面撒下。

「那東西哪是什麼妖物？」

「若非妖物——請問會是什麼？」

百介鍥而不捨地追問道。不就是山鳥？又市回答。

「山鳥？哪有這種可能？鳥兒不可能在夜裡飛——身子更不可能發光罷？」

「不，鳥兒可是會發光的。夜鷺會發青光，山鳥則會發紅光。這類鳥兒一飛起來，看來可就活像鬼火了。山上居民多以鳥火或『墜火』稱之。」

「墜火？」

想必是因為那火看似飄搖，故得其名罷，又市漫不經心地回答：

「也就是——小右衛門火罷。」

「古時之小右衛門火，世人亦猜測其真面目即為飛鳥。」

這小的就不清楚了，又市搔了搔剃得精光的腦門說道：

「總之——既然是鳥兒，也就無足畏懼，只要出點兒聲便將之驅除。翌日，小的又仿效捕鳥人將之活捉。從此，怪火便不復出沒。」

不過是鳥兒罷了，又市再次說道。

「但又市先生，鳥羽發光，可是因為某種反射使然？應不是羽毛本身會發光才是罷？根據目擊者之證詞，那怪火似乎頗為明亮。雖不知是月光映照鳥羽還是燐火燃燒使然，但再怎麼亮，理應也不可能亮到能讀書的程度罷？」

「那是個錯覺。」

「錯覺？」

「先生應不難想像，入夜後山中可能有多暗。周遭越暗，火光看來豈不是更明亮？」

「不不。」

百介無法接受這說法。的確，真有光蘚、螢火蟲、水母等發光之物，但禽獸是絕無可能發光的。獸眼之所以發光，乃因光線反射使然。而毛皮之所以發光，則是因空中之陰氣陽氣蓄積其上使然。本身是絕無可能發光的。

至於鳥類，則就更不可能了。

哼，又市嗤鼻回道：

「若是如此——那火是否可能是雷電之類的東西？」

「雷電之類的東西——？」

這百介也曾思索過。雖不知是基於何種原理，但傳聞中之怪火，似乎有部分的確是可能發生的自然現象——

倘若天上有雷電，地下有火泥，那麼天地之間豈不也可能有火球、雷球——？

不過——

「這說法似乎還是有點兒不對勁。」

如此解釋似乎也說不通。

「若真是如此，又市先生，那怪火便與颳風下雨同屬循天地自然之原理所發生的現象。那麼——一如人無法隨心所欲降雨止風，身為人的先生您理應也不可能鎮住這怪火才是。自古雖有不少祈雨、祭山等試圖操弄自然之法術，但均未見任何實效。即便真生效了，亦是純屬巧合。先生說是不是？」

「的確是純屬巧合罷。」

又市回答。

百介感覺自己還真是白費力氣。

「先生所言甚是。小的的確沒什麼法力，因此這怪火消失，或許不過是出於巧合。」

「巧合？這——」

難道真可能如此湊巧？

「噢，小的深信那不過是鳥兒，便認為那是自己以鳥黐（註19）所捕獲的山鳥，但或許事實並非如此。或許那東西不論小的做了什麼，或即便什麼也不做——也是會自個兒開始、自個兒結束罷。唉，若那東西真是天然氣象，或許真是如此。」

「那麼，為何——會發生這種現象？」

「或許是天候使然？」

「天、天候？」

「當時——不是曾下過好長一陣雨？」

百介剛離開京都那陣子，的確是雨天。

「但當小的前往那山上的墳地時，不知怎的雨竟然就停了，成了個晴朗乾爽的秋日。或許，那怪火是隨溼氣還是什麼而出現的。若是如此，這不就是巧合了——？」

若是天候又變了，或許會再度出現哩，這御行說道。

「若是再度出現。」

「唉，若是再度出現，小的這天行坊的法力可就要露出破綻，只得立刻捲鋪蓋走人了罷？」

這說法的確有理。

不過，又感覺似乎有哪兒說不通。從又市這口吻聽來，他似乎認為這東西「絕不可能再度出現」。

看來，先生是認為小的這番話不足採信？這小股潛凝視著百介說道：

「先生可真是多疑呀。」

「這陣子——小弟的確是變得多疑了。」

百介並不信仰儒學或佛學，而且生性好談論怪力亂神之議題，巴不得能相信世上真有鬼怪。正因寧可如此相信，對造假便格外痛恨。必先懂得分辨孰者為假，方能學會分辨孰者為真。

不過——自從與又市一夥人結識後，百介便無法判斷孰為怪異、孰為合理了。當然，這是因為百介發現背後總有誰在操弄所致。不論是虛中有實，還是實中有虛，均教百介感到暈頭轉向、

註19：用來黏捕小鳥的蘸鳥膠，由雲葉之樹皮提煉而成。

無從判斷。

總之，凡事都無法再輕易採信了。

那麼，先生認為這推論如何？又市問道：

「那怪火——其實是遺恨之火。」

「遺恨之火？」

這還真不像又市先生會說的話呀，百介還沒來得及把這想法說出口，又市便笑著補上一句：

「錯不了。」

「但，又市先生不是不信鬼神麼？」

「是不信。不過先生，姑且不論小的信還是不信，倘若亡者遺恨真可能化為火光，想必是古時孤魂野鬼之遺恨所化。此等死者姓名為人所忘、憑弔者亦告途絕，遭遺棄經年的怨念，難道不可能化為火光現身？」

這番話怎麼聽都不像是認真的，但百介還沒把這意見說出口，又市便向他問道：

「先生為何認為小的不是認真的？」

「因為——又市先生分明不信世上真有妖怪。」

「小的不信，並不代表妖怪就真的不存在。」

「這話是沒錯——但若是如此，那東西是怎麼消失的呢？又市先生打從心底不信鬼神，哪可能驅除真正的怨靈？」

話可不能這麼說，這御行回答：

「小的雖不信鬼神——但一如先生所見，祈禱還果真靈驗。畢竟亡魂也曾為活人，而一如此類東西對活人有效，對付這等亡魂也可能同樣有效。或許，小的這假六部的假經文、與假御行的假符咒，突然間全都靈驗了起來也說不定哩——」

這麼解釋，話就說得通了。

不，該說是這麼想較能讓人安心。

認為世上真有鬼神，還真能省去不少麻煩。看來鬼怪這兩個字，還真是神通廣大呀。

偶爾何妨試試這麼想？說完又市站了起來，透過板窗望向屋外。

「哎呀，果然來了。」

「噢？」

又市此時的神情還真是異於往常。

「誰來了？」

「先生瞧，看熱鬧的三三兩兩地冒出來了。不出多久，村民們就要全數到齊了。」

「噢——」

「對了，屆時還請先生配合小的把這戲給演下去。先生可千萬別忘了，小的這回是個六部天行坊。」

又市又從懷中掏出一只天竺白木綿頭巾，朝頭上一綁。

「這些傢伙會接二連三造訪，由於實在是教人應接不暇，小的只得將面會時間限制於午時至戌時之間。但即便如此，就連根本沒事兒的人也會魚貫前來。想必那庄屋也會露臉，就乘此機會將先生介紹給大家罷。」

話畢，又市端正了坐姿。

果真──來了一大群人。

頭疼的、腰痛的、兩眼朦朧的、沒氣力的、頻頻尿床的孩童、腦筋糊塗的老翁、腰桿兒挺不直的老嫗、乃至求良緣的、求安產的──前來造訪又市的村民走了一個又來一個，著實教人驚嘆世人原來有這麼多苦惱。

來者不僅限於附近村民，亦不乏聽聞風聲自遠方趕來者、欲一睹行者大人尊容者、僅碰個手便心滿意足者、乃至見群集者眾而前來湊熱鬧者，把此處擠得門庭若市。據說這陣子天天都是這副光景，不，來訪者甚至是與日俱增。

又市還真是了得。

這下簡直成了個活神仙。江戶居民即便有多愛一窩蜂湊熱鬧，只怕也沒這些徒眾熱心。此處人潮之洶湧，比起祭典時的喧囂光景簡直是毫不遜色。

只見又市──不，應說是天行坊，待每一位來者均是親切之至。即便碰上再愚蠢的要求，也會神色和藹地側耳傾聽。

此外，他果真未收取分毫酬勞。

即便是不收分文，村民們依舊會為昨日或前日獲得的幫助獻上供物。又市先是為眾人的盛情致謝，接著又請求大家將供品分贈予需要幫助者，而且還會親自將供物分配給看似饑腸轆轆的來客。

看來活像個堂堂大聖人。

一如兩人先前談好的，又市向村中有力人士介紹百介，表示他是個來自江戶的戲作者。一位自稱庄屋之父的老翁對百介似乎頗感興趣，不僅力邀百介滯留一陣，還承諾將熱情款待。

由於呆立一旁聆聽眾人訴苦也幫不上什麼忙，百介便步出小屋。只見不僅屋外大排長龍，較遠處還聚集了不少看熱鬧的群眾。

跨出門前回頭一望，碰巧望見又市一臉微笑地為一位老嫗按摩背部。神情至為柔和。

——原來如此。

百介靜靜地關上了門。

突然發現或許對百介而言，這種生活其實也不壞。

只要留在此地，又市大可化身一名神棍，永遠為人所感激、崇敬。村民們實在太需要又市了。

拜又市之賜，許多事兒都有了意義，就連鬼神也將應運而生。對人而言，鬼神絕對是缺之不可的。

這小股潛的伎倆果然高明。

僅憑一張嘴，便可能毀滅一國，反之，亦可能造福眾生。較之行遍諸國冒險設局，留在這窮鄉僻壤，化身一介神棍度過平穩餘生，當然要來得安穩得多。

或許又市也作如是想罷，百介心想。結束京都那樁差事後，又市看來是如此鬱悶。

——難道他是累了？

即便他真的累了，也是不足為奇。

百介望向大排長龍的村民。

還真是個不可思議的光景。

眾人——對又市竟是如此深信不疑。

百介確切感覺事到如今，即便向眾人揭露那怪火的真面目，只怕也不會起任何作用。不論其究竟為何，眾人均已深信那是個駭人鬼怪。同時，不論又市採取的是何種手段，眾人亦深信他已將之驅離。

百介向遠方望去。

就在此時。

百介發現有個異物出現在樹林後方。

——那是——

看來似乎是輛人力車，而且乘坐者應是位高權重。周圍還見得到幾名中間（註20）、以及肩挑行李的小廝。

不對，似乎還有幾名武士。

——此人究竟是何方神聖？

車上的門似乎微微開著一道縫。

百介直覺車中乘客——看來應是個貴人——似乎正朝著這頭窺探。是在旅途中發現這頭人聲鼎沸而前來看熱鬧的麼？不對，不論是打哪兒來、上哪兒去，應都不至於走在樹林裡頭。

難不成是——

——專程為了窺探情勢——

才特地打那兒過來的？

此時，車上的門倏然關上。

或許是察覺到百介的視線了罷。

最後，人力車終於消失在山的另一頭。

但隊伍依舊是綿延不絕。

錯失了離去的時機，百介這下是走也走不得，但總不能返回小屋中，只得在屋旁一株柿子樹的根瘤上席地而坐。

村民們個個瘦骨如柴。

大概是飢饉所致罷。不過大夥兒臉上的神情，竟也稱不上陰慘。這些村民們的表情，與百介曾於海中孤島上見過的島民們、以及深受妖魔作祟所苦的某藩國內的領民們截然不同。

那些昔日見過的人們，均是精疲力盡、無精打采。

但排在小屋前的村民們可就不同了。當然，既然來到這兒，代表這些人個個心懷苦惱。倘若詢問他們日子過得是否幸福，這些村民保證要回答並不。只不過，若要問人飽受飢餓折騰、常時

註20：日本武家之僕役。

與死亡為鄰的日子能有多幸福，答案當然是可想而知。

百介一臉茫然地眺望著這條人龍。

只見有人捧著寒酸的農作物、也有人提著酒壺。

個個都是迫不及待地盼望能儘快輪到自己。看著看著，百介竟然在裡頭發現了一張熟面孔，也就是曾參與驅除怪火的總代。

記得此人名曰茂助。

一看見百介，茂助也是略顯驚訝。

不出半刻，便輪到茂助進小屋了。

一離開小屋，茂助便滿面笑容地朝百介走來。

「哎呀，原來是這麼回事兒呀。」

茂助說道。

「請問——您指的是？」

「還會指什麼？您這人也真會隱瞞呀，怎不早點兒告訴我您就是六部大人的舊識？倘若當時未曾好好款待您這位六部大人的好友這消息傳了出去，我可就要遭眾人嚴刑拷打啦。」

「噢，其實——」

這下百介還真不知該如何解釋，但又不能說出實情。

「失禮失禮。其實，當時還無法確定此人是否就是小弟的舊識——畢竟名曰天行坊的也不只他一個，因此——」

是麼？茂助一臉狐疑地回道。

這胡亂找出來搪塞的藉口，任誰聽了都要質疑罷。

「雖不知其本名為何，但法力高強如六部大人者，保證世上是沒幾個。方才，我才為家裡的婆婆討了個驅除中風的符咒哩。」

話畢，茂助亮出了一紙百介見慣了的紙符。

這紙符非常靈驗，百介說道。

「是麼？那可真是謝天謝地了。倒是先生，我這就領您上庄屋家去罷。庄屋家的老隱士方才先回去了，這下想必正在準備款待先生的事宜哩。」

「準備——款待小弟？」

小弟沒理由接受任何款待呀。

先生就甭擔心了，茂助說道：

「庄屋家的老隱士是個怪人，一聽說能聽到什麼奇聞，恐怕連飯都不想喫了。先生不是蒐集了不少這類故事？只要能說出一兩個，保證能哄老隱士開心。」

「不過——這——」

這位老隱士還有餘力款待外人麼？

敏感的茂助看出了百介的為難。

「甭擔心，今年情況沒這麼壞。大家似乎都還有點兒東西喫，也沒再聽說有人餓死了。」

先生就快起身罷，百介在茂助的催促下站了起來。

「這一帶其實挺麻煩的。」

也沒被問起，茂助便逕自說道：

「雖統稱攝州，其實並非一個正式的藩國，而是包含了好幾個郡，原本就是由許多莊園湊合而成的。其中既有天領、旗本藩、大名領、寺廟領地、甚至不乏遠方藩國大名領地，算得上是其他藩國的境外疆土。只不過由於大坂就在附近，因此尚能維持某種程度的完整——舉例而言，這一帶就是土井藩的領地。」

「是麼？」

沒錯，茂助說道。

只不過，百介既不清楚土井藩的規模有多大，亦不知其位於何處。

唉，該怎麼說呢，茂助皺起眉頭喃喃自語道，接著便不急不徐地嘆了口氣。

「據說上頭曾打算將大坂十里四方劃為天領，也不知現在情況是如何了。唉，反正咱們這等小百姓，哪懂得上頭這些大人物打的是什麼算盤？如今庄屋正為了應付陣屋代官大人的召喚，忙得七葷八素的哩。真不知是為了什麼事兒——」

這樣小弟豈不是要叨擾到人家？百介問道。反正忙的是庄屋，茂助回答道：

「老隱士可就閒得發慌了，成天只能放放屁、睡睡覺。不論其他地方是什麼情況，咱們這村子可是一片祥和，即便連庄屋都不愛擺架子，老隱士就更沒什麼好怕的，不過是個皺紋滿佈的老翁罷了。」

茂助快活地笑道。

百介回頭望向又市的小屋。
看見隊伍已經短了許多。

【陸】

這可是大鹽之亂後的事兒？劍之進問道。沒錯、沒錯，一白翁語氣和藹地回答：
「記不得是亂後翌年，還是兩年後的事兒——」
「那麼，百姓應尚未擺脫飢饉所造成的打擊，治安想必也是十分惡劣。攝津之幕府直轄地的德政大鹽黨人，不正是因此而掀起暴動？」
老人仰天說道：
「老夫所造訪的村落——當時倒是十分平靜。至於村名為何，恕老夫無可奉告——噢，即使能說，其實老夫也老早給忘了。由於當時有種種顧忌，因此刻意不將村名記下。若是記下了，哪天要是被誰給瞧見，恐有禍殃村民之虞。」
「但從老隱士的陳述中，倒是聽不出有什麼好擔心的。」
惣兵衛捻著鬍子說道：
「難不成這六部——即這位天行坊，後來煽動村民起義？」
「倒是沒聽說曾發生過這種事兒。」
劍之進說道。由於酷愛研讀古書，他對這種事兒特別清楚。

「攝津曾發生過的起義事件，似乎僅有安政四年的岡部藩領起義、以及延享二年攝河泉天領起義兩椿。在時代上，兩者均不吻合。」

你這傢伙還真是多嘴呀，惣兵衛怒斥道：

「沒看見我是在向老隱士請益麼？」

好了好了，一白翁為兩人打了個圓場。

「倒是——老隱士——」

這下輪到正馬開口說道：

「這位六部是否真有法力？」

「這……老夫就不清楚了。」

老人一臉故弄玄虛地說道：

「不過，六部以祈禱驅除怪火，博得村民信任畢竟是事實。或許這怪火一如正馬先生所言，不過是一種雷——那麼，怪火自此銷聲匿跡，可就是出於巧合了。但雖說或許是巧合，但六部也因此博得信任，只要為人所信，要辦什麼可就都是易如反掌了。如此一來，不也等同於六部的祈禱果真靈驗？」

「但若真是巧合，不就證明其法力是假的？」

沒錯沒錯，聽惣兵衛這麼一說，老人復以和藹語氣回答：

「不過，這種事兒還真是巧合。就好比人以為祈雨應驗，只不過是碰巧遇上老天爺降雨，若未降雨，祈雨靈驗的傳聞便無人流傳了。」

「無人流傳——?」

「或許，這不過是一種話術罷了。倘若作法後仍未降雨，作法便可謂失敗。既然謂之失敗，便代表作法原本就是以能夠成功召雨為前提。倘若原本的前提是作法亦無法召雨，一遇降雨，便將被視為巧合。」

有道理，與次郎心想。

但既然祈雨等同於祈求老天爺賞臉，這前提似乎也是理所當然。

先生這話或許沒錯，老人繼續說道：

「不過，若將未降雨視為失敗，此一失敗便能證明作法並不具任何法力。作法多半無法成功召雨。但屢經失敗後，哪回真碰上老天降雨，可就要被視為法力靈驗了。相信儀式具法力者，便是如此想法。但若有不信者以作法亦無法召雨為前提，無法成功召雨便被視為理所當然，如遇降雨，便是罕見的巧合了。遇此罕見巧合，人便將為文記述或憑記憶傳誦。非者，便不會留下任何記述。」

「不論是信或不信，問題終究在於——祈雨後是否真會降雨不是麼?」

答得好，聽與次郎這麼一說，老人一臉開心地說道：

「祈雨不靈驗時雖佔壓倒性多數，但也不知是何故，失敗的例子卻總為人所忽視。到頭來，唯有真碰上降雨時，祈雨才為人所注意，並為此議論究竟是靈驗，還是純屬巧合，但此種議論哪可能有任何結論?畢竟既無人能判斷，亦無人能證明作法是否真有效用。老夫認為既然如此，不如端出未降雨的例子，議論祈雨為何不靈驗較為有益，只可惜，似乎無人做如是想。」

話畢，老人合掌，搓揉起乾枯的雙手。

「亦即——大家只在意召雨應驗時？」

正馬問道。

沒錯，老人回答：

「那怪火是如何消失的，已是無從知曉。欲調查古時記述之真相，更是註定徒勞。哪管如何費心推理，也無從做出結論。但六部作法後怪事便告止息，畢竟是事實，故此，村民對此名曰天行坊之六部才會如此信賴。噢，老夫也曾見過這位六部，果真是一位堂堂偉人。」

「不是個詐欺師麼？」

「不，是個熱心濟世救人的大善人。」

此人必定是個詐欺師，一切不過是場騙局，正馬說道：

「英國亦有通靈師，但悉數是卑劣的江湖郎中。」

「若僅是表演戲技，或許真能造假。但這六部藉其濟世救人，即便是詐欺，也不過是為了拉攏人心的手段。這手段也的確消弭了眾人心中的恐懼。更何況此人生性和藹可親，為人完全無可挑剔。」

果真不收半點兒銀兩？惣兵衛說道：

「那還真是沒話可說。」

「沒錯沒錯，因此，此人備受眾人愛戴。老夫也是在這位六部的引介下，方得以前往庄屋先生宅邸寄宿。庄屋先生之父名曰權兵衛先生，亦隱居宅邸內，是個酷愛奇聞異事的老翁——噢，老夫當年還是個年輕人，故此——」

「這下，老隱士豈不是得以『大顯身手』？」

「沒錯，老夫與這位老翁當然是臭氣相投，當下便陳述了伊豆之舞首、與淡路島之芝右衛門狸兩樁奇聞，聽得老翁是興奮不已。由於與淡路相距不遠，故此事之傳聞亦曾流傳至該地。」

這故事與次郎也曾聽說過。

內容為一狸貓化身為將軍之私生子，一再攔路斬人，最後於德州公眼前為犬所噬。死後，斬人兇手之遺體竟化為一隻狸貓。雖然聽來教人難以置信，但這位久居江戶的老人聲稱曾親眼目睹。雖不知其他三人做何感想，與次郎個人認為是信之無妨。

老夫於宅內逗留數日，老人回題說道：

「發現當時村內是一團忙亂。」

「為何忙亂？」

「噢，其實是為了應付年貢。」

「上頭增徵年貢？」

「是的。該地實為關東某小藩之領地，此藩財政嚴重惡化，不得不如此。雖是個僅一萬五千石的小藩，但事後調查發現，此藩積欠之債款已大幅超出銀兩千貫。」

聽來果然窘迫，劍之進問道：

「敢問此藩於攝州領有多少石高？」

「噢，各郡相加凡十五村，約為五千石強。從一萬五千石的規模看來，領地應有三成位於藩國之外。」

「如此聽來，可真是困頓了。」

劍之進露出一臉愁容說道：

「絕非緊縮財政便可解決。」

「是的。不僅發行了藩札（註21），亦用盡其他各種手段，財務均未見好轉。困頓至此，唯有增收年貢一途。」

「的確別無他法。」

惣兵衛頷首說道：

「要不，可就要亡國了。」

「沒錯。但不僅所要求的年貢遠遠超乎常理，同時還強逼村民趕製草鞋上繳、以及參與藩所舉辦的調達講（註22），兩者均可謂強人所難。」

「噢。」

聞言，惣兵衛皺起了眉頭。

「只見返回村落的庄屋先生急得滿臉通紅。唉，村落原本是和平寧靜。鬧飢饉時雖曾有人殞命，但憑村民團結一致，還是熬了過來，誰知眾人正欲開始休養生息時，竟遇此窘況。」

老人蹙著淡淡的雙眉說道：

「被怪火嚇壞了的村吏、名曰茂助之總代、以及其他村民齊聚庄屋先生宅邸，情況是一團忙亂，教老夫這外人甚感尷尬——唉，也不知該說自己是來錯了時候，還是來錯了地方。」

這也是理所當然，與次郎心想。畢竟村民們在此處議論一樁攸關生死的大事，老人則是只為瞧瞧那怪火而前來遊山玩水，哪有受人款待的資格？設身處地想想老人當時的心境，就連與次郎也為他感到尷尬。

幸好有老隱士先生的關照，老夫方能放下心來，一白翁語帶羞愧地繼續說道：

「唉，即便村民們再怎麼習於吃苦，過於苛酷的命令畢竟教人難以承受。故有人提議或許該與他村磋商，一同上大坂奉行所行箱訴（註23）。」

「上奉行所？」

直訴（註24）不是要來得妥當些？正馬問道。

「噢，由於攝津一帶領地歸屬至為紛雜，依法，各村落均享有向奉行所，亦即幕府逕直上訴，亦即提起國訴（註25）之權利。雖有人如此提議，但村民泰半不願上訴。」

「為何不願上訴？」

「噢，此地之代官大人，是個廣為人所愛戴的清官。此官為人和藹恭謙、開通明理，相較於他藩無惡不作之代官，可謂敬鄉愛民。事實上，的確不乏乘飢饉之機大肆搜刮侵吞、中飽私囊之

註21：各藩自行於領內發行的紙幣。
註22：財政緊迫的藩國為改善高築的債務，而於民間推行的互助會。
註23：德川吉宗於一七二一年設立的直訴制度。於評定所門外設一名曰目安箱之直訴箱，投入箱內的訴狀須由將軍親自開啟。
註24：百姓未經規定手續，便可直接向主君上訴之行為，江戶時代百姓對將軍、領主所提出之直訴亦稱越訴，屬嚴禁行為。
註25：江戶時代規模擴大至郡、國規模的農民抗爭，曾於十九世紀初至明治維新時期頻繁發生。

代官遭到國訴，幕府不是派來巡檢官員調查，便是將之解任。」

「稍早曾言及之岡部藩便是一例。」

劍之進探出身子說道：

「遭國訴後，查明確有瀆職情事，派駐陣屋（註26）之藩士悉數遭到撤換。但即便如此，百姓之待遇不僅未獲改善，反而還每下愈況，便紛紛揭竿起義——不過，這是老隱士離去後才發生的事兒了。」

「原來如此。」

如此看來，的確真有這種事兒——老人繼續說道：

「但困擾此地者並非地方官瀆職，而是藩政問題，更何況還是尚未施行之法令。此外，代官不過是代藩國傳達政令，本人並無任何壓榨情事。庄屋先生表示，代官甚至認為此法過於無理，欲向藩國提出抗議。唉，雖然單憑代官一人，畢竟難以改變藩國既頒之政令，但眾人認為與其徒增事端，暫時靜觀其變似乎較為妥當。」

「村民反而對此代官心懷期待？」

「是的，一如正馬先生所言，的確有這種氣氛。眾人皆期盼此官能為鄉里做些什麼，其人望之深厚，由此可見一斑。」

以一介代官而言，此人還真是個罕見的人才呀，正馬語帶揶揄地說道：

「這原本不是個於任期內競相中飽私囊的職務麼？」

「身為幕府要職之子，你哪有資格說這種話？」

惣兵衛瞪著正馬說道：

「並非所有當官的皆是天下烏鴉一般黑。不，毋寧說腐敗的是幕府自身才是。不正是因為過於藐視地方官，幕府才會給推翻的麼？」

「這應與此事無關罷？」

劍之進打斷了兩人的爭執，促老人繼續說下去。劍之進想聽的，其實是接下來的事兒。

「好的好的。總之，這位代官大人的確是人品高潔，為人絕無任何值得詬病之處。只不過，雖然此事無關村民生活──」

但其夫人卻有個難言之隱，老人說道。

「什麼樣的難言之隱？」

「是的。這位夫人──這還真教人難以啟齒，好事者傳言，夫人其實患有淫病。」

「淫病──是個什麼樣的病？」

就是性好男色罷？正馬說道：

「花癲──也就是淫亂症。據說患此病者，一夜不與男人共眠，便感痛苦難耐──」

這種低俗的事兒就甭再說了，惣兵衛制止道。

「不過，正馬先生所言的確無誤。或許這傳言，反而助代官大人贏得了更多人望。」

「因此招致更多同情？」

註26：代官等官員駐守的宅邸。未擁有城寨的下級大名於領地內的行館亦稱陣屋。

「沒錯。據傳此代官出身贅婿，夫人則為藩內某要職之千金。此事領民亦泰半知情，唉，當然是不至於說出口，或為此議論紛紛，但人人均理解此官或有不得忤逆其妻之苦衷——有傳言指稱其妻挾此威勢，每夜均與下賤男人勾搭。」

「老隱士連這也打聽到了？佩服佩服。」

與次郎說道。村內這類流言蜚語，通常是不向外人傳述的。俗話所說的壞事傳千里，也是在封閉的群落中發生的事兒。不能外傳的事兒外人聽不見，旅人基於禮儀也不應聞問。要探聽出這種事兒理應是萬般困難，但既然一般聽不見的事兒都教外人給知道了，就證明這個群落已然瀕臨瓦解。

是老隱士告訴老夫的，一白翁回答：

「在老夫敘述了幾樁故事後，老隱士便告知此事以為回報。噢，不過老隱士並不是在說這位代官大人的閒話，而是在褒獎其為人時，不經意說漏了嘴兒的。」

「而老隱士也沒給聽漏了？」

正馬插嘴道：

「老隱士果真好湊熱鬧呀。」

「誠如先生所言。」

老人顫動著滿臉皺紋笑道：

「總之，這下該交代的也都差不多了。接下來——就該提提老夫親眼看見的天火了。」

老人恢復一臉嚴肅神情，環視起與次郎一行人說道：

「翌日——陣屋代官便遣使造訪這位六部——亦即天行坊的小屋。」

「噢？」

一行人悉數探出了身子。

「使者表示——欲邀六部為代官夫人醫病。看來天行坊的名聲，如今已經傳到陣屋那頭去了。這——就是這樁悲劇的開始。」

老人繼續述說起這則故事。

【柒】

好的。

當天小屋前也排起了長龍。

看到有武士來了，庄屋與村吏便聯袂趕往小屋。沒錯，老夫當然也去了。

沒錯。

一如正馬先生所言，老夫生來就愛湊熱鬧。唉，而村吏似乎以為武士是前來取締的。這六部雖有寺廟撐腰，但並未獲得陣屋的許可在此滯留。

對官府而言，這六部畢竟不過是個浪跡天涯的祈禱師，屬於淫祠邪教之流，其祈禱越是有效，就越是個擾亂世局的不法之徒，豈有可能輕易縱放？

因此，庄屋只得出面解釋。

畢竟再怎麼說，六部都是應村民要求留下來的。六部本無罪，這下若被冠上罪名，邀其滯留的村民們可就得內疚了。若只是被判逐出藩界或許還好，要是被判了更重的罪，情況可就難以收拾了。

當然，六部甚至不乏被判死罪的可能。身為一個無宿人，若是在江戶被逮著了，下場不是被送進寄場（註27），就是被送往佐渡。

沒錯沒錯。如此一來當然是大事不妙。畢竟天行坊是村民們的恩人，這麼一來，大夥兒豈不就成了恩將仇報的大罪人？故此——

沿途，一行人還曾議論若是說明因怪火一事而邀其滯留的經緯，想必代官便能明理。倘若還是徒然，就只能邀寺內和尚與所有村民一同請願了。

沒錯。

沒錯，大夥兒都料錯了。

使者的確不是為這來的。

而是奉代官之命前來邀請六部祈禱醫病。噢，大夥兒當然吃驚，老夫也是大感驚訝。

是的。

當老夫抵達時——奉命來訪的武士正準備打道回府。是的，的確是一身正式的使者裝束。

但天行坊似未立即承允。

是的。僅回答使者自己不過是個食客，並非獲上頭許可前來祈禱的，故應與村眾議論過後再行答覆。

這說法不無道理。

使者亦未有任何異議。

對村眾而言，這反而是件好事兒。是的，一點兒也沒錯。

噢，不不。

讓代官欠眾人一個人情，毋寧是件好事兒。

這攸關大夥兒的年貢。

沒錯，正是如此。由代官出面向母藩解釋，豈不是最穩當的得策？是的，一如前述，眾人雖不認為這便能教母藩打消念頭，但無人比代官更了解領民狀況，若是代官能呈報領民無此財力，或許可能促使母藩重新考慮。總而言之，村眾便是如此盤算的。

不不。

即便向奉行所提起國訴進行抗爭，結果又將如何？若是將事兒給鬧大了，勢必將招致相應的懲罰——即便算不上懲罰，想必也得付出不小的代價。此舉雖屬合法，但畢竟等同違抗國命，後果絕對將是驚天動地。

因此，任誰都要認為若能央請代官出面代民陳情，當然是最為妥當。因此，眾人均以為藉此賣個人情，對大夥兒或許能有所幫助。

註27：人足寄場之簡稱，為一七九〇年設於江戶石川島之遊民、輕度罪犯收容所。「佐渡」則位於今新瀉縣佐渡島之金山。江戶時代後期曾有一千八百名遊民與罪犯被引渡至此強制勞動，主要負責排放低於海平面之礦坑內的大量積水。

沒錯。

六部深受村眾信賴。一如前述，村眾對其法力均是深信不疑。故此，天行坊大人擁有神通法力，早已是村眾們的共識。

一點兒也沒錯。倘若六部醫好夫人的病，便等同於代官欠眾人一份人情。

噢，至此時為止，大半村眾均認為夫人患的便是——

沒錯，便是那淫蕩的心病。

庄屋先生向天行坊詢問這病是否可醫。若可醫，無論如何都期望天行坊能將之醫好。但天行坊聞言一臉納悶。

不，並非如此。天行坊並未斷言此並無藥可醫。教他納悶的，是使者宣稱夫人患的是熱病。

據說夫人病倒後毫無康復跡象，就連大夫也束手無策。

是的。

不論夫人患的是什麼病，其實都沒什麼差異。

管他是熱病還是淫蕩的心病，這人情都賣得成。

不，倘若夫人患的是攸關生死的熱病，賣成的人情甚至要來得大些。

噢，這純粹是村眾的判斷。

天行坊大人則表示此事無關人情，夫人若是命在旦夕，自身當然要竭力搶救。不分武家百姓，人命都是同等重要。

噢，同時還表示——自身十分清楚夫人的性命已宛如風前殘燭。

是的，或許真是如此。
或許他這番話不過是信口搪塞。但村民對這話均是深信不疑，紛紛讚嘆其法力高強。是的，就連老夫也為眾人信念所感染，隱約相信其真有法力。
甚至有人聲稱目擊天行坊背後射出萬丈金光。
當日，天行坊先生便在庄屋先生引領下前往陣屋。陣屋內似乎是一片慌亂。是的，夫人臥病在床的確屬實，天行坊立刻被引領到夫人的臥房。
是的。
聽聞此病僅祈禱一、二日尚無法治癒，庄屋先生便於深夜先行返回村落。
七日後。
是的，村民們亦各自於大小佛壇神龕祈禱，祈求夫人的病能早日痊癒。
這也是理所當然。
當時，眾人均以為夫人能否病癒，攸關年貢問題能否解決。此舉看似愚昧，但切勿斥其無稽。
事到如今，村眾已是急不暇擇。
與咒人喪命相較，這想法畢竟要來得健全得多。雖為了自身利益，但祈禱的目的終究是為了驅除病魔。
是的。
過了七日七夜，天行坊終於返回村落。唉，只見此時的他已是驟然消瘦，看來憔悴不堪。

天行坊宣稱——

是的，夫人的病已完全痊癒。

村內剎時一片歡騰，變得宛如祭典般熱鬧。但不知何故，唯有天行坊一人顯得默默寡歡。

噢，眾人還以為歷經數日夜加持祈禱，天行坊或許是被折騰得疲憊不堪——

是的。

正是如此。

記得事情應是在翌日發生的。

庄屋先生與他村代表進行協商，是的，當然是為了年貢之事。眾人決定既然夫人業已痊癒，不妨再次前去請願。

因此，便由老夫寄居的村落之庄屋先生代表各村前往陣屋。

沒錯。

就結論而言——這卻是個嚴重的誤判。

是的。

事實上——代官於首度召集各村代表通達政令之翌日，便立刻啟程返回母藩，打算直接同堪定方（註28）大人或家老大人談判。是的，此舉乃是為了避免村民憂心。代官向母藩說明領民力有未逮，增徵年貢實為無謀之舉。但母藩似乎仍不甚體恤。

是的，該說的都說了。

沒錯。

正是如此。

遣使邀天行坊前去時——代官其實不在陣屋內。是的。此事代官當然是毫不知情。

是的。

事實上，一切均為夫人的計謀。

一點兒也沒錯。

據傳聽聞庄屋先生稟報後，代官大人當場勃然大怒。平日待人溫厚的代官大人，此時竟語氣粗暴地破口痛斥。

夫人從未罹病，自本官行前至歸宅後均是身體無恙，此說根本是一派胡言。庄屋先生雖被嚇得驚惶失措，仍戰戰兢兢地試圖解釋。

這下——更是將代官大人激怒到了難以收拾的地步。

為了汝等領民，本官心懷切腹或左遷之覺悟前往母藩提出異議。然而，汝等竟——

汝等竟做出此等膽大妄為之舉。庄屋先生被嚇得臉色鐵青，僅能一味致歉辯解。

沒錯，當然只能如此解釋。

夫人罹病、六部受邀前來、疾病因此痊癒，均是千真萬確，其中絕無任何不軌之情事。

是的。

代官大人便將夫人召來。

註28：江戶時代負責幕府各單位金錢出納事務之官員，又稱勝手方。

孰料——

夫人竟如此陳述。

奴家未曾召喚，但這庄屋卻不請自來，還不知從哪兒找來一個齷齪的乞食和尚，欲為奴家進行怪異祈禱——奴家因夫君外出，力申不宜，但這無禮狂徒卻逕行登堂入室，滯留凡七日夜，至昨日方才離去——

期間，這和尚數度意圖侵犯，奴家搏命抗拒，雖得以守住貞節，但仍飽受其不堪羞辱。身為武家妻女，此等屈辱孰不可忍，雖知不應保持緘默，但亦不知該如何是好——

夫君歸宅後，奴家不知該如何辯解，打算不如以死明志——

是的。

這說辭當然是——一番瞞天大謊。

這下庄屋更是被嚇得不知所措。不論如何解釋，代官均是震怒難平。庄屋為此被折磨得生不如死，當場給捆綁羈押。

沒錯，消息立刻傳回村中。

村吏連忙趕往天行坊先生寄宿之小屋。

老夫也一併同行。

只見天行坊先生在屋內正襟危坐，似乎早有覺悟。

沒錯，沒錯，似乎早料到會發生這種事兒。

噢？

是如何料到的？

事實上，夫人的病原本就是裝出來的。聽聞有此法力高強之六部後，夫人曾前來窺探，目睹天行坊先生之相貌時——

唉，這還真是教人羞於啟齒。

原來傳言果真不假。瞧見天行坊先生後，夫人便亟欲與其共度春宵。

故此，待代官大人離開陣屋後，夫人便將天行坊先生召來。形同乘夫婿外出之機，召來姘夫行淫。

孰料——

這姘夫竟是如此不解風情。是的，天行坊先生為人知書達禮，當然不至為夫人之色計所誘。是的，就連夫人一根指頭也沒碰著。但夫人難耐焚身慾火，當然不願輕易放人，因此，就這麼捱了七日。

是的。

眼見不論如何誘惑，天行坊先生均不為所動，夫人也只能打消邪念。

沒錯，雖得以於七日後返回村落，但天行坊先生卻堅決不向村民透露真相。

畢竟不論如何解釋，這都是難堪醜聞一樁。

倘若此事為世間所知，不僅是夫人，只怕連代官大人也要蒙羞。這麼一來，豈不是要讓武家大人顏面無光？故此，天行坊間只得三緘其口。

是的。再者，倘若真相為代官大人所知，只怕夫人自己要比誰都困擾。故此，為顧及夫人的立場，天行坊選擇保持緘默。
僅宣稱夫人業已痊癒。
是的，其實就夫人的淫蕩慾火已消看來，這也算不上是個謊言。總之，這情勢直教人束手無策。村民們立刻理解——怪罪天行坊先生，根本是找錯了人。
是的。
罪責理應由淫蕩的夫人來扛。
面對誘惑卻仍保堅定不移的天行坊先生，反而該受到褒獎才是。
是的，即便是對方主動誘惑，倘若與代官之妻發生了關係，不論再怎麼解釋，也絕無可能全身而退。普通百姓尚且如此，身為無宿人的天行坊先生就更不用說了。
不，這無關身分問題。
本身就已是不義私通。
加以婉拒本就是理所當然。除了婉拒，豈有其他選擇？
不過。
夫人她——可不作如是想。
是的。夫人的個性正是愛之切，恨之深。
誘惑遭拒，想必讓夫人感到屈辱。
出於對六部的憎恨——才會撒下這瞞天大謊。
是的。

當老夫與眾村民正在聆聽天行坊先生細說經緯時，大批武士正好趕到。
沒錯，只見這夥武士們聲勢十分嚇人，整棟小屋都教他們給搗毀了。
是的，村民們紛紛倉皇逃竄。
手無寸鐵的百姓，哪可能與武士們為敵？在這等情況下，即便遭斬殺也是無從投訴。
天行坊先生也當場被捕。
是的。
不，情況可沒這麼容易。
當時，武士們的行徑可是異常肅殺——是的，根本由不得人做任何辯駁。由於事前便認定天行坊為罪人，武士們立刻以棍棒等將之強押。天行坊先生並未抵抗，但突然遭受此種待遇，任誰都要驚惶失措罷。
是的，當然是毫無辯解的餘地。
天行坊先生就這麼在武士們的重重包圍下，遭到五花大綁。說老實話，老夫自個兒也給嚇破了膽，完全不知該如何是好。
村民們也給嚇得狼狽不堪。
唉。
這下，所有村民都趕來了。
對村民們而言，天行坊是全村的大恩人。到了此時，其地位更是無人能取代。這麼個大恩人，竟然就這麼教人給五花大綁。

大人們逮錯人了，還請留步聽小的解釋清楚，村民們悉數纏著武士不住央求。即便如此，武士們卻無一願意聆聽緣由。

唉。

就在此時——代官押著同樣被五花大綁的庄屋先生來到了現場。

眼見就連庄屋都被五花大綁，村民們個個被嚇得臉色鐵青、啞口無言。

你可就是那天行坊？快說！

只見代官一臉兇相放聲大喊。

不知小的遭押所為何事，但無論如何，均與庄屋先生無關。天行坊先生兩眼直視代官，以洪亮嗓音如此回答。

這由不得你決定，代官怒斥道。

從這情況看來，天行坊已是毫無可能脫身。只見代官朝持鞭，朝被部屬們給五花大綁的天行坊抽了幾記。

接下來——

便當場昭告天行坊將被處以死罪。

是的。絲毫不留任何申辯的餘地。

唉。

只見天行坊他——雙眼直瞪著代官，開口說道：

要殺就殺——

切記——

汝終將為吾之遺恨所焚燒殆盡——

【捌】

這光景——

看得百介是啞口無言。

有誰能想像，又市竟然會教人給五花大綁？

又市是個浪跡諸國，布出許多巧局的高超妙手。不分富商巨賈抑或惡棍魔頭、不分流氓無賴抑或搶匪盜賊、即便連高高在上的大名，只要遇上這猾頭的不法之徒，都只有任他一口舌燦蓮花玩弄於指掌之間的份兒。一路走來，百介已多次見識其手法是如何高超玄妙。

雖也曾多次被逼入險境，但就百介所知，又市至今還未曾讓自己被逼入絕境。哪怕情勢是如何兇險，一切均不出這老謀深算的小股潛的掌握之中——不僅又市自己絕不出面，還不忘在遭逢危機前，為自己打點好巧妙的安身之處。

時至今日，還未曾見過又市遭逢難以掌控的情勢。

至少百介從沒見過。

乃因這小股潛的布局是如此巧妙，從未顯露一絲破綻。

如今卻——

是算計出了什麼差錯麼？不對。

他並未將此視為一樁差事。

這回又市並非來設局的。

他那滿足的神情，理應不是在作戲才是。

若是如此——

在一陣騷亂中，百介一路以蹣跚步履閃躲往來奔走的村眾，直到背部碰上一株柿子樹，才有氣無力地跌坐在地上。

被五花大綁的又市，以嚴峻的眼神直瞪著陣屋代官鴻巢玄馬。

百介不由納悶，又市是否老早便識破玄馬之妻雪乃的病是裝出來的？只是礙於村落所處的複雜情勢，才沒將真相給說出來？由於他識破夫人不過是在裝病，也識破夫人患的根本不是熱病，因此才向村民保證必能將夫人的病給醫好。又市他——在前往陣屋前，早已知悉一切。

這並非設局。

當然，也不是一樁差事。

到頭來竟——

給我押走！玄馬喊道。

事到如今，已無村民膽敢抵抗。畢竟任何抵抗均註定是徒勞。

對百姓而言，反抗武士形同捨命求死。哪管是村落的恩人還是自個兒的恩人，眼見事態如此，任誰都不敢出手相救。不論是茂助、老隱士權兵衛、還是百介——都只能眼睜睜地目送六部被代官一行人給押走。

當夜，村落毫不平靜。

這問題並不僅只攸關此一村落。既然代表土井藩領十五村落前去陣屋交涉的庄屋權左衛門、以及六部均遭逮捕，事態已發展成攸關整個攝津土井領的問題了。

老隱士權兵衛立刻遣使其他村落，召開緊急集會共同商議。

庭院內焚起了篝火，村民們悉數忙成了一團。

至於百介——

只能枯坐一旁。

畢竟他什麼忙也幫不了。

倘若這下能設個什麼局——那麼只要有辦法潛入陣屋，或許還有法子挽救，但眼看如今這狀況，根本是什麼力也使不上。百介根本想不出任何既能救出又市，又能挽救村民的計策。

這下，也只能靜觀其變。

只能靜待又市憑一己之力自行脫困。

在空無一人的庄屋小屋內，百介就這麼在屋外村眾的陣陣喧囂中躺平身子，靜候翌朝來臨。

只覺今夜漫長得教人難耐。

但百介依然夢想著又市將如朝陽般神采奕奕地平安歸來。

翌日清晨。

只見天色宛如尚未睡醒般一片灰濛濛的。篝火依然在庭院一隅燃燒著，在陽光照耀下，只見微弱的篝火朝天際吐著一縷齷齪黑煙。

百介步出庭院。

只覺一陣冰冷。多雲的天際呈一片琉璃色，教人感覺不到一絲晨間應有的清爽。百介望向水手缽旁被踐踏成一團凌亂的泥巴地，看見茂助推開後院木門，憂心忡忡地走了進來。一看見百介，茂助也沒打聲招呼，便告知百介大夥兒已決議提出國訴。

「向奉行所麼？」

「沒錯。如今，鄰村的庄屋先生正在為大家撰寫訴狀。」

「敢問——可是為年貢之事提訴？」

這事只能先擱著了，茂助說道：

「年貢之事的確教咱們為難。但目前僅打算為遭到逮捕的兩人提訴。」

「可是打算懇求上頭放人？」

「沒錯。此事未免也太不講法理了。原本大夥兒都認為鴻巢大人是個好代官，但這回可就不同了。天行坊大人根本是清清白白，庄屋亦是無罪。如今鴻巢大人也沒開庭審議，便欲將兩人處以死罪——這難道不過分麼？」

「不過——」

甭再說了，茂助搖頭說道：

「咱們雖是百姓，也不能見死不救罷？看見十五個村子一同提出訴狀，奉行所也不可能拒絕審議。這件事任誰看了，都要認為是毫無法理。奉行所若是聽說了，也不可能允許這種荒唐行徑。婉拒一個好男色成癡的淫婦色誘，竟然要給判死罪——這道理哪說得通？」
這說法的確有理。
但事情真能這麼順利？
即便真能順利上達天聽。
但若是在奉行所還沒來得及著手審議之前，又市便教人給——
百介仰首望天。
只見天際籠罩著一層烏雲，看來活像蘸溼了的生綿。
當遠方傳來一陣喧囂的同時，一滴水珠滴上了百介的額頭。
「發生什麼事了？」
茂助說道，並自後院木門飛奔而出。
出於一股不祥的預感，百介打消了跟上去的念頭。不，此時的念頭已不再是預感，而是化成了由不得質疑的確信。
——為時已晚了罷。
百介打一開始就不認為能有什麼好消息。
打從又市就逮時——就認為大勢已去。
——不知又市究竟如何了？
不好了！不好了！突然聽見有人高喊：
庄屋先生回來了！

——回來了？

權左衛門回來了？

百介連忙奔向屋外。

只見正門前已是一片騷然。庄屋跌坐在地上，被為數眾多的村民們給重重包圍。擠進去一瞧，只見老隱士正不住搖著一臉憔悴的權左衛門的肩頭。

「庄、庄屋先生。」

「權左衛門先生，你怎麼了？為何能回來了？天行坊大人如何了？」

快醒醒——哪管老隱士如何呼喚，庄屋一張嘴也只是不斷顫抖，抖得連牙也闔不攏。

後來。

水珠從原本的一滴增加為無數。

淋了好幾滴雨後，權左衛門終於開始恢復神智。

「他、他們——把我給放了。」

庄屋開口說道。接著，權左衛門便說出了眾人想像中最嚴重的噩耗。

「天行坊大人他今早——」

教他們給斬首了，庄屋說道。

「斬、斬首？」

「就、就在天明前——」

「豈有可能？哪可能這麼快？」

茂助怒喊道。不可能罷？哪有這種事兒？這下村民們也開始七嘴八舌地議論起來。

「這絕非胡言！」

「絕對是千真萬確！」

權左衛門從地上抓起一把泥巴。

「咱們倆先是給關進了陣屋內的牢裡。但也沒等天明，天行坊大人就讓他們給帶走了。接下來——接下來，大人的腦袋就教他們給——」

「教他們給斬了？」

沒錯，教他們給斬了。權左衛門說道，一把將手中的泥巴拋撒而出。

「斬首的同時，傳出一聲驚人巨響，整座陣屋彷彿都隨之震動——」

「是什麼樣的巨響？」

「還、還能是什麼？不就是天行坊大人的怒吼聲？天行坊大人的腦袋被斬、斬下來後，突然張嘴詛咒道：若不立刻將我給放了，便將焚毀陣屋。」

「什麼！」

聞言，村民間起了一陣騷動。

「權左衛門，此話可當真？」

「當然屬實。是我親耳聽見的。這下我人都回來了，不就是個證據？代、代官一行人見狀，個個面、面色鐵青，便將我給放了。這下我方才得以——」

「天行坊真的教他們給斬首了？該不會只是去求他們放你回來罷？」

老隱士再度搖起庄屋的肩膀問道。
「是真、真的。曝曬於陣屋前的首級——」
那首級竟然——庄屋說著，渾身直打哆嗦。
「那首級怎麼了？」
「那首級竟然騰、騰空而起。」
「什麼？」
「飛到了陣屋的屋頂上頭。」
這豈不是成了舞、舞首？老隱士望向百介，一屁股跌坐在地上。
——又市的首級竟然——
又市他——
又市他竟然死了。
剎時，百介感覺自己的意識開始朦朧了起來。
不過——百介並未就這麼昏了過去。
因為村民之間起了一陣啜泣、嚎泣、以及怒嚎交雜的聲響，在與潮溼的空氣共鳴下化為一股異樣的呢喃。在不知不覺間，眾人開始化啜泣為呢喃，口中不斷吶喊國訴、國訴。
「沒錯，這下非得提起國訴不可。權左衛門，你被拘捕後，老夫曾召集土井轄下十五村之村長磋商，打定主意提起國訴。如今，鄰村的金左衛門先生正在積極準備，原本打算明日動身，但眼見情況已是如此，這下可不能再等了。老夫這就——動身前往大坂。」

「咱們上陣屋去罷。」

茂助喊道：

「六部大人可是咱們的大恩人，若是任其首級曝曬荒野，六部大人可要當咱們是恩將仇報了。這下就去將其遺骸討回來罷。」

好！眾人齊聲附和道。

村民們開始成群結隊地移動了起來。

而百介只能呆立原地。

如霧細雨從天而降。百介仰首，望向一片慘白的天際。

——又市教人給斬首了。

這小股潛竟然教人給……而且是如此輕而易舉——

百介試著回憶又市的面容、儀態。

但記憶竟是如此模糊，難以描繪出清楚的輪廓。

想必是因結束得如此輕而易舉。

才會教人難以憶起。

百介完全無法想像，被斬首的又市會是什麼模樣。

更甭提其首級竟還能開口詛咒，飛騰升空。

豈有可能——

——不。

絕不可能有這種事兒。

一定是哪兒弄錯了。

——對了。

百介使勁晃了晃腦袋。

自臉頰上滑落的水滴隨之左右飛濺。

哪管又市是如何神通廣大，遭斬首後豈可能開口說話，甚至飛到屋頂上頭？這些年來，又市已數度向自己證明世上根本不可能有這等怪事兒。到頭來，總是發現妖魔鬼怪的背後，不過是這小股潛藏身其中裝神弄鬼。

瞞騙人的狐狸、幻化為人的貍貓、化為幽魂的馬、抱著嬰孩的妖怪、忽隱忽現的骸骨、心懷仇恨的妖魔、不死之身的鬼怪、發散火氣的魔緣、漂浮洋上的妖物、甚至覆滅藩國的冤魂——

不全都是這又市所設的局麼？

那麼。

又市既已不在人世，理應不可能再發生這等怪事兒才是。

絕無可能。

百介再度晃晃腦袋，拭去面頰上的雨滴，接著便步履蹣跚地隨村民們一同走了起來。

不過。

陣屋的屋頂上——

果真可望見又市的首級。

錯不了——

那正是又市的首級沒錯。

百介站在陣屋前的山丘上，啞口無言地凝視著屋頂上的首級。

在百介身旁，則是擠滿成群自土井藩轄下各村落趕來的村民百姓，個個也和百介一樣，朝這只首級舉頭眺望。

陣屋周圍的幾名武士，也同樣是渾身僵硬地仰望著屋頂。

「又市先生。」

百介好不容易張口吐出了這幾個字，旋即就地蹲了下來。他心中當然不平靜，但也並不感到多悲傷或多惶恐。驚訝是種僅發生於一瞬間的情緒變化，若是能持續下去，就算不上是情緒了。

「山岡先生。」

轉頭一瞧，只見茂助正一臉憔悴地站在後頭。

「方才——前往奉行所的老隱士與鄰村庄屋遣使來報，表示今兒個深夜將有與力來訪。」

「與力？」

「是的。奉行所判斷此事已不是單純的法理問題。因此，決定派人前來，向代官詢問經緯。」

看來，此事已到了超乎尋常的程度，茂助說道：

「雖有咱們努力制止——還是無法避免這樁慘禍。若天行坊大人地下有知，想必也是死不瞑目。要不，哪可能會發生這種奇事兒？只是——這光景還真是不可解呀。」

的確是如此。

不論如何推斷，都找不到得將首級給擺到屋頂上的理由。斬首的理由可以隨意搪塞，但將首級擺到屋頂上，可就沒任何意義了。

倘若這首級是自個兒飛上去的——雖然百介自己是感到難以置信——那麼就絕對是有什麼理由了。否則，哪可能無緣無故地發生這等奇事兒——？

天色越來越昏暗。

聚集的百姓也是越來越多。

百介跑下山丘——只為就近觀察那只首級。山丘下亦有百姓聚集，不僅是男丁，就連老弱婦孺也一同圍在陣屋外頭。其中有人合掌膜拜，亦有人念佛頌咒。湊得更近點兒，還能見到幾名小廝與一名年輕武士同樣朝屋頂仰望，渾身顫抖不已。

來者何人？一看見百介，年輕武士便皺眉喊道。畢竟百介這身打扮，看來完全不像個百姓。

「小弟乃——」

一來自江戶的旅人，百介回答。

「旅人——在我藩領內做些什麼？」

「不——小弟原欲前往大坂，順道滯留此地遊山玩水一番。只不過，小弟——」

與此六部是舊識——不知何故，百介竟說出了實情。

「什麼——此話可當真？」

聞言，武士先是大吃一驚，接著又轉為至為悲愴的神情說道：

「其實此人——唉。」

武士含糊其詞地說到此處，便閉上了嘴。接著先是眺望著屋頂好一會兒，接著才將視線徐徐移往百介說道：

「先生應該也知道罷。村眾們——似乎已提起國訴。」

似乎是如此，百介回答。

「不出多久，奉行所派遣的巡檢官員便將抵達此地。」

「是麼？這下似乎是難以解釋了。」

「即便想解釋——」

見到這首級，只怕也是徒勞，武士轉頭回望首級說道。

百介亦轉頭仰望屋頂。天色已黑，首級的五官也泰半融入夜色中，變得曖昧模糊。

「此人——果真是小弟所熟識的六部天行坊？」

錯不了，武士回答：

「這——的確是那六十六部的首級無誤，是代官大人於本日未明時，親自斬下來的，而且還親自——」

武士以下顎指向一座趕工搭架的獄門台說道。

「——將首級擺到了那上頭。至此為止，在下均親眼瞧見了。未料——」

「未料，這首級卻自個兒飛了上去？」

「沒錯。也不知是何時飛上去的。如此一來——」

吾等可就不知該如何是好了，武士回道。

「不知如何是好——？」

「其實——」

甫再說了，一名小廝正欲啟口諫言，但為武士蹙眉制止。

「先生若是該六部之舊識——在下便無須隱瞞。該六部是否曾圖謀不詭，在下亦無從得知。但即便真有任何不法情事，這判決也是難以教人心服。」

「此話何解——？」

「吾等亦知悉該六部乃奉夫人之召前來。當時之使者，正是由在下充任。在下亦曾向代官大人提及此事——但大人卻未加理睬，似乎是患了什麼心病。」

言及至此，武士拭了拭額頭。

原來是午後一度止息的霧雨，這下又開始下了起來。

「那呻吟聲——似乎又起了。」

一名小廝一臉惶恐地說道。

這不過是風聲，武士說道。

「那首級——會發出呻吟聲？」

「沒錯。那六十六部——果真擁有高強法力？」

聞言，百介不由得瞇起了雙眼。

那的確是又市的首級。絲毫不信天譴神罰的又市，死後竟會化為這等妖怪，實在教百介難以採信。

「對此，小弟深感難以置信。」

百介回答道：

「這六部的確曾以強大法力救濟村民。但其首級竟騰空而起，發出呻吟一事——」

「並非僅只是呻吟。」

武士在額頭上擠出幾道皺紋，環視著小廝們說道：

「這首級甚至聲稱——吾等必遭天譴。由於其嗓音甚為駭人，駐守陣屋者聞聲紛紛竄逃。吾等雖為武士，亦非妖魔敵手，故如今僅餘吾等三人，內心是萬分驚恐。但代官大人卻絲毫不為所動，這下——陣屋中僅餘代官大人與夫人倆據守。」

不知不覺間。

天色更轉昏暗。

秋日於頃刻間迅速滑落，四下旋即為黑暗所籠罩。

或許是因整整一日未曾飲水進食，百介微微感到暈眩。靜坐夜空中的慘白首級，這下看來越顯朦朧。

就在此時。

山丘上傳來一陣悲鳴。

年輕武士猛然回頭，旋即再度望向屋頂。小廝們亦抬頭仰望，隨即發出一陣驚呼。

只見屋頂上冒起一道火柱。

「起、起火了——」

火柱宛如猛獸般不斷竄升，於空中蜿蜒舞動。四處傳來陣陣驚呼。

「這、這火是——」

沒錯，正是二恨坊火。

噢——

此事之經緯，不正與二恨坊火完全相同？

只見這把火猶如一條翻轉的巨龍般飛上天際，拖曳著一道光在陣屋頂上不住翻騰。

百姓們個個驚懼不已，開始齊聲念起了佛來。

怎會——有這種事兒？

眼前的一切，究竟是虛是實？

此時，雷鳴響起。

接下來——

【玖】

接下來情況如何了？劍之進語帶興奮地問道。

「此事果真屬實？一切都是老隱士親眼看見的麼？」

當然是老夫親眼所見，一白翁神情平靜地回答：

「其中絕未有任何誇張、分毫捏造，亦未有任何錯認或誤判。再者，目擊者亦僅非老夫一人。當時在場的百姓們——依老夫約略估算，應不少於兩百人。」

「不少於兩百人？」

惣兵衛一臉感嘆地捻著鬍子說道：

「為數如此眾多？這下即便想揭桿起義，也是輕而易舉了。」

「沒錯。若沒起那把怪火，或許當時的情況還真可能轉為起義。畢竟那六部人望是如此深厚，再者，村眾們對年貢增徵的憤懣亦是已臻沸騰。不過這股氣勢，也教這起怪火給——」

「給打散了？」

正馬代老人把話給說完。

「唉，想來這也是理所當然。」

不過，正馬一臉納悶地問道：

「這騰空飛竄的怪火，噢，或許該說是個雷球罷。那麼，敢問那首級可真的是既會呻吟，又會飛竄？」

這老夫就沒瞧清楚了，老人回答：

「老夫並沒瞧見那首級飛竄，也沒聽聞其發出任何呻吟。因此，這些應不過是傳聞罷了。但那怪火，老夫絕對是親眼瞧見了。」

「噢。想來人若是心懷畏懼，或許風聲什麼的聽來都像是妖魔怪聲。若是個膽小窩囊廢，只怕自個兒放個屁，都要嚇破自己的膽哩。」

惣兵衛語氣豪放地說道。

「那麼，首級飛上屋頂一事要如何解釋？」

「這……不就是誰給擱上去的？」

聽到惣兵衛如此回答，劍之進一臉不服地噘起了嘴。

「好了好了，或許並非如此，也或許真是如此。總而言之，那六部的首級還真是鎮坐在屋頂上，一道怪異的光，則是拖著尾巴四處飛竄。」

「當時可是降著小雨？」

聽到正馬這麼一問，老人使勁頷首回答：

「打一大清早便忽降忽停的。那是場如霧般的細雨，由於當時未攜任何雨具，將老夫渾身都給淋得溼透。」

「如此聽來，條件似乎是悉數具備，看來這應該就是一種雷了。敢問老隱士親眼瞧見這異象時——認為這東西看似什麼？」

噢，應該就是一種雷罷，老人回答。

心中真是如此感覺？劍之進問道。

「是的。唉，火亦有形形色色。那怪火狀不似烈焰，與作戲所用的燒酌火（註29）、或孩童燃燒樟腦丸把玩所起的火亦不甚相同。雖說與火同為發光物，若要問看似什麼，或許就是——就是雷罷？正馬代老人把話說完。

「沒錯，看來應該就是雷的一種罷。」

這下——劍之進啟口問道：

「那麼，火中是否真有張臉？」

裡頭哪可能有張臉？惣兵衛說道：

「老隱士不都說那是雷了麼？雷裡頭哪可能有張臉？又不是孩兒畫的太陽。」

「但老隱士親眼瞧見的東西，不正與二恨坊火的描述相符？」

「的確。」

泰半目擊者宣稱，的確看見火中有張臉，一白翁回答道。你瞧瞧，劍之進乘機朝頓時啞口無言的惣兵衛揶揄道。

「不過，老夫並未親眼瞧見。雖曾定睛觀察良久，均不見火中有任何異物。不過，老夫周遭的百姓們則是異口同聲，堅稱那火正是六部大人的首級。」

「首級不是鎮坐屋頂上頭？」

「原本是沒錯——但曾幾何時卻突然不見了蹤影。起初老夫還以為是天色暗了看不清楚，稍後卻發現——」

「是消、消失了麼？」

劍之進雙手撐地，迫不及待地探出身子問道：

「那首級可是消、消失了？」

「不，依老夫之見，首級或許是給撞落，或是給燒掉了。」

註29：點燃曾以燒酉浸泡的布，用以模擬鬼火或亡魂等。

「燒掉了？」

「是的。若那怪火真是個雷，依理——」

「噢，原來如此。那怪火是在首級周遭出現的，還繞著首級飛竄。若真是個雷——這推論當然合理。」

正馬附和道。惣兵衛則是一臉不服地說道：

「不過，那陣屋又該如何解釋？若真是如此，依理陣屋也該被燒掉才是罷？老隱士，您說是不是？」

這乃是因為，老人說道：

「依老夫所見，這怪火並未觸及陣屋。每當飛近陣屋，便會自行彈開。唉，老夫才疏學淺，對此事的知識尚屬不足。但方才正馬先生亦曾提及，電氣有正負之分，時相吸，時相斥。故老夫或可推論，此現象便是因此而生罷。」

電氣？惣兵衛驚訝地說道。

「是的，或許此道理一如陰陽，既可相乘，亦可相剋。因此，這怪火雖能於陣屋周遭飛竄繞行，但卻未觸及陣屋。但如首級等體積不大之物，便可能為其力所反彈掉落，倘有火苗觸及，亦可能遭焚毀。」

老隱士所言甚是，正馬說道：

「那麼，村眾所見的臉又該如何解釋？」

「那應是錯覺。」

老人斬釘截鐵地回道。

劍之進與惣兵衛面面相覷，同樣是一臉期待落空的神情。你瞧瞧，正馬則是一臉開懷地模仿著劍之進的口語揶揄道。

「錯、錯覺？」

「那絕對是錯覺。村民們當然不認為那僅是尋常的火，而將之視為六部大人的仇恨怒火。即便是老夫，當時也是如此視之。雖不見火中有臉，但當下並未意識到這或許是碰巧發生之自然現象。」

碰巧？劍之進喃喃說道。

「難道這真是巧合？」

「絕對是巧合。」

老人以罕見的嚴厲口吻說道：

「以為人可憑一己之靈力左右天地自然，或許有過於傲慢之嫌。雖貴為萬物之靈，但人亦是有情眾生，即便腦袋聰明，其實並不偉大，絕無可能如神佛般，對天地自然操弄自如。因此——或許此現象不過是偶然發生，亦或可說是於人心想時碰巧發生，不——甚至不過是人對偶然發生的現象擅自做出的解釋罷了。」

「意即，火中並無臉，不過是人自以為看見了臉？」

與次郎說道。

說得好，老人說道：

「自以為於火中看見人臉，可能教人感覺安心，或能教人心生恐懼，自以為得以藉一己之意志靈力影響自然原理。人性畢竟怯弱，有時還真是非得作如是想不可。故此，一如正馬先生所言，這應是雷的一種。證據即是——」

「證據——有證據麼？」

劍之進壓低身子問道。

老人頷首回答：

「正馬先生曾言及，此如雷球之怪火，多隨落雷出現不是？」

「是的。大氣中之電氣偏向正或負極、狀態有失安定時，為強將不安定恢復為均衡，便可能產生此等現象。海外亦有云，鬼火出現前後常見閃電。如此看來，當時或許也是——」

「是的。」

也不知是為何，一白翁突然端正坐姿說道：

「也不知是過了多久。村民們個個合掌膜拜，武士們則是悉數調向山丘的另一頭。出於恐懼，老夫也同樣朝山丘方向退卻。此時——」

突然一陣天崩地裂，老人說道。

「天崩地裂——？」

「是的，一道刺眼閃光頓時將四下照得通明。同時，還傳來一陣震天價響。」

「可是打雷了？」

「是的。唉，畢竟這現象來得如此突然，在場的兩百多人悉數給嚇破了膽。原來是一道巨雷

擊中了陣屋。」

「擊、擊中了陣屋？」

「是的，剎時將陣屋給打得煙消雲散。雖名曰陣屋，但也並非武家宅邸，屋子本身其實稱不上大。不過一眨眼的工夫，整棟屋子便絲毫不見了蹤影。」

「這——可真是厲害呀。」

惣兵衛開口說道。

當然厲害。整棟屋子於瞬間灰飛煙滅這等事態，可不是人人有機會目擊。與其說是奇事，或許更該說是大事。

「沒錯。圍觀者如此眾多，竟然未有任何傷亡。待眾人回過神來，方才發現宅邸業已消失無蹤，僅存幾根樑柱於餘燼中燃燒。眾人啞然圍觀約四個半刻，接著——竟異口同聲地開始念起了佛來。即便奉行所的官員們下令離開，眾人不僅不為所動，聚集人數還持續增加。」

「奉行所——可是指大坂奉行所的官員？」

「是的。正是接到國訴後趕來的與力大人。」

「噢，這些巡檢官員已經趕到了麼？」

「是的，是與鄰村的庄屋大人、以及庄屋家的老隱士一同趕來的。一行人抵達現場不久，便見到那怪火出現。眼見圍觀者甚眾，一行人無法進入陣屋，只得於一旁窺探形勢，而怪火便於此時出現。見此異象——官員們同樣是甚感驚訝，就在此時——」

「又見到那落雷？」

沒錯，一白翁頷首說道：

「這下欲向代官盤查也是無從，只得立刻令小廝折返，翌朝便有多名奉行所官員前來收拾善後。同時，亦以快馬傳令土井藩，騷動持續了約有十日，方告平息。就連老夫，亦數度接受盤問。」

且慢，劍之進打岔道：

「那、那位代官，以及代官夫人是如何了？」

「沒錯。」

事發當時，兩人應是在屋內罷？正馬也問道。

「此二人——當然都是命喪黃泉了。」

「都死了？」

「當然死了。鎮坐屋內，哪承受得了那震天雷擊？遭擊後，宅邸瞬間灰飛煙滅，連一具屍骨也找不著。就連六部的首級與軀體，也悉數被燃燒殆盡。」

看來，雷擊的威力還真是驚人哪，一白翁感嘆道。

「可見自然的猛威，是何其教人懾服。不過——」

「不過什麼？」

「噢，此事就這麼被斷論為六部的亡魂尋仇。奉行所的調書，應也是如此記述的。」

奉行所竟也相信亡魂尋仇之說？正馬驚訝地說道。

「不，這已非信或不信的問題了。調書這東西，記載的不就是事實陳述、再加上盤問得來的說法？」

沒錯，劍之進反問道：

「不過，老隱士，這情況又該如何——？」

「關於這情況的事實陳述——首先，是六部遭斬首，首級被擱到了屋頂上頭，旋即，便見怪火出現。接下來，是一陣震天價響的落雷，將陣屋給破壞殆盡——如此而已。與力大人亦曾親眼目睹部分事發經過，因此，這應可被視為事實罷。」

當然是事實。

而且，還是不容扭曲的事實。

「至於事發前的經緯，便只能自詢問村民、以及陣屋內的武士及小廝求得。各位可知結論是怎麼著？」

「結論應該就是——」

亡魂作祟罷？劍之進語帶揣摩地回答道。

「大致上便是如此。總括雙方之陳述，結論便是——被村人視為法力無邊之六部，於代官離家時奉夫人召喚前往陣屋，七日後方才歸返。待代官返宅，六部即遭擒捕、斬首。」

這也是不爭的事實。

「至於陣屋中曾發生了些什麼事兒——唯有夫人與六部知曉，武士與百姓完全無從得知，故僅能依據想像或風聞，判定一切錯在代官。夫人早有不雅名聲，代官實不該未經審議查明道理，便逕行將六部斬首。即便是陣屋內之武士，亦是如此認為。」

「再加上又發生了這樁怪事兒？」

「是的，還有這樁怪事兒推波助瀾。若是什麼也沒發生，亡魂尋仇一說便僅止於巷說流言層次，無須為調書所記載。但不論理由為何，或應作何解釋，陣屋是真的在瞬間被夷為平地，故眾人均齊聲證言必是亡魂尋仇，奉行所也只得如此記載。」

「原來如此，這的確有道理。」

姑且不論這是否真是亡魂尋仇，但既然坊間已是如此傳述，便不得不被視為事實。

「幕府亦不論亡魂尋仇一說之真偽，將此事判為土井藩錯施惡政，並以此為由將攝津之土井藩轄下十五村悉數沒收，或分發他藩、或納為天領。土井藩雖為此驟失三成石高，但眾村落亦因此得以免除苛酷之年貢增徵。自此，對犧牲小我之六部更是感激不已。」

故此，一白翁轉頭面向劍之進說道：

「此事是否真是亡魂尋仇，老夫亦無從斷論。唯一可論定的，是這應是正馬先生所言之自然現象無誤。若是如此——此事便可被視為大自然偶降天火，惡人為此天誅所滅。」

多謝老隱士開示，劍之進致謝道。

【拾】

約莫過了十日，與次郎隻身前來藥研堀造訪。來訪的理由無他，正是為了稟報兩國那樁案件業已偵破，一等巡查矢作劍之進立下彪炳功績一事。

雖不為世間所知，但劍之進得以破案，實乃拜當日面會一白翁之賜。

原本應由劍之進親身造訪，但這位一等巡查正為此案件之種種善後事務纏身，與次郎便莫名其妙地受託代理劍之進前來。雖不知自己為何要被相中，但劍之進堅決表示無人較其更為適任；或許是不願委託惣兵衛或正馬罷。看來，劍之進對做出貴重開示的老人是深懷謝意，還特地呈上一份上等的點心盒，委託與次郎代為轉交。

與次郎抵達時，見到小夜正佇立九十九庵門外。

小夜是個負責照料一白翁生活起居的姑娘，雖據稱兩人是遠門親戚，但與次郎並不清楚這姑娘與老人是什麼樣的關係。

此時，小夜正在修剪庭院內的樹木。還真是個勤快的姑娘。

看見她那雪白的臉蛋，也不知是怎的，一股搶得了頭香的得意竟在與次郎心中油然而生。與次郎雖認為——自己對小夜並未懷抱什麼特別的情愫，至少不似正馬或劍之進般對她心懷思慕。不，雖然老是強裝剛毅，但惣兵衛似乎也頗有嫌疑。

噢，是笹村先生呀，一朝她打聲招呼，小夜立刻轉過頭來，語帶開懷地致意道：

「奴家正納悶您怎還沒過來呢。」

「姑娘怎會知道——在下將來叨擾？」

「消息不是已經傳遍天下了？天降火球懲妖婦，兩國縱火案出人意料之顛末——這下矢作大人可是風光極了。」

「噢。」

原來已經聽到消息了。但為何知道來訪的會是自己？被如此一問，小夜便活像隻小貓般咯咯笑道：

「笹村先生不正是矢作大人的奴僕麼？澀谷大人鐵定要拒絕此類請託，而矢作大人也不可能委託倉田先生罷？」

的確有理。

看來唯有自己這個傻子，才會每回都接下這類請託罷，與次郎不由得感到一陣害臊，面帶苦笑地將點心盒交給了小夜。

「老人家在家麼？」

「哪兒也沒去，就在小屋內。」

小夜笑著招呼與次郎進門。

老人正以與十日前同樣坐姿，端坐在同樣的位置。

與次郎彬彬有禮地致了意，接著便朝老人面前一坐。平時都是一夥人相偕造訪，許久沒機會像這樣與老人獨處了。

「據說案子偵破了？」

老人說道。

「是的。據說，原因乃是天譴。」

「天譴？還請詳述。」

「是的。這還得從頭說起——」

兩國一帶一連串原因不明的火災，乃油商根本屋之老闆娘美代所為。

不過，美代並非為引起火災而縱火。當然，亦未罹患嗜火成性的心病。

不過是為了燒卻某樣東西。

這東西就是——

殺害根本屋老闆之前妻，阿絹之證據。

根本屋老闆考三郎與後妻美代兩人，實乃殺害前妻之共犯。

噢噢，老人一臉佩服地感嘆道，敢情是還沒聽說過案情。

「原來是這麼一回事兒。唉，由於深感時下的印刷物讀來過於吃力，故老夫鮮少閱讀。小夜倒是經常瀏覽。」

「事實上——這考三郎是個贅婿，據說原本就是為了覬覦前妻家產，而接受招贅進入根本屋的。此人與美代打從入贅前開始——便已是這等關係了。」

「噢。意即，其意圖於入贅後殺妻，再納自個兒的女人為後妻？」

「是的。據說這亦是美代所獻的計。故此，報紙、錦繪、或瓦版，方稱其為妖婦。」

原來如此，老人頷首說道：

「這下老夫方才理解箇中緣由。原本還直納悶此女為何給說成是妖婦哩。那麼，此女想燒卻的是什麼？」

「是屍體。」

「屍體！」

老人小小的雙眼頓時睜得斗大。
「是何、何人的屍體？」
「噢。前妻阿絹似乎是遭到兩人毒殺。而所用毒物，似乎是飽含大量水銀之劇毒。」
「水銀？」
「是的。接下來的情節，聽來可就活像一樁怪談了。」
請直說無妨，老人說道：
「先生也知道老夫對奇聞怪談，要比對點心來得有興趣。」
「犯案之契機——正是那鬼火。」
接下來，與次郎便開始說起了這麼段因果味兒十足的警世故事。
據傳，埋葬阿絹的墳地每夜均有燐火出現。
雖然僅是一則無足痛癢的傳言，但美代與考三郎對此可無法等閒視之。理所當然，這乃是出於殺害前妻的罪惡感作祟。
天性膽怯的考三郎認為可能是阿絹的冤魂作祟，為此甚感惶恐。
但美代可就不同了。美代推論——或許不過是阿絹生前飲下的大量水銀，從屍骸內滲出燃燒而已。
「這女子——可真是教人佩服呀。」
「是的，聽來和正馬還真是一個樣兒——姑且不論其推論是否正確，但這女子似乎頗擅長理性推論。的確，水銀常用來煉金，有時遇常溫亦能起火燃燒，但被害人生前飲下的水銀要自屍骸內滲出燃燒，可就難以想像了。只不過，美代似乎不願相信幽靈鬼魂之說。」
「因此，才意圖找個理由解釋？」
「是的。但看到只懂得害怕的考三郎那副膽怯的模樣——」
美代決意著手「驅鬼」。
因此乘夜潛入墳地，掘出了阿絹的屍骸——
並試圖真正將屍骸焚毀。但對一名弱女子來說，這著實是樁不易的差事。
「唉，事過五年，屍骸已完全化為一堆白骨。但美代還是毅然將它給挖了出來，並謹慎地將墳墓恢復原狀。畢竟若是為人所察，可就要成了名副其實的自掘墳墓了。」
這名女子還真是大膽呀，老人說道。與次郎亦有同感。較之目擊鬼火或撞見亡魂，入墓盜骨還要來得駭人得多。
「接下來，美代試著將這副骸骨燒成灰燼。但卻怎麼也燒不乾淨。」
「都成了陳年骸骨，想必要燒乾淨也難罷。」
「沒錯。哪管生了幾回火，骸骨都燒不乾淨。到頭來，美代只好將骨頭給帶了回去。但丈夫原本已經夠害怕了，總不能老是將這種東西留在家中。即便埋在庭院裡，只怕又要起鬼火——若是美代擔心這只會更嚇壞了丈夫。因此——」
美代只得帶著這副骸骨，上人跡罕至的地方悄悄焚毀。
「原來，這就是那幾場小火災的真相？」
「沒錯。但骸骨畢竟非薄紙，哪管添多少油、加多少柴——想燒掉都不是那麼容易。到頭來，不是烈焰殃及別處，趕緊撲滅；就是為人目擊，拋下餘燼逃離。只要在一處引起火災為人注意，便難以於同地再次起火，因此才被迫四處遷移。」

「因此，才被誤以為是縱火慣犯所為？」

「是的。某日，那雷球就出現了。」

「噢？」

「關於這東西——劍之進判斷應是自然現象的雷球，不過是碰巧在當日出現。但美代和考三郎可不認為這是偶然。考三郎原本就害怕亡魂鬼火，當下便大驚失色、四處逃竄。而美代見狀也只能服輸，畢竟自己連墓都挖了，看來是將阿絹的魂魄給引了回來。至於不知情的小廝們，則是個個驚慌失措地逃了出來。不過——」

「心虛者則是以為自己看見火中有張臉——？」

沒錯，與次郎回答：

「火中並無臉，兩人不過是自以為看見了臉。」

俗謂魔由心生。原來人自認為眼裡看見了什麼，端看自個兒心中的想像。承蒙老人那攝津怪火的故事，眾人這下才理解這個道理。

本案——與次郎說道：

「誠如老隱士所言，數場小火與油屋火災其實有別。一如老隱士所述，乃碰巧發生之自然現象，被視為降於罪人之天譴。」

幾場小火災乃美代所起，雷球則為自然現象。一方為人為，另一方則起於偶然，因此兩者之間原本就沒什麼直接關係。教兩者產生關連的唯一因素，便是隱藏於美代與考次郎的恐懼背後的罪惡感。

而當發現兩者其實無關，並透視出兩樁毫無關連的事象背後之因果關係時，美代與考三郎的罪行也就無所遁形了。

「面對劍之進的盤問，美代與考三郎只得將罪狀全盤托出。在化為灰燼的商家遺址中，起出了阿絹的骨骸，既然兩人罪證確鑿，案情就此水落石出。劍之進巡查因此被譽為慧眼鐵腕，大受褒獎。一切——均得拜老隱士的開示之賜。」

與次郎致謝道，老隱士也不住點頭回禮。

【拾壹】

與次郎離去後——

一白翁，即山岡百介便拉來一只燈籠，開始讀起與次郎所留下的報上關於兩國事件報導。只見他瞇起雙眼，一張臉一下湊近一下拉遠地，但就是怎麼都看不清報上的小字。

這下只得打開燈籠上的紙罩子，試圖就著蠟燭的火光閱讀。小夜見狀勸阻道：

「不成不成，百介老爺該不會是想連這棟屋子都給燒掉罷？」

「甭擔心，老夫的手可還不會打顫哪。」

「奴家哪信得過老爺這雙手？」

小夜說著，為百介送上與次郎帶來的點心，同時還換上一杯新茶。

「天尚未暗到這種地步。要是如此都看不清，朝火湊得再近也是徒勞。只怕老爺將火越拉越近，一會兒果真失火了怎麼辦？」

瞧妳說的，百介回嘴道。

不過，恐怕小夜的憂慮還真有道理。小夜笑問需不需要為他朗讀，百介也婉拒了。反正與次郎稍早已描述得那麼詳細了，讓小夜讀來聽聽也沒多大意義。

「倒是，百介老爺，這還真是弄假成真呀——」

小夜在取走先前的茶時說道。

「有哪兒是弄假成真了？」

「難道不是麼？稍早老爺所說的——不過是表面上的情況罷？後頭分明還有什麼內幕不是？」

「內幕——？」

「百介老爺所敘述的，只是個單純的巷說。至後頭有什麼內幕，卻一點兒也沒說穿。笹村先生和咱們也算是熟人了，讓他知道應是無傷大雅罷？」

看來，老爺還真是壞心眼呀，小夜說道。

其實。

的確有個內幕。

到頭來，那椿慘禍——陣屋消失、以及代官夫妻之死，對攝津土井轄下十五村而言，竟成了好事一樁。

殺害六部所引起的國訴後來雖是不了了之，但這場於天下珍饌之都大坂的大災禍，竟演變成了招致民怨的神鬼奇案，幕府可就無法坐視不管了。畢竟自大鹽平八郎之亂起，攝津一帶便成了幕府眼中的是非之地。在大鹽的影響下，領民們紛紛長了智識、開了眼界，哪天碰上什麼契機，難保不會有人再度揭竿起義。

因此，幕府立刻將土井藩徹底調查了一番。

轄下十五個村落泰半被轉配其他藩國，鄰近大坂的區域則被劃為天領，為幕府所沒收。此一裁定讓土井藩之財務更形困窘，不出兩年便遭廢藩。

百姓雖與藩國撤廢、或武士切腹等大義名分無干，但眾村落畢竟長年為土井藩所轄，在廢藩前的短期內，領民們理應還是被課徵了苛酷的貢租才是。若是如此，真不知這段期間內民心是否安定。

只不過——問題似乎並不在此。

待情勢回歸風平浪靜後，百介便返回大坂的一文字屋。直到此時，百介對又市的死才開始有了感覺。陣屋消失至今半月已過，百介這才感到一股失落開始在自己的心中油然而生。

這感觸持續了好一陣子。

不過——一文字屋大內廳裡，竟有個人物正在等候百介歸來。由於沒料到竟有人在等自己回來，教百介著實納悶。

此人是個頭髮灰白、蓄著一臉剛硬鬍鬚的老人，不僅個頭高大，同時還一臉威嚴。百介至今依然清楚記得，當時這老人那懾人的視線，曾教自己何其畏懼。

接下來——當一文字屋仁藏說出這老人的名字時，更是教百介大為震驚。原來——這老人正是御燈小右衛門。

昔日，小右衛門曾是一名雕製逼真傀儡無人能出其右的名人頭師（註30）。但骨子裡卻也是個擅長操弄火藥、叱吒江戶黑暗世界的大魔頭。多年前業已金盆洗手、隱居他鄉的小右衛門，不久前才在籠罩北林藩的妖異烏雲的召喚下返回黑暗世界，與又市一夥人攜手挑戰大名權貴，成就了一樁驚天動地的大差事。

這樁差事，百介也涉入極深。

不過，雖身為成就這樁差事的重要人物，小右衛門卻一度也不曾在百介面前現身。直到在一文字屋的安排下會面為止，百介都不曾見過他生得是什麼模樣。

小右衛門打量了百介的樣貌好一會兒，這才露出一絲微笑，並朝背後高聲喊道：

「還想躲到什麼時候？」

他這舉動教百介看得是一頭霧水。

接下來……

看見是誰拉開小右衛門背後那扇紙拉門走進內廳，可就真教百介震驚得無法自已了。

此人——

頭裹白木綿行者頭巾，身穿白麻布衣，胸前掛著一只偈箱，全身上下一身御行裝束。

不消說，正是小股潛又市。

教先生操心了——又市面露一副目中無人的笑容說道。

也沒等百介思索出該說些什麼，兩名端坐又市身旁的百姓打扮男女也向百介低頭致意。

這下，百介更是丈二金剛摸不著頭了。

待這對男女抬起頭來，又著實教百介吃了一驚。

此人——雖然換了一身行頭，但正是土井藩攝州陣屋代官鴻巢玄馬。

這下。

百介終於開始了解事件真相。

出人意料的——鴻巢玄馬實為大鹽平八郎的同黨之一。

玄馬原本便是個農政造詣深厚，勤習陽明學，對待農民毫無架子的清官。正因為人如此，玄馬也曾於大鹽門下求教。

當飢饉侵襲村落之際，由於對農民窘狀深感憂慮，亦對幕府與藩國的無能深惡痛絕，玄馬對大鹽更是傾倒，終於承諾將助其謀反。

不過，陣屋上下別說是僕傭小廝，即便是派駐此地之藩士，亦無一人知曉此事。

亦即，陣屋中並無任何對大鹽之思想有所共鳴的同志。

玄馬之所以未向眾人宣揚謀反大計，並非因其對藩士有所猜疑，毋寧是為了避免殃及母藩所做的考量。

不過，玄馬倒是曾與領民商議。

註30：專職繪製傀儡頭部的工匠。

也曾向各村庄屋傳達謀反之意圖。領民對大鹽平八郎雖不熟悉，但對鴻巢玄馬至為信任，紛紛承諾起事時將與玄馬攜手響應。決意不打起大鹽的名號，亦是為了顧及起義失敗的考量。就連大鹽送來的檄文，玄馬也未向眾人出示便加以燒棄。

不過。

由於遭人密告，大鹽未能依原定計畫起事。

原本預定一見烽火便趨身響應的玄馬，一發現事跡敗露，立刻判斷形勢不利，謀反註定將以失敗告終。若於此時響應，即便能助大鹽於一時，到頭來仍將同遭敉平。

因此，玄馬立刻召集眾庄屋，厲聲宣布起義氣運未熟，今後切勿提及反亂之事，遇盤問時也須堅稱自己與大坂起事之大鹽毫無關係。欲保護村民，除此之外實無他法。

結果證明，此一判斷完全正確。

到頭來，大鹽之亂未出天滿（註31）便遭敉平，與役百姓百餘名悉數平白犧牲。經過一番嚴厲審問，首謀及響應者依序受刑，其中亦不乏自決者。大鹽父子亦於亂後四十日自決身亡，騷亂表面上已告平息。

不過，仍有大鹽之餘黨或弟子門生繼續潛伏，情勢依然稱不上安定。

由於此事攸關幕府威信。故此，大坂奉行所不得不對嫌疑者嚴加取締。

若打算助大鹽起義之事為奉行所所察，別說是玄馬，就連領民們亦將難逃其咎。此外，還註定要禍殃母藩。

只不過，與大鹽有關係者僅玄馬一人，土井藩與身為幕府舊臣之大鹽表面上並無任何關係。

就連派駐陣屋之武士們，對此亦是毫不知情。那麼，只要領民們三緘其口，便無形跡敗露之虞。故此，亂後數年間，土井領得以安然度日。

但即使如此，玄馬仍為兩件事擔憂不已。

其一——是兵糧問題。

與各村庄屋密談後，玄馬對貢租稍事調整，背著母藩積蓄稻米。雖然看似與他藩代官中飽私囊之行徑毫無不同，但屯糧並未進入玄馬個人之財庫，而是為籌劃起義作準備。為防範萬一，就連陣屋內之藩士對此事亦不知情。

眾庄屋與玄馬亦計畫倘若起義失敗，屯糧將被祕密發還各村落。但只要奉行所稍加調查，便不難察覺帳簿曾遭篡改。

其二便是——

大砲之事。

大鹽平八郎舉事時曾攜行大砲一事廣為人知，其實玄馬亦曾調來大砲。雖不知此物來自何處，入手經緯亦屬不詳。玄馬祕密將大砲運進陣屋，藏於倉庫之中。當然，除玄馬以外，別無他人知曉此事。

只不過——此物處分起來至為麻煩。搬進倉庫是容易，但卻無法堂而皇之地給搬出來。故此，玄馬只得繼續將大砲封藏於倉庫內。

註31：位於今大阪市北區。因此地有知名神社天滿宮，故得此名。

未料，又一難關突然降臨。

由於母藩財政窘迫，不僅開始向領民增徵貢租，還強加上參加調達講等義務。若是依政令行事，領民們勢必難耐苛政，甚至恐有導致領民付諸國訴之虞。當然，玄馬心繫領民，認為倘若國訴能助領民免於壓迫，倒也是試試無妨——

只不過，國訴並不可能逼迫母藩將政令悉數撤銷。雖不可能，但玄馬也無法坐視這些無理要求被付諸實行。故決意一旦領民有所主張，便將助眾人提起國訴。只是——

若是付諸國訴，自己便將遭到盤查。

如此一來——囤積兵糧一事便可能為官府所察。即便如此，若單純被視為侵吞貢租中飽私囊之舉，僅導致自己職務遭撤——玄馬倒認為這也無妨。

不過，陣屋中還藏有大砲。

無論如何，這東西必定將為官府所發現，屆時哪管如何解釋，終將註定徒勞。如此一來——自己可就要被冠上謀反罪名了。

不僅如此，領民們亦將遭到波及。雖曾召集眾人演練串供，結果終究不盡人意。再者，玄馬亦不認為百姓的說法將為官府所採信。

玄馬已無多少選擇。

當務之急，乃是於增徵之政令付諸實行前加以阻止。但即便這點也是難上加難，畢竟母藩之財務情勢已然進退維谷。

故此，玄馬一方面力圖勸阻母藩撤銷增徵政令，同時——也暗中與執上方黑暗世界之牛耳的一文字屋洽商。

有鑑於情勢進退維谷、無法兩全——玄馬便委託一文字屋代為設一個兩全之局。

這下，又市這小股潛又得以大顯身手了。

這回所設的局，目的有二。

其一、不論情勢如何演變，務必避免土井藩轄下十五村曾意圖謀反一事為幕府所察。其二、倘若情況許可，務必助領民免於增徵與課役。

為達此兩大目的，必先將藏於陣屋內之大砲、以及陣屋代官鴻巢玄馬自世上抹除。

這絕非藉一齣小小的戲碼便可一蹴而成。哪管是悄悄將大砲搬出倉庫銷毀、或讓玄馬一人自世上消失，對事態均不可能造成多大改變。

看來當務之急，是讓村民主動切斷與玄馬的聯繫。欲達成此目的——最快的方法便是將玄馬塑造成一名惡棍。

不過，若是散播代官施政不公的謠言，可能將招來官府盤查。如此一來，可就萬事休矣。因此，一文字屋便想出了一個迂迴妙計。

即散播代官夫人生性淫蕩之傳言——

並設局重現二恨坊火之傳說。

為此——還得央請小右衛門演出其拿手絕活。

小右衛門不僅能將火藥操弄得栩栩如生，還深諳以火藥將整座山巒夷為平地之遠古絕技。

原來，怪火的真面目，便是小右衛門的火藥繩。

這下，百介方才憶起仁藏曾稱那怪火為小右衛門火。貿然斷定此火即為古文獻中之怪火，不知不覺竟讓自己也中了一夥人的計。

此外，還請來又市共襄盛舉。

又市驅除了怪火，又以口才博取村眾信賴。一切均是為演出抹殺代官之戲碼所做的鋪陳。

歷經一段時日的口耳相傳，夫人生性淫蕩的傳言也在此時開始生效。

代官本人雖有人望，但村民們對夫人並不熟悉。故此，較之中傷代官的惡言，詆毀夫人的傳聞傳播起來要來得容易許多。夫人生性淫蕩之說，教各村落對頗具人望的代官更是同情。

這下，又市得以乘虛而入。

當然，駐守陣屋之武士們對此計策同樣是毫不知情。

又市佯裝為夫人所陷害，並為此命喪代官刑刀下。

不消說，代官與又市其實是串通作戲。

村民們對代官鴻巢玄馬之信賴，自此完全土崩瓦解。

因此，村民們便針對代官之暴虐提起國訴。較之對藩政提訴，此一提訴內容要來得單純許多。

接下來，異象便發生了。

那只首級，其實是小右衛門所雕製的逼真傀儡。

至於怪火，亦為小右衛門以火藥所模擬之障眼幻術。

當然——

夷平代官宅邸之雷擊亦如是。

此一可將整座山夷為平地之絕技，連同屋內的大砲也給炸得絲毫不留痕跡，於傾刻間化為散布餘燼中之鐵屑。

玄馬夫婦早已於又市幫助下逃離陣屋，快步奔向一文字屋。

如此一來——玄馬於村眾眼中，便成了一介貪官。

事到如今，已無任何村民願意挺身為玄馬辯護，當然更不可能提及協議謀反一事。眾人一度聽信其讒言，如今哪可能傻到說溜了嘴，再受此人牽累？到頭來，官府判定私下增徵貢租之舉，乃玄馬為中飽私囊所為。派遣此等惡霸擔任要職，母藩亦遭到官府盤查。

惡貫滿盈之代官，與生性淫蕩之夫人一同殺害六部，為此招致冤魂尋仇，雙雙為天火所滅。此一煞有介事之巷說，就此應運而生。但這巷說，卻拯救了攝津土井藩轄下十五個村落。

老爺還是沒將真相全盤托出呀——小夜說道。

「何以見得？」

哪可能看不出？小夜面帶微笑回答：

「那天行坊——其實正是又市先生。但百介老爺就連這點都沒讓幾位先生知道不是？這種事兒——可瞞不了奴家呀。」

可別把奴家給看扁了，小夜繼續說道：

「還什麼巧合、自然現象的，聽老爺說得如此天花亂墜，但還是騙不過奴家的耳朵。也不想想奴家都照料百介老爺幾年了。」

不，此事以巧合解釋便可，百介說道：

「小夜姑娘難道不認為，一人之功過不該由他人裁定？不論是任何情況，均應由老天爺裁定才是。律法什麼的，不就是這麼回事兒？」

若不如此，一切可都要沒完沒了了，百介說道，小夜亦頷首同意：

「如此一來，坐擁權力者便有權裁定一切。是罷？」

「沒錯。如此一來，情況可就不妙了。此人只要看哪個人不順眼，便動輒斬之、監禁之，這還了得？故此——」

那夥人才堅決從不露面——百介一臉懷念往昔的神情說道：

「總之，此案被視為天譴，怪火亦被視為天降神火，其實最為妥當。倘若教人察覺一切均為人為——後果可就難以想像了。因此，此事應就此為止。至少連兇殺事件都解決了，何須進一步深究？」

聽完這番話，小夜又追問道：

「此案背後是否也有內幕？要不，那椿火災該作何解釋？」

不不，百介搖頭回答：

「內幕想必是沒有。那時代已是一去不復返了。」

又市——同樣是一去不復返了。

「如今這時代還真是無趣呀。」

百介吩咐小夜打開玻璃窗。

滿天晚霞頓時映入眼簾。

一陣風吹動了懸掛經年的風鈴，鈴。

「天下無奇事，但也無奇不有呀。」

百介喃喃自語道。

小夜再度笑了起來，看來還是將這番話給當成了耳邊風。

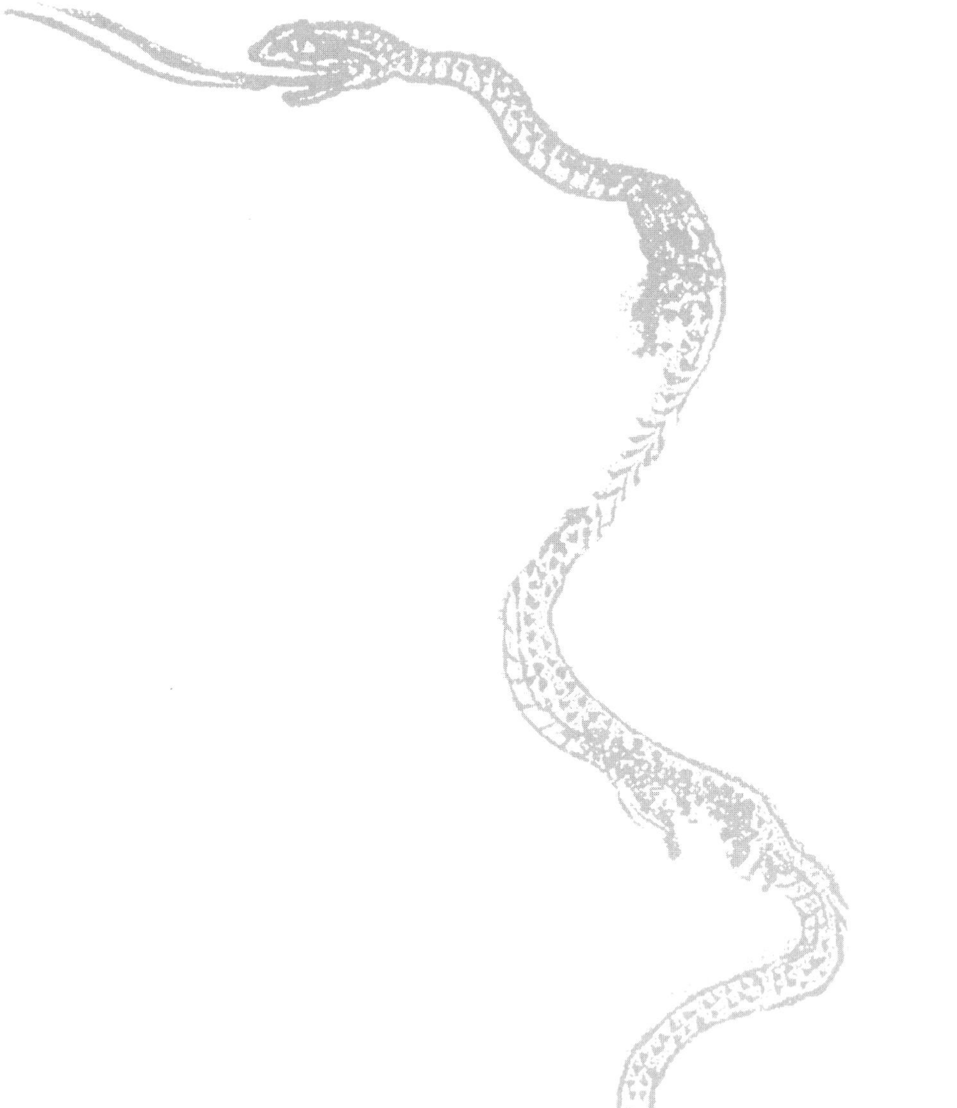

負傷蛇

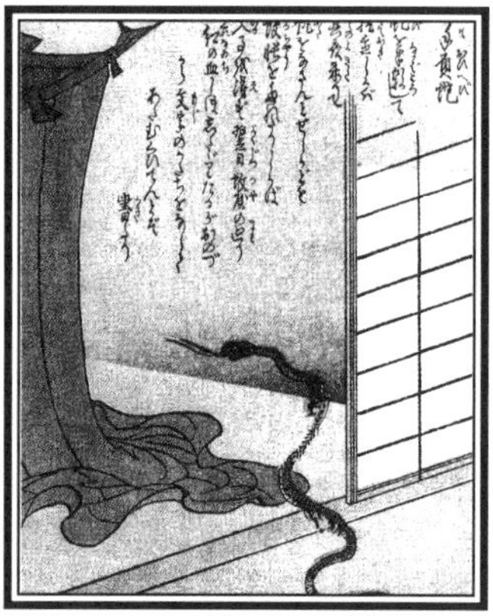

使蛇負傷後未加照料
此蛇將於夜裡尋仇
若遇蚊帳則不得而入
翌日蚊帳周遭
可見此蛇所留之鮮紅血書
揚言此仇必報

——繪本百物語／桃山人夜話卷第肆・第貳拾柒

【壹】

許久以前。

某村有對年邁夫妻，育有一獨生女。

老夫妻之生活至為貧苦，但其女生性儉樸，終日勤奮幹活，從未有絲毫怨言。一家人日子雖與富貴沾不上邊，但也堪稱幸福。

某日。

其女上山砍柴。

這姑娘幹起活來十分專注，這下一絲不紊地專注劈柴，劈出了一身汗水，教鐮刀變得滑手難握，劈起來稍稍失去了準頭。

就在此時，突然聽見一聲異響。

只見腳下淌著滴滴鮮血。

姑娘連忙撥開木柴，只見一條蛇渾身浴血，痛苦掙扎。

原來鐮刀從這條蛇的頸子下方斜斜劃過。

見狀——姑娘嚇得驚魂失色，連忙拋下蛇逃回家中。

隔天夜裡。

有一負傷青年臥倒姑娘家門前。

雖然因傷衰弱不堪，但此青年身形端正，容貌俊美，老夫妻與姑娘便將青年攙扶進門，為其療傷。

由於一家人費心照料，青年終得以康復，並於此時與姑娘墜入情網。

姑娘懇請青年留下。

老夫妻亦如此期盼。

畢竟是救命恩人，青年也不得不從，便成了這戶人家的女婿。

此後——

財運開始降臨這戶人家。

由於好運接二連三，財富滾滾而來，不出一年，老夫妻便成了巨富。

日子十分幸福。

富足的日子，過起來當然暢快。

老夫妻與姑娘，這下終於得以順心享受如意人生。

不過——

財富引來欲望。

欲望引來邪念。

邪念導致心術不正，心術不正使人與幸福漸行漸遠。

漸漸的——

嫉妒、羨慕、懷疑、輕蔑一一湧現，爭執、藐視、謾罵、嘲諷時時蔓延。

待這一家人回過神來，姑娘與老夫妻這才發現——自己雖是家財萬貫，但卻也墜入了不幸深淵。

而姑娘這下發現，自己的夫婿，原來就是那時的負傷蛇。

原來那條蛇為了復仇，召來金銀財氣——

藉此奪去了姑娘的幸福。

【貳】

渡邊（註1）有一老祠，名曰藥師堂，乃源三左衛門翔之祖先宗祠。翔任馬充（註2）時曾修繕此堂，見木板屋頂年久失修而多處腐朽，欲除舊換新，卻於拆除舊板時驚見一巨蛇，身軀為一大釘所刺而無法動彈，卻仍一息尚存。此堂搭建至今已有六十餘年，期間此蛇竟能負傷存活，其壽命之長實令人嘖嘖稱奇。而此蛇貼身之木板內側，宛如曾抹油清理般光滑油亮，原因費人疑猜。此乃根據翔本人親口敘述，絕非杜撰——

「這個『翔』是何許人？」

源三左衛門翔，可就是鼎鼎大名的渡邊綱之子孫源翔？矢作劍之進問道。

註1：位於今大阪市北區中之島，座落於堂島川上之渡邊橋一帶。

註2：又作馬助，七世紀至十世紀之日本律令制時代的官階，源自唐朝的典廄，分為左馬充、右馬充。

應該是罷。由於對此人家譜並不熟悉，被矢作這麼一問，笹村與次郎也只能漫不經心地搪塞道。

「想必是罷。源三左衛門翔乃瀧口大夫惣官傳之子，四代前的先祖應該就是賴光四天王之一，也就是曾收伏妖怪的渡邊綱（註3）。」

劍之進雖是東京警視廳的一等巡查，卻精通古典文獻，對此類傳聞知之甚詳。

至於與次郎，則不過是對此類故事——即怪異或不可解之奇事——多少有點兒興趣，雖愛好瀏覽古書，但論及歷史卻完全是個門外漢，完全弄不清誰是誰的孫子或兒子。

渡邊綱可就是金太郎？倉田正馬問道。

喂，那是坂田金時罷？澀谷惣兵衛面帶怒色地說道。

正馬彷彿是為了炫耀自己曾放過洋，今日也穿著一身與臉型毫不匹配的西洋服裝。或許是大夥兒看慣了，他這身行頭如今看來似乎顯得匹配了點兒，但這下卻還是在榻榻米上盤腿而坐，儀態僅能以滑稽形容。

至於擔任劍術師父的惣兵衛，雖已剪掉了腦袋上的髮髻，依然不脫一副武士風貌，挺直背脊的坐姿看來雖是頗具威嚴，但也格外暴露出此人與時代是何其脫節。

就別管渡邊綱還是金太郎了，與次郎說道：

「咱們今兒個不是來談蛇的麼？」

沒錯沒錯，劍之進說道：

「咱們的確是來談蛇的。瞧你們一副事不關己的，弄得咱們都給岔題了。」

「岔題的是你自己罷？金時不就是你自個兒提起的？」
「我提起的是渡邊綱。傻傻地提到金太郎的，可是這個傻愣愣的假洋鬼子呀。」
瞧你說的，被劍之進如此揶揄，正馬不服地駁斥道：
「矢作，看來被笹村搶了鋒頭，還真教你惱羞成怒了。」
「我哪兒惱羞成怒了？況且，哪來什麼鋒頭？」
「找這種老掉牙的歷史故事來旁徵博引，不正是你這一等巡查大人的得意伎倆麼？開口閉口淨是些往昔傳聞、遠古記述的，還笑我是個傻愣愣的假洋鬼子呢，你自個兒不也是個裝瘋賣傻的假聖賢？」
正馬乘機報了一箭之仇。
與次郎呀，你瞧瞧，一對傻子和瘋子正吵得不可開交哩，惣兵衛開懷笑道。
隨他們去罷，與次郎回答。
一夥人就這麼鬧哄哄的，絲毫無法回歸正題。
「劍之進，我可是看在你再度為難題一籌莫展的份上，才費神為你找來這史料的。為何不能好好聽聽？」
沒錯沒錯，惣兵衛起鬨道：
「喂喂，與次郎可是費了好大的勁兒才找來這本艱澀古籍，大家若不洗耳恭聽，豈不是太虧

註3：相傳賴光與四天王曾於鄰近今渡邊橋不遠處之大江橋收伏大江山酒吞童子。

待他了?」

這番話根本是又一陣揶揄。

「誰說咱們沒洗耳恭聽了?喂,與次郎,你方才朗讀的,可是《古今著聞集》?」

劍之進一臉不悅地撫弄著鬍子問道。沒錯,聽到與次郎如此回答,劍之進又語帶遲疑地說道:

「果不其然。《古今著聞集》是沒什麼幫助的。不過,看你深諳古籍,以前是否就讀過這篇東西?」

「噢,即使讀過,也不記得了。不過,誰說《古今著聞集》沒什麼幫助?若硬要挑剔——」

「你也同意此書過於古老罷?」

這點與次郎的確同意。這回,劍之進想必又是為某樁難解案件傷神。若是如此,欲以此書佐證,這資料的確是太過時了。

「不過,劍之進,你自己不也說過,資料是不分新舊的?記得你曾言,若這類自然原理自開天闢地以來皆是永世不變,那麼不分古今東西,理應都適用才是——」

當然適用,劍之進回道:

「我不過是認為這《古今著聞集》乃所謂的說話集(註4),是一冊以教化眾生為目的之文獻,可信性或許略嫌稀薄。其中不少故事,甚至可能源自唐土或天竺。」

說話和普通的故事有何不同?正馬問道。

被這麼一問,劍之進也不禁雙手抱胸思索了起來。

「還真不知該如何回答你這問題哩——」

「這文章確實地記載了何年何月發生了什麼事兒，看來並不像是純屬虛構的戲作。」

「沒錯。」

劍之進依舊雙手抱胸地同意道。

「原來如此呀。」

正馬頷首說道：

「矢作，你的意思是，這種東西寫得嘮嘮叨叨的，所以不值採信？」

「我可沒說它不值採信。」

你這傢伙可真是彆扭呀，正馬舒展坐姿，伸直了雙腿說道：

「總之，這篇東西畢竟是在迷信充斥的時代寫成的。我並沒有貶低信仰的意思，但倘若一切都得牽扯上神佛法力或因果報應，可就不該輕易採信了。」

這端看如何解釋罷？與次郎插嘴道：

「難道你認為這篇文章的內容是否屬實，與記述者對這件事兒的解釋毫無關係？」

喂，與次郎——惣兵衛高聲說道：

「乍聽之下，你這番話似乎有點兒道理，但照你這道理，咱們對鬼魂或妖怪跳樑的傳言不就都得全盤採信了？」

註4：說話意指傳承自古時的民間傳說故事，將之集結成冊即為說話集。

「為什麼？」

「突有暴雨襲來，某墳地不住鳴動，又見天現龍蹤——均為某山之某神降怒於人間使然——看到這種記述，咱們讀者真不知該相信幾分。作者的用意，想必是為了昭告神佛靈威，故即使虛實混淆，也不以為意。但雖可能突降暴雨，但哪可能跑出什麼龍來？至於墳地鳴動一項——則是虛實難判。倘若寫成突如降雨，墳地鳴動，並相傳天現龍蹤，那麼或許墳地鳴動一項，也就不至於難以採信了。倘若作者於撰文時未拋神佛信仰，是虛是實，豈不是教人難以判斷？」

只能說是虛實不分罷，正馬下結論道：

「總之，我國已是文明開化之國，時下的有識之士，不應再以《今昔物語集》或《宇治拾遺物語》一類古籍來充當資料佐證。笹村，我想說的是矢作奉職之處乃東京警視廳，而非奉行所。堂堂一介捕快，豈能以虛構故事充當辦案參考？」

且慢，正馬伸手打斷了劍之進的發言。

「在下可沒勸他全盤採信。再者，要說此類古籍上的記載全是胡言亂語，不足採信——未免也過於武斷了點兒罷？」

「有哪兒武斷了？」

「噢，姑且不論撰寫此類記述的動機或用途，難道這類記載完全不具任何歷史價值或資料性？以方才惣兵衛所舉的例子來說，姑且不論飛龍現蹤及墳地鳴動兩項，至少也記載了某年某月某日降雨的史實不是？降雨這點應是毋庸置疑，難道這則記述完全算不上資料？」

「知道古時某月某日的天氣，哪有什麼用處？」

這些記述可沒寫得這麼露骨，劍之進瞪向惣兵衛說道：

「尤其是與次郎找來的這冊《古今著聞集》，與其他故事集相較，乃是以較為平素的簡潔文體所記述的，而且不僅載有年號及地名，甚至就連體驗者的出身都記得清清楚楚。因此，在下才認為……」

「亦即──由於上頭寫有根據渡邊綱之子孫親口敘述，便代表它值得採信？」

惣兵衛生著剛硬鬍鬚的臉孔隨著怒氣不住抖動地說道：

「哼，這種東西不都是隨人寫的？」

「雖然此文內容，以今日的眼光看來似乎是迷信，但並不代表就是子虛烏有，甚至還應將它視為先人所留下的珍貴記錄。難道你不認為，知道幾百年前的天候是件很了不起的事兒？」

與次郎老老實實地附和道。

對與次郎而言，比起前去遙遠異國一遊，回溯往昔之旅絕對是更教人心動。故雖絲毫不懷正馬那般對外遊的嚮往，但若有機會一窺往昔，可是絕不會錯過。

珍貴記錄？惣兵衛語帶揶揄地說道：

「倘若是載有藏寶地點，或許真稱得上珍貴，但蛇可長生不死的記載，是哪兒珍貴了？」

「不──當然珍貴。在下原本也以為此類故事不足採信，但此文既然記載得如此明瞭，難道不足以佐證的確是真有其事？」

看來，蛇果真能長生不死，劍之進下了如此結論，接著便向與次郎致謝道：

「這資料可真是幫了我個大忙哩。或許這下就能省了麻煩的審訊。不過，若是能再添點兒旁證就更好了。」

傍證？惣兵衛可不甘心就此罷休：

「你這是有完沒完？難道你們這些當官的，非得拘泥於這些無關痛癢的細節不可？」

「這哪是無關痛癢？」

「當然是無關痛癢。哪管是哪冊書上如何寫的，這點道理不必詳究陳年古籍都該知道。蛇是絕無可能活上數十年的。想不到，你竟然愚蠢到這種地步。」

惣兵衛痛斥道。

這番話的確有理——與次郎也不得不同意。雖然似乎和與次郎起初的態度略有矛盾，但不論對《古今著聞集》中的記述是信還是不信，這的確是個不爭的事實。

哪管是蛇還是蜈蚣，蟲魚等畜生是絕無可能活上數十年的。俗傳龜有萬年壽命，但又有誰看見過哪隻龜活到這歲數了？依世間常理，這類畜生的壽命皆屬短暫。

當然，與次郎並無可茲證明此一常理的學識，但也認為既然這類畜生大多短命，這常理應該就是八九不離十了。總而言之，世上是不可能有蛇能活到這等歲數的。

不過，與次郎心底還是期望世上真有這種奇事。不，與其說是期望，不如說正是出於這份殷切的渴盼，才會促使他特意去找來這則故事的。因此，對惣兵衛的一味否定，與次郎多少還是心懷抵抗。

不過。

再怎麼說，蛇能活上數十年這種事兒，畢竟教人難以置信。

即使一臉悵然若失，劍之進還是奮力回嘴道：

「竟敢罵我愚蠢？這下非得告你辱官不可。」

「萬萬不可呀。將他這種莽夫給關進牢裡，豈不是要把囚犯們給嚇壞了？」

正馬起身制止了兩人的爭執：

「好了好了，此處狹窄，不宜喧鬧。澀谷，你生得粗野也就算了，別連話也說得如此下流。至於矢作，你該不會是因為上回那椿案子嘗到了甜頭，這回又一心想立功罷？」

正馬指的案子，就是不久前那椿兩國油商的殺妻案——在巡查同儕間稱之為「雷球事件」的案件。

當時，一夥人也曾為了那鬼火還是妖火的真面目多所推敲。劍之進就是以那時獲得的結論為契機，一舉看破案情真相。事後，也因此博得了矢作一等巡查立下彪炳功績，辦案有如快刀斬亂麻的美譽。

這位名巡查撫著一撮整齊的鬍鬚說道：

「在下在乎的，並非是否能立功。」

「那麼，會是什麼？」

「身為一等巡查，在下肩負官府人員之義務，非得以合理手段儘速解決此案不可。」

這義務和蛇又有什麼關係？正馬問道。

「你還是沒觸及重點。」

沒錯，惣兵衛也附和道。

繼上回的雷球事件，這回劍之進所提出的疑問——便是這關於蛇的生命力的問題。

三日前——

劍之進邀來與次郎等三人，並向一夥人詢問：

——大家可知道，蛇的壽命大抵是多長？

並暗示蛇可能十分長壽。

但長壽兩字可謂十分曖昧。也不知這形容究竟是指十日，還是一年。端憑話題的內容而會有所出入。

經大夥兒一問，劍之進便回答有七十年。

傾刻間——一行人的對話便起了怪異的轉變。

若是七年或八年尚且能接受，但若是七十年，可就教人難以採信了。

以理性主義者自詡的惣兵衛對這答案嗤之以鼻，正馬這假洋鬼子聞言也只能聳聳肩。但與次郎卻聲稱記得曾在哪兒讀過類似記述，經過一番追溯，便找出了這冊《古今著聞集》。

你這是碰上什麼樣的案子了？惣兵衛問道：

「捉賊與蛇的壽命長短能有什麼關係？我看你就別再胡思亂想了，不如好好磨練劍術比較正經。」

「在下和你都已不是武士，無須再披掛長短雙刀。如今還花工夫學習揮舞竹刀，哪能有什麼用處？」

我至今仍是個武士，惣兵衛回道：

「只要骨氣尚存，即便剪掉了髮髻，武士依然是武士。」
「光憑骨氣哪能辦案？」
重要的是這裡頭有什麼東西罷？劍之進指著自己的腦袋說道：
「如今，有蒸汽火車飛快疾行，瓦斯燈終夜大放光明，更有電報機接收遠方音訊，武士那只曉得砍砍殺殺的骨氣，老早就無用武之地了。在這時代，凡事都得動腦才能解決。」
「矢作所言甚是。」
大概是害怕在西裝上留下縐褶，正馬端正了坐姿說道：
「歐洲的警察機關可是十分有紳士風度的。文明國家的捕快，絕不會野蠻的以利刃威嚇，或以棍棒捕人。不過。」
他們可不會在意蛇能活多久呀，話畢，正馬又一屁股坐了回去。
「喂，矢作。」
「夠了夠了，在下已經受夠你們的揶揄了。」
「我可沒半點兒揶揄的意思。除了迷信傳說之外，我倒曾聽說過蛇可能極為長命的說法。」
原本只準備承受又一句嘲諷劍之進，剎時露出了一臉錯愕的神情。
「只要不加屠宰，龜鱉通常均能長命百歲。只要妥善飼育，便能隨年歲長得碩大無朋。據說唐土或天竺，便有長到和洗衣盆一般大小的鱉。」
「噢？難、難道龜壽萬年這句話，果真屬實？」
與次郎語帶驚訝地問道。

信。

就連雖不知究竟學到了幾分，但理應喝過點洋墨水的正馬都這麼說了，或許這還真是足以採

這下，與次郎也不由得開始興奮了起來。

但正馬的回答是，既然無人活過萬年，哪有誰能確認這說法是否屬實？

這麼說——的確有理。

「再怎麼說，萬年也不過是個比喻罷了。不過，異國時有巨蟒相關的傳說，放洋期間，我曾數度瀏覽一種名曰博物誌的書刊，其中載有不少蛇類的圖畫，有些甚至碩大到教人誤判為漂浮大洋上的巨木。這種蛇要比異國的船隻都來得龐大，若沒個數十年，哪可能長到這等大小？此外，亦曾聽聞南洋有長達數尺之巨蛇生息。不少異邦因蛇之形象與習性，而將其視為聖物。就這點觀之，或許蛇果真要比其他蟲魚禽獸要來得長壽。」

噢，這位一等巡查問道：

「看來，活個七十年應該不成問題罷？」

「這我是無法斷言。但或許蛇真能活這麼久。不過，為何是七十年，而不是十年或百年這類整數？」

「這乃是因為……」

「若不解釋得詳細點兒，要咱們怎麼幫你？」

「沒錯。瞧你嘟嘟囔囔地說得這麼不乾不脆的，即便與次郎費神找來資料佐證，咱們的對話不還是淪為無謂清談？」

惣兵衛也氣呼呼地說道：

「你是說還不說？雖不知是真是假，就連咱們這位曾放過洋的大少爺都說蛇能活個七十年了，這下哪還需要計較與次郎找來的東西究竟是否可信？這回辦的究竟是什麼樣的案子？我看你就招了罷。」

生性粗獷的惣兵衛粗魯地拍起劍之進的上臂。劍之進則是一臉嫌惡地支開了他的手。

接著，又若有所思地說道：

「噢——但與次郎帶來的《古今著聞集》中的記述，似乎也不容忽視。」

「為什麼？因為裡頭寫著和你所說的七十年相差不遠的六十餘年？」

「並非為了這點。」

「那是為了什麼？依我推測，想必是什麼說出來要笑掉咱們大牙的蠢事兒罷？」

此事可是一點兒也不蠢，劍之進皺眉回道。

惣兵衛也誇張地皺起了眉頭說道：

「你這傢伙還真是彆扭呀。總而言之，與次郎所敘述的故事雖不至於全然是創作，也絕對不是真有其事。不，作者或許是依自己所見所聞撰寫的，但這部分畢竟僅是傳聞不是？哪管作者是什麼身分，這都不過是篇鄉野奇談罷了。」

「你怎知道這絕不是真有其事？」

「我說啊……」

這下輪到惣兵衛端正坐姿了。

「對蛇可能活個六十餘年這說法，我或許還能接受。但是，劍之進你仔細想想罷。與次郎為咱們朗讀的這則記述中的蛇，可是在六十餘年裡都不得吃喝，還『動彈不得』哩。」

「沒錯。」

「你認為這可能麼？我說劍之進呀，俗話雖說人生短短五十載，但還是有不少老翁老嫗活到七八十歲。只是人雖長壽，不吃東西還不是活不了？即便是斷五穀、斷十穀的修行，也不是完全不進食的。即便完全斷食，至少也得喝水。若是不吃不喝，任何人都撐不過十日就得要活活餓死了。」

「但惣兵衛，難道你忘了蛇是會冬眠的？冬日間，蛇不是只要不吃不喝地睡頓覺就行了？」

「聽你說的。但不也得先大啖一頓才能睡？」

那是熊罷？惣兵衛這麼一回嘴，正馬立刻打岔道：

「蛇與獸類的冬眠習性不盡相同。蛇屬陰性生物，並無體溫。由於無法自體內發散陽氣，故只要氣溫下降便要感到寒冷。因此蛇的冬眠與其說是睡眠，毋寧說是假死較為恰當。」

「假死？」

「也就是暫時死亡。」

原來如此，劍之進恍然大悟地說道。

可別憑一點兒推論就貿然斷定呀，正馬說道：

「那可能假死個六十年？若是如此，可就是真的死了，絕無可能復生。」

「真的絕無可能？但這可是源翔的——」

「所以，咱們這位使劍的才要說，這不過是則鄉野傳聞罷了，根本當不了證據。看在你愛聽這類故事的份上，與次郎才要找來這則東西，但有哪個傻子會不分青紅皂白地相信這種事兒？除了這種虛構故事之外，你可曾聽說過蛇被封了七十年還能活命的——？」

話及至此，正馬眉頭深鎖地望向劍之進：

「——你說是不是？」

一等巡查矢作劍之進先是板起了臉，接著才頹喪地點了個頭。

【參】

這回劍之進調查的案件，案情大致如下。

池袋村有一姓塚守之望族世家。

即便稱不上第一，塚守家在這一帶也算是數一數二的大戶人家，即便維新後家勢依然是盛況不改，看來家境頗為富裕。至於塚守這姓的由來，似乎並非某大人物所賜，而是因主屋後方有座古塚，故冠此姓。

不過，論到塚守家族成員的關係，可就有點兒複雜了。

原本的家主名曰伊佐治，在三十多年前的天保年間，便隨夫人一同亡故。之後，家務便由伊佐治之弟粂七接手執掌。

塚守粂七為人寡欲耿直，雖已是個年逾花甲的老翁，仍備受鄉親景仰。至於其子正五郎，個性也一如父親般踏實認真，即便遭逢改朝換代的亂世，一家男女老幼依然胼手胝足賣力幹活，方能安度亂局，保家勢於不衰，直至今日。

問題出在已故伊佐治之遺孤伊之助。

伊佐治亡故時，此人是個五六歲的娃兒，算算如今應已是四十好幾了。

伊之助終日遊手好閒。也不知是生性懶惰，還是父母雙亡使他變得桀驁不馴，總之就是從沒幹過任何活兒。若為他安排婚事，不是因看不順眼立刻離異，就是動輒施暴將媳婦嚇走。故即使已是年逾不惑，至今仍是孑然一身。

由於養父粂七生性耿直，即使伊之助並非己出，看來應是與其子正五郎一視同仁，不至於虐待這兄長遺孤才是。

但伊之助似乎就是對此不滿。

通常，這類人可能會因備受冷落而變得憤世嫉俗，於迷惘中步入歧途，但伊之助的情況卻正好相反。

此人似乎認為家中之主理應為已故伊佐治，如今不過是委由早該分家遷出的弟弟代為執掌。故此動輒向粂七與正五郎父子口出不遜，堅稱自己才是承襲正統血脈之家主。

塚守家並非武門，何須在意血脈是否正統？更遑論時代早已物換星移。即便叔父曾供自己衣食無虞地長大成人，此人不僅不知報恩，還動輒咄咄相逼，行狀之惡劣可見一斑。

即便如此，粂七父子似乎仍未有任何抱怨，只能任憑兄長這不成材的遺孤四處為害鄉里，盼其有朝一日終能理解彼等之用心良苦。

伊之助終日為非作歹。
雖不曾竊盜殺人，但平日揮金如土，飲酒無度，終日與一群惡友放縱玩樂，不僅吃喝嫖賭樣樣精通，甚至曾因其惡行惡狀而遭捕入獄。
不論用餐乘車均恣意賴帳，施暴傷人亦有如家常便飯。
甚至曾意圖染指正五郎之妻室。
一切作為令人髮指，但又教人束手無策。
但這麼個惡霸，卻於五日前突然猝死。
據傳乃頸部遭蛇咬而死。
咬死伊之助的蛇雖已逃逸無蹤，但根據目擊者之證詞，以及遺留其體內毒物之檢驗結果判斷，致死的應是一條蝮蛇。
咽喉遭蝮蛇使勁一咬，的確是不死也難。就連腳遭輕輕一咬，若未妥善處理，也能教人魂歸西天。
若是死於蛇吻，這就是一樁意外，無須官府差人處理。
不過——
事實上，教矢作一等巡查百思不解的，正是這條蛇究竟來自何處。
「是哪兒不對勁了？」
正馬褪去上衣，解開了領口的釦子。
狹窄的房內至為悶熱。但正馬這番舉措想必並非為了怕熱，而是出於不習慣如此穿著罷。

「難不成，你是想逮捕這條蛇？」

「開什麼玩笑。」

若是想嘲弄我，我可就不說了，劍之進賭氣說道。

「這哪兒是嘲弄你了？我只是覺得這實在教人難解。為何為了區區一條蛇，得勞煩你這位東京警視廳的巡查大人前往池袋這等窮鄉僻壤？」

有道理，惣兵衛也附和道。

正馬與惣兵衛總是如油和水般不和，唯有攻擊劍之進和與次郎時意見才可能一致。因此，劍之進常揶揄他們倆活像薩長（註5）。

「就你的敘述聽來，這百姓根本是個不值一顧的混帳東西。既不孝又無禮，既不仁又不義，根本是個四處為惡的壞東西。這等惡棍，死於天譴也是理所當然罷？」

若靠天譴兩字便可搪塞，社稷哪還需要警察？

「惣兵衛，你不是一向厭惡迷信？這下怎又拋開平時的儒者風範，攀附怪力亂神之說？這番話聽了，還真是教人錯愕呀。」

「且慢。澀谷口中的天譴，不過是個比喻。指的是凡遭狗咬馬踢、掉落洞穴溺死河中等災禍，皆非外力使然，而是受災者自個兒遭遇的不幸。」

但案情並非如此，劍之進說道。

看來死者的死因並不自然。

死前一日——

伊之助曾因輕薄了一農家姑娘而引起爭執。據傳到頭來，此事演變成一樁塚守家所雇用的莊稼漢悉數前來聲討的大騷動。

弄傷了未婚的姑娘，雖是恩人塚守家的正統血脈，也不可輕易縱放。再加上實在看不慣伊之助平日的為非作歹，以及他對粂七老爺的言語脅迫，莊稼漢們終於決意一同挺身反抗。

由於這場騷動的規模過於龐大，或許是接獲通報，曾為地回（註6）的岡引（註7）——亦即前幕府時代掌有官府授與十手的百姓——也前往關切。

伊之助原本準備以慣用的威嚇矇混過去，但這回的對手並非僅一、兩人，光憑這招已是無法收拾。平日言行溫厚的粂七眼見情況如此嚴重，也不得不親自出面，便當場制服伊之助，嚴厲斥責了一番。

除此之外，據傳還向莊稼漢們下跪致歉，並逐一支付和解金以示歉意。莊稼漢們個個對粂七心懷敬意，本就不懷任何怨恨，看在大爺的情面上，這場騷動便就此宣告平息。

這下，岡引也不得不撤手。既然騷動業已平息，如今已不再有理由將伊之助逮捕。

註5：薩摩藩與長州藩，應是比喻原本敵對的兩大藩國，在坂本龍馬的斡旋下於一八六六年組成攻守同盟。

註6：今意指往來於城鄉之間銷售貨品維生的商人。但江戶時代特指被剝奪戶籍的無宿人，多以四處兜售香具或經營博奕營生。因其浪跡天涯的性質，常為負責維持治安之奉行所等機關吸收為線民或雜役。亦作地迴。

註7：於奉行所之與力、同心旗下協助調查刑案或逮捕嫌犯者。平時不持十手，必要時方由奉行所派發。此職無薪可領，但可自其他管道領取零用金，同心宅邸亦常時備有供岡引實用之飯菜。性質與今日的私家偵探大致相當。「十手」指江戶時代捕吏所持，用來拘捕人犯的短鐵棍。

但伊之助依舊是忿恨難平。

雖然當時眼見情勢不利於己，只得被迫保持緘默，但伊之助心思如此扭曲，當然無法接受如此結果。

伊之助的想法是——自己貴為塚守家之主，怎可聽任地位於己之下的粂七訓斥？況且，粂七支付莊稼漢們銀兩以求和解一事，亦教伊之助極為不快。塚守家的財產理應歸自己所有，怎可不經自己同意便逕行使用？

此人就是如此無理取鬧。

死亡前夜，伊之助召來一夥惡友豪飲，並乘酒意大發牢騷。

據傳，伊之助當時曾這麼說。

——世間似乎以為塚守家之所以坐擁萬貫家財，乃是粂七那臭老爺還是正五郎那臭小子邁力掙來的，但實情根本不是如此。

——塚守家有一筆大隱密財產。老子曾聽言有一筆永遠揮霍不盡的金銀財寶被藏匿某處。

——這原本是一家之主才知悉的機密。想必是在老子的爹過世後，這筆寶物教那臭老頭給據為己有。而這貪得無厭的傢伙，竟然一文也沒分給老子。

據說伊之助忿忿不平地說了這番話。

但這說法似乎並非空穴來風。其實，這傳聞老早便已傳遍這一帶。

家宅後方的古塚——

這座代表一家人姓氏由來的古塚，鄰近居民稱之為口繩塚。

口繩，即為蛇之意。

據傳任何人碰觸到這宛如一座小山的古塚，便將為蛇魂所害。加上古塚又座落於塚守家的土地內，外人通常難以接近。

這座可怖的妖塚上，有座小小的祠堂。

據傳祠堂內祭祀的，乃是塚守家的屋敷神（註8）。

這座祠堂的由來，似乎是頗為不祥。

不過，詳情似乎沒幾個人知道。

也不知因談論這由來是個禁忌，還是正確情況早因年代久遠而失傳。

只是，依然有塚守家的祖先曾因殺蛇而招來蛇魂作怪，或遠祖曾殺了盜賊奪來財寶一類的流言悄悄流傳。但此類說法均僅止於傳說，無人將之視為事實。

總而言之——

這座古塚給人一股不祥的印象。似乎任何人均不敢接近，談論起來亦是多所忌諱。

不過，有一人並不做如是想。

那就是伊之助。

——塚內藏有黃金。

伊之助如此告訴他的酒肉朋友。

註8：鎮守某一宅邸或土地之土地神。

畢竟是祭祀這一帶首屈一指的望族家神所在地，哪可能任憑鬧鬼、詛咒一類的傳聞四處流傳卻不聞不問？因此，伊之助推測正因其中藏有黃金，因此家人才刻意散播此類傳聞，意圖藉此掩人耳目。

於是——

「伊之助便與五個同夥相約，於翌日——也就是五日前，攀上了那座古塚。」

「噢？」

正馬驚嘆道：

「竟然不相信迷信？這小憋三可真是進步呀。鄉下人大多對迷信深信不疑，通常應會刻意避開這類據傳鬧鬼的地方才是。」

「哪有什麼好佩服的？這傢伙不過是利慾薰心罷了。」

與次郎說得沒錯，劍之進說道：

「但同行的五人似乎是驚恐不已，想到要上那種地方，便一肚子不舒服。」

人通常會趁夜晚潛入哪個地方。但對伊之助而言，這是自個兒家的土地，不必顧忌他人眼光，要攀上去何須偷偷摸摸的？因此便決意在堂堂白晝進行。

倘若是挑在入夜後，或許這些嘍囉們就不敢同行了。

一夥小嘍囉們便在伊之助的引領下，攀上了古塚。

上頭果然有座小祠堂。

「還真有座祠堂？」

「這座祠堂在下也檢查過了。」
「你也攀上了那座鬧鬼的古塚？」
「那可是案發現場，當然得上去。否則案子哪辦得成？」
「噢，想不到害怕妖怪，一想到亡魂就直打哆嗦的劍之進大人，這下竟然也敢攀上去。」
惣兵衛冷眼瞄向劍之進說道。
但劍之進可沒把他的揶揄放在眼裡，一臉嚴肅地繼續描述：
「根據那群傢伙的證詞，當時祠堂的大門上著鎖，上頭還貼有一張紙符。」
「是張什麼樣的符？」
「或許可說是護符罷。一部分還殘留在門上，剝落的部分則被在下當證物押收了。至今仍不知這張符是哪個寺廟或神社印製的，但上頭印有某種咒文。向對此較有涉獵者請益後，方得知這種符叫做陀羅尼符。」
「不就是藥研堀的老隱士常提及的那種符？」
隱居藥研堀的博學隱士一白翁，在述說昔日種種故事時，的確常提及這種符。
「這張符破破爛爛的，看來年代相當久遠。在祠堂外任憑風吹雨打，理應早就毀壞或掉落了才是，看來所用紙張還頗為強韌。」
「符貼在門上，可是為了將門給封住？」
但此符並非近日才封的，被與次郎這麼一問，劍之進如此回答。
「並非近日才封的——何以見得？」

「噢。即使是張陳舊的紙符，也有可能是近日才貼上的。但在下曾觀察門上貼有紙符的部分，至少看得出符並非近日才貼上的。不僅貼有紙符的門板未見褪色，也看不出任何變造的痕跡。看來門上至少貼了十餘年了。」

「這下才教這名叫伊之助的傢伙給剝下來？」

——竟然搞這種小把戲。

根據小嘍囉們的供述，伊之助見狀曾如此大喊。

但這群小嘍囉們似乎不認為這僅是個小把戲。紙符在門上可是貼得十分牢靠，似乎是有人極力想把裡頭的什麼給封住。

伊之助踢開祠堂前擺放的供品，接著便開始剝下紙符。但這張符卻貼得牢牢的，要剝除似乎頗為不易。

「門前的確曾擺有一座三方（註9）。大概是教伊之助給踢壞了吧，只見殘骸散落一地。三方上頭似乎曾供盛了神酒的酒壺與榊木（註10）。據說塚守家之家主——正確說來應非家主，而是代理家主罷，也就是粂七老爺，每日均不忘於天明前獻上供品。據說，興建本祠堂時，塚守家曾邀來一行者，並與其立此約定。」

「這約定，可是粂七老爺立下的？」

「似乎是如此。古塚似乎是自古便有，但祠堂則是於粂七之兄伊佐治——即伊之助之父過世時興建的，約建於三十餘年前。據說原本是沒有祠堂的。」

「總覺得有哪兒不對勁哩。」

正馬說道：

「在那之前，並沒有祭拜任何東西？」

「詳情在下並未詢問——但據說在興建祠堂前，該處僅有一空穴。前代家主伊佐治，據說也同樣是死於蛇吻——當時便認為必是受到了什麼詛咒，為了避免殃及他人，才在窩上建了祠堂，以供奉蛇靈。」

果不其然，正馬說道。

「怎了？」

「當初建這祠堂，就是為了掩蓋那座窩罷？這不是教伊之助給猜中了？」

哪有猜中？劍之進說道：

「在下曾朝祠內窺探。只見祠堂極為狹窄，僅容得下一人入內。地板中央有座地爐，下頭便是地面。地上的確有座窩穴，但雖說是個窩，大小也僅容置入一只茶箱，窩裡是什麼也藏不了。事實上，裡頭還擺了一只箱子。」

「什麼樣的箱子？」

「這……是一只看似道具箱的東西，但與其說是箱子，毋寧該說是一只鑿空石頭、再加了個蓋子的龕。」

註9：底座三面有孔，用於盛放供品的木製方盤。
註10：栽植於聖域的常綠樹之總稱，或用於法事的木枝。

「聽來還真是個怪東西。」

「沒錯。據傳這只石箱打從有祠堂前就給擺在那窩穴裡了。當然，也從沒人將它給掀開過。」

任誰在妖魂肆虐的古塚頂上的一座窩中，看見這只來歷不明的石箱，想必都沒膽兒掀開來瞧瞧罷。

別說是掀開，據說就連這只箱子本身，都未曾有人看見過——不知何故，話及至此，劍之進突然欲言又止了起來。

怎麼了？惣兵衛催促他繼續說下去。

「這……在下方才說未曾有人看見過，但這說法似乎不盡正確。事實上——據傳約七十年前，伊佐治之父，亦即伊之助的祖父，就曾掀開過這只蓋子。」

「噢？當時是為何要掀開？」

「這在下也不知道。似乎當時也曾起過妖魂尋仇的怪事。」

「這位祖父也過世了？」

沒錯，劍之進隔了半晌方才回答。

「同樣是死於蛇吻？」

「畢竟年代久遠，死因就完全不明了。只不過……」

「只不過什麼？」

「據傳這位祖父曾言，由於看見箱內有蛇，便連忙將蓋子給蓋了回去。」

「箱內有蛇？」

「據傳——就是如此。之後，便未曾有任何人再碰觸過那只石箱。此言想必不假，應是無人再碰過罷。」

「應該是罷。沒事何必碰它？」

「沒錯。正馬曾揶揄鄉下人多對迷信深信不疑，即便對迷信不全盤採信者，理應也不會上這種氣氛駭人的地方才是。畢竟去了也沒什麼好處。再加上先代家主伊佐治，也曾為了印證此一傳說而殞命。當時不是表示要去瞧瞧箱內盛了什麼，但尚未瞧見便丟了性命？且據傳此人又是死於蛇吻。眾人見狀，便決意興建祠堂，供奉蛇靈。而粂七等人對此蛇靈極為畏懼，故每日均不忘獻供，經年不輟。」

正馬兩手抱胸地沉思了半晌。

「喂，矢作。」

「怎麼了？」

「這回該不會也是……？」

「正是如此。破門而入的伊之助步入祠堂，一發現石箱便直嚷嚷：『找著了，找著了！』並將蓋子給掀了開來。這下——」

裡頭可有什麼東西？

「石箱中果真有蛇。據說，當時伊之助蹲下身子朝箱內窺探，那條蛇便朝其猛然襲來，剎時咬上了伊之助的咽喉。遭蛇咬後，伊之助發出一聲短促哀號，旋即朝祠堂前仰身一倒，不出多久便斷了氣。」

且慢，這下輪到惣兵衛開口打岔。
但只說了聲且慢，便沒再吭聲了。
「門上不是貼了張紙符麼？」
「沒錯。若粂七老爺所言不假，這張符是三十餘年前貼上的。方才也曾說過，這張紙符在下也曾審慎檢視，看來的確是至少貼了十年以上。看來粂七老爺的證詞並如任何不妥。」
且慢，這下惣兵衛再次打岔道：
「這只石箱與蓋子之間，是否有任何縫隙？」
「並無任何縫隙。在下也曾親手將蓋子給蓋回去。由於蓋子也是石頭鑿成的，蓋上後的確不留任何縫隙。此外，蓋子本身也是沉甸甸的，即便碰上地震，也絕無可能鬆脫。」
「蓋子是何時蓋上的？」
「若傳言足堪採信，應是七十年前蓋上的。」
原來如此——
難怪你要問咱們蛇是否活得了七十年，惣兵衛高聲喊道：
「不過，劍之進，這未免也太離奇了罷？」
「確實——是極不尋常。伊之助的確是教蛇給咬死的。一如正馬所言，這的確是樁意外。不過，石箱內有蛇這點，實在是太離奇了。」
真有人可能遭密封於石箱中七十年的蛇給咬死——？
此事的確離奇。也難怪劍之進如此困惑。

「在下完全不知此事該作何解釋。」

劍之進以孱弱的語調說道。

「不知該作何解釋？這種事還能怎麼解釋？」

「難道只要記下一惡徒慘遭蛇咬殞命，此案便有了交代——？」

「即使無法交代又如何？噢，除此之外，還能如何交代？哪管咬他的是條多麼離奇的妖蛇，只要是遭蛇咬而死，這就是一樁意外。兇手可是條蛇呀，堂堂一介巡查，何必教區區一條蛇搞得如此困擾？」

「且慢。這伊之助廣為村眾所嫌惡，不僅對塚守一家而言是個眼中釘，莊稼漢們對其也是恨之入骨，生前想必曾教許多人敬而遠之。即便是與其一同去擾亂古塚的狐群狗黨，也並非因仰慕其人望而寧為跟班，不過是群烏合之眾，想必從沒將伊之助視為同夥罷。」

真是不懂，正馬說道。

「哪裡不懂了？」

「大家想想。依此狀況判斷，欲將伊之助除之而後快者，想必是為數甚眾。」

「你認為——他是遭人殺害的？」

「看來是不無可能。」

「但兇手可是條蛇呀。」

「的確是條蛇。但難道不可能是有人握蛇藏身其中，乘機將蛇朝他的頸子——」

劍之進佯裝手握蛇頭，朝與次郎的頸子一湊。

「如此一來，可就是如假包換的兇殺了。大家說是不是？」

若是如此，的確就成了椿兇殺案了。

「若是兇殺，便有兇手。哪能含糊辦案，輕易縱放？」

「煞是有理——」

否則的確是難以解釋，劍之進這位一等巡查一臉憤慨地說道：

「古塚上淨是裸土，幾乎是寸草不生。若有蛇爬上來，要發現根本是輕而易舉。再者，若伊之助遭咬的部位是腳，尚不難解釋，但被咬著的卻是頸子，未免也太不自然了。難不成是蹲下身子時，恰好碰上這條蛇的？」

這未免過於湊巧。

不過，如此說來——

「若假設案情並非如此——那麼，便只能相信眾人之證詞，的確有蛇藏身石箱之內。根據遺骸與案發現場之調查結果，這的確是最自然的結論。但若是如此……」

便代表這條蛇的確是在密閉的石箱中活了七十年——

劍之進停頓了半晌，才又開口為這番議論作結：

「倘若蛇真能不吃不喝地存活七十年——那麼此案便是一起單純的意外。但若蛇之生命不可能如此強韌……」

那麼，就得找出真兇了——劍之進下了如此結論。

【肆】

這天，一白翁的神態稍稍異於往常。

雖然如此，其他三人似乎沒察覺出什麼異狀，或許僅有與次郎如此覺得。

——似乎有那麼點兒心神不寧。

與次郎如此感覺。

即便如此，老人也並不顯得焦慮。神態依舊是一副翩翩颯爽又泰然自若，說起話來依然是語氣玄妙卻又趣味盎然。

若硬要說老人有哪兒與往日不同。

與次郎認為——或許是眼神添了幾許光輝罷。

一行人再度來到藥研堀，造訪這棟位於九十九庵庭院內的小屋。

這兒是與次郎一行四人最喜歡的地方。開敞的拉門外，可以望見一片豔藍的繡球花，小夜可能就在那叢繡球花的葉蔭下。

這位負責照料老人起居，幹起活來十分勤快的姑娘，方才還在為繡球花澆水。

老隱士覺得如何？惣兵衛問道：

「原本咱們也以為是一派胡言，但越聽越感到離奇，看來劍之進懷疑其中有怪，似乎也不是沒有道理。」

「懷疑其中有怪？」

一白翁搔了搔剃得極短的白髮問道：

「——各位難不成是推測，可能是村裡的某人殺害了這伊之助？」

不——劍之進率先否定道：

「此三人並未親赴現場。僅有本官曾前往該地，也曾面會村人及粂七、正五郎父子。坦白說，當時在下的感想是……」

是何感想？老人面帶微笑地問道。

「噢，就是這些人絕非殺人兇手。個個態度和藹恭謙，悉數是善良百姓。」

豈可以第一印象論斷？正馬說道：

「你這根本是先入為主。或許你這下要嫌我嘮叨，但你畢竟是個巡查，而不是個同心。近代的犯罪調查，絕不可以義理人情為之。首先，必須得找著證據。非得找出一連串證據，方能還原真相，依法量刑。」

不過，法理不也是以正義為依歸？老人說道：

「老夫毋寧期望支持正義者並非權力，而是人情。」

「此言當然有理，但老隱士……」

「警察既為執法者，老夫也期望巡查大人多為深諳人情之仁者。就此點而言，矢作先生不失為一位好巡查。想必矢作先生之所以認為村眾中並無兇手，應是憑直覺所下的判斷罷？」

「與其說是直覺，或許誠如正馬所言，憑的是第一眼印象罷？」

憑印象也無任何不妥，一白翁笑道：

「俗話說人性本惡，但世間也並非如此兇險。雖說人心險惡，但世上其實也有不少善人罷？」
不過，老隱士，惣兵衛探出身子問道：
「那麼，難道真是蛇……？」
蛇怨念極深——老人打斷了相貌粗魯、一臉鬍鬚的惣兵衛說道。
「怨念極深？」
「是的。或許各位認為這等畜生理應無念，這說法不過是個迷信。但不分古今東西，打從遠古時期，蛇便廣為人所膜拜。理由則是形形色色。」
諸如——蛇會蛻皮，老人說道。
「噢，的確會蛻皮，但這有何稀奇？」
「有一種神仙，名曰屍解仙。」
「噢？」
「據傳此仙可蛻去舊軀重生。」
「重生？」
與次郎問道，就著跪姿往前挪了幾步。
「是的。這也算是長生不老罷。依老夫之見，這傳說或許是自蛻皮衍生而來。部分爬蟲可拋棄衰老軀殼汰換軀體，此習性雖非重生，但看在古人眼裡便等同於新生，也可能因此認為藉由反覆汰換軀體，便可保永生不死。亦即，對古人而言，蛇是能死而復生的不死之身。」
「原來如此。不過……」

這老夫也了解，老人打斷正馬的話說道：

「故此，與蛇相關之傳說可謂多不勝數。蛇以蟲、鼠、鳥等嗜食穀物之害蟲為食，屬益蟲之一種。或許是為了勸人切勿殺蛇，因而杜撰出某些傳說。」

「噢，的確有理。」

正馬恍然大悟地說道。

「即便勸人見蛇勿殺，但其形貌畢竟令人望而生畏，多數人見之，應會感覺不快才是。」的確，應是沒幾個人喜歡蛇才是。

「難怪俗話說厭之如蛇蠍，婦孺對蛇尤其厭惡。」

況且，蛇還帶毒。

「不過雖看似兇惡，蛇其實是生性溫順。除捕食之外，並不好攻擊。除非是人主動襲之——噢，或許也可能是不經意踩著或踢著，否則蛇並不會主動咬人。但多數人見蛇扭身爬出，通常會被嚇得驚惶失措，在這種情況下，人便有可能遭襲。」

有理有理，這下輪到惣兵衛恍然大悟了：

「畜生就是這麼一回事兒。姑且不論狼或熊等習於擄人吞食的猛獸，即便是生性再猙獰的畜生，也不喜做無謂攻擊或殺生。」

沒錯沒錯，老人一臉笑意地頷首說道：

「總而言之，要取蛇性命並非易事。不僅生命力強，還生性執拗、怨念極深，再加上冬眠與脫皮等習性，賦予人不老不死之印象。若是個生性執拗的不死之身，便代表其世世代代均可尋仇。因此，才有了招惹蛇可能禍殃末代的傳說。」

「有理。古人的確可能如此推論。」

「除此之外——亦相傳若須殺蛇，必應斷其氣。」

「必應斷其氣——此言應作何解？」

與次郎問道。

一如文意，一白翁回答：

「老夫曾周遊諸國，廣蒐形形色色的故事，對此倒是知之甚詳。例如……」

一白翁自壁龕旁一只書箱中，取出一冊看似帳簿般的記事簿。

「讓老夫瞧瞧。口繩蛇蟒相關迷信——老夫這就為各位朗讀一番。噢，蛇執念甚深，故若斬殺時未斷其氣，其靈必將肆虐——北自奧州（註11），南至藝州，此說幾可謂遍及全國。除此之外，各國均有蛇靈尋仇、招來災禍之說，故常言欲殺蛇，必須確實取其性命；未斷其氣，必將化為妖孽或死而復生。」

「怎說會死而復生？」

「噢，或許正是基於老夫先前提及的理由。肥後（註12）一帶相傳蛇魂宿於其尾，故殺蛇時應

註11：日本古國陸奧國之別稱，疆域涵括今日本東北部之福島縣、宮城縣、岩手縣、青森縣等地。又作陸州。「藝州」為日本古國安藝國之別稱，位於今廣島縣西部。

註12：日本古國名，「肥後」疆域大致為今日之熊本縣。「駿河」疆域約為今靜岡縣大井川左岸，又作駿州。「相模」位於今神奈川縣內，又作相州。

將其尾壓潰。駿河一帶亦有類似傳說。依老夫推測——古人應是見到即便斬其首，蛇身仍能蠕動，方有此說。」

的確，即便遭斬首，蛇或魚仍能活動好一陣。看來，這說法應是形容其生命力極為旺盛之譬喻，老人說道：

「此類傳說，想必是起源於蛇執拗的生性。相模一帶甚至相傳——蛇死後，仍可憑怨念活動其軀。」

憑怨念活動其軀？

若是如此，的確駭人。

「越中則相傳，殺蛇時，務必將之斬成三截。房總（註13）亦有殺蛇後，不管棄屍多遠，蛇都將回返尋仇之說。至於最為離奇的妖魔傳說則是——想必與次郎先生亦曾聽聞，就是鈴木正三所著之《因果物語》中，與蛇相關的諸篇故事。」

關於該書，在下所知無多，與次郎回答：

「是否就是那有平假名與片假名兩版之——？」

「沒錯。該書載有多篇諸如死時心懷怨念之僧侶幻化為蛇、或嫉妒成性的女子化為蛇身等故事。生性執著者大多蛻變為蛇。佛說繫念無量劫，執著乃難以計量之重大罪業。如此看來，蛇被視為邪惡化身之場合可謂不勝枚舉——但就現實而言，蛇畢竟為益蟲，因此仍廣為人所膜拜。故亦有蛇乃水神化身、神之御先（註14）、毘沙門天或弁財天之召使、乃至金神化身諸說，勸人絕不可殺之。」

「金神化身？」

與次郎倒是聽說蛇對金氣避之唯恐不及。

蛇畏懼的是鐵氣，老人說道：

「鐵氣泛指金屬。金神之金，指的則是財產。某些地方甚至有人為蛇咬必將致富、或地下藏蛇則家勢必旺之說。」

遭蛇咬不是會要人命麼？惣兵衛納悶地問道。正馬則澄清並非所有蛇類均具毒性：

「蛇似乎以不具毒性者居多，敢問老隱士是否如此？」

誠如正馬先生所言，一白翁回答：

「蝮蛇或南國之飯匙倩等蛇，的確帶有致命劇毒，但具毒性之蛇種甚少。雖令人望而生畏，然多數蛇實屬無害，反而對人有益。想必欲殺蛇必斷其氣之說，實為勸人切勿殺蛇之反喻。尤其是窩身家中的蛇，萬萬不可殺。」

「窩、窩身家中的蛇，不是反而該殺麼？」

惣兵衛納悶地質疑道：

「教這種東西潛入屋內，豈不要引起一陣騷動？」

「噢，與其說屋內，或許該說是土地之內較為妥當。此言之本意，乃現身家屋周遭或耕地之

註13：「越中」疆域同今之富山縣。「房總」為日本古時安房國、下總國、上總國之總稱。

註14：或作御前，指受神明差遣，充任神之使者的動物。

內的蛇絕不該殺，反應將之視為家神。殺之可能導致家破人亡、或家道中落，任其存活，反能成鎮家之寶。」

「鎮家之寶——？」

「沒錯。畢竟蛇乃金神，某些地方甚至視其為倉庫之主。勿忘蛇雖好盜食倉中囤米，但亦好捕食耗子。」

「原來如此。」

總而言之，言下之意乃見蛇絕不該殺？與次郎心想。看來正如老人所言，殺蛇須斷其氣之說，實乃不可殺蛇之反喻。

不過，老隱士——劍之進打岔道：

「聽了這麼多與蛇相關的有趣故事，但關於蛇乃不死之身、至為長壽之說……」

老夫知道，老夫知道，老人揮舞著皺紋滿佈的削瘦手掌說道：

「蛇蟒多被視為神祕、或具神性之生靈，故常與禁忌有所連繫。此外，基於其褪皮與冬眠之習性，亦常被視為不死之身。聽聞老夫的敘述，各位對此應已有所理解了。是不是？」

是的，四人異口同聲地回答。

「那麼，方才提及之《因果物語》中，也有如下故事。相傳此事發生於上總國（註15）——一名曰左衛門四郎者，於田圃中見一雉雞為蛇所捕。眼見雉雞即將為蛇所噬，左衛門四郎便將蛇自雉雞身上剝離——不過，這絕非一則雉雞遇人解圍，圖謀報恩的故事。左衛門四郎救出雉雞後，卻將之攜回家中，烹煮而食。」

「此人將雉雞給吃了？」

「沒錯，還不忘邀來鄰家友人分食。」

「救了隻雉雞，卻將牠給吃了？」

「可見左衛門四郎此舉並非為雉雞解危，不過是搶奪蛇之獵物罷了。」

真是個齷齪的傢伙呀，正馬說道，傻瓜，任誰都會這麼做罷。惣兵衛駁斥道：

「這哪是搶奪？強者原本就有奪取獵物之權利，不是麼？」

「沒錯，這本是理所當然。但此舉卻引來該蛇上門追討。」

噢？惣兵衛驚呼道：

「解救雉雞時竟然沒將蛇給殺了？這傢伙還真是糊塗呀。」

「甭傻了，別說是殺，根本連打也沒打一記。通常遇上這種情況，誰會打算將蛇給殺了？」

這下輪到正馬反擊了：

「如此一來，不就成了無謂殺生？若目的僅是奪取那雉雞，又何須殺那條蛇？」

「沒錯，常人只會剝離纏在雉雞身上的蛇，朝一旁一拋，事情便告結束。但此舉會招來什麼樣的後果呢？」

「什麼樣的後果？」

「見獵物遭奪，便緊追其後極力追討，本身並無任何不可思議之處。老夫認為就畜生的習性

註15：日本古國名，位於今千葉縣中部。

推論，這舉措並沒有任何不自然之處。」

「這推論——的確有理。」

「當時，眾人眼見蛇自懸掛烹煮雉雞的湯鍋之自在鉤攀爬而下。賓客紛紛驚慌逃竄，左衛門四郎則是怒不可抑，便將這條蛇給殺了。」

「這下終於將蛇給殺了？」

惣兵衛戰戰兢兢地問道。

「沒錯。接下來的情節，可就像齣怪談了。殺了蛇後，左衛門四郎打算開始享用烹煮好了的雉雞，此時，蛇竟然再度現身，還緊纏其腹不放。」

「這蛇是死、死而復生麼？」

「噢，這文中並未詳述，僅言及蛇再度現身。這下，左衛門四郎又以鐮刀斬之。但哪管斬了幾回，均見蛇一再現身。」

「可是未斷其氣使然？」

「或許是罷。但與其說是不可思議，毋寧該說這本是蛇的生性。蛇之生命力如此強韌，欲斷其氣絕非易事。這下為了永除後患，左衛門四郎便將蛇拋入鍋中，同雉雞一併烹煮——」

此人可真是個豪傑呀，劍之進驚呼道。

據說蛇肉可是道鮮美滋補的珍饈哩，惣兵衛揶揄道。

「若事情就此結束，便成了一則尋常的豪傑奇譚。但到頭來，這左衛門四郎——還是教蛇給絞死了。」

「這回真的死、死而復生了？抑或是化為蛇靈尋仇？」

劍之進驚慌失措地問道。這巡查還真是膽小如鼠。

文中並未提及究竟是死而復生、抑或是化為蛇靈尋仇，一白翁斬釘截鐵地回答：

「僅記載此人為蛇所絞殺。」

「是否可能——蛇其實不只一條？」

「若此則記述屬實，想必應是不只一條才是。」

言及至此，一白翁環視了四人半晌，方才繼續說道：

「總而言之，或許因與蛇起了多次衝突，左衛門四郎也變得敏感起來。看到蛇一再現身，便可能反應過度。稍早老夫不也曾提及，蛇若遇襲必極力反擊？到頭來，左衛門四郎就這麼喪了命。有趣的是，據傳左衛門四郎死後，壙前眾多蛇蟒聚集，久久不散——本篇記述便就此結束。由眾蛇聚集可見，蛇並非僅有一條，而是為數眾多，想必是來自同一族群罷。由此看來，一再現身的，的確不是同一條蛇。」

「敢問——這代表什麼？」

「代表本篇記述中，並無任何光怪陸離之情事。」

「看來——的確是如此。」

上門追討獵物。

難以斷其性命。

遇襲則極力反擊。

這些都是蛇的習性，的確是無任何光怪陸離之處。

不過，若將上述習性對照各種與蛇相關的迷信，聽來可就像則光怪陸離的怪談了。

不知各位是否明白了？一白翁問道。

與次郎感覺自己幾乎是明白了——但似乎總是有哪兒還參不大透。其他人則是一臉迷惑地直發愣。

好，老人說道：

「容老夫再為各位敘述一則。」

老人端正坐姿，開始說起了另一則異事：

「此故事傳自武藏（註16）之東某一窮鄉僻壤。某村為迎稻荷神興建神社，掘地時竟掘出一條長約一丈的大蛇，引來村中孩兒群聚觀之。孩兒雖無邪念，但畢竟天性殘酷，將蛇捕獲置於石上，以小刀斬成多截，每截約兩三寸，並以竹刺串之把玩——」

還真是野蠻呀，正馬蹙眉說道。

不不，幹這種事兒，哪有什麼大不了的？惣兵衛卻理直氣壯地為這行為撐腰。

「把蛇斬成幾截、劃破青蛙肚子這種事兒，咱們從前幹的可多了。與次郎，你說是不是？」

兩人雖是同鄉，但並不代表就幹過同樣的壞事兒。不過，與次郎也不是沒有這類回憶。

「唉，記得許久前——久得似乎都記不清了，自己似乎也幹過這類殘酷的事兒。不過，倘若幹這種事兒會引來妖魂尋仇，世上許多孩兒不就無緣長大成人了？」

「這倒是有理。瞧瞧我，不也平平安安地活到了這把歲數？」

鬼魅真該把澀谷給害死，才算造福人間哩。正馬罵道：

「竟然任憑你這野蠻的傢伙遺害人間。」

「少囉唆。那麼，這夥將蛇碎屍萬段的孩兒，想必也同我一樣，沒碰上什麼災禍罷？」

「沒錯。」

「可是因為他們斷了那條蛇的氣？」

聽到劍之進這牛頭不對馬嘴的問題，老人不由得垂下眉稍。

「應是與此無關。若硬要解釋，老夫毋寧認為，是因孩兒心中未懷邪念使然。」

「邪念？」

「是的。孩兒們有此舉措，不過是圖個好玩，但成人可就不同了。先前提及的左衛門四郎，即便無心為惡，但畢竟知道蛇極易記仇，或許見蛇現身，一股恐懼便油然而生，更何況這回又多了幾分心虛，後果當然更是嚴重。」

老人幾度頷首，復又說道：

「當時，村長於一旁目睹孩兒們的殘酷遊戲，甚感驚恐。畢竟蛇乃神明召使，而此蛇現身之處，又是預定興建稻荷神社之神域。如此一來，後果怎麼了得？」

沒辦法，劍之進說道：

「在下若目睹此事，只怕也要如此擔憂。」

註16：日本古國名，疆域涵括今埼玉縣、神奈川縣之一部與東京都之大部分區域。

「不過，這村裡的孩兒全都無恙不是？」

正馬問道。老人點頭回答：

「的確是悉數無恙。但這蛇靈——卻在村長那頭現身了。」

「為什麼？這村長什麼壞事也沒幹呀。」

「雖未曾為惡，但畢竟心懷恐懼。當天深夜，村長發現一條長約一丈的蛇現身自己枕邊。驚嚇之餘，村長連忙喚人助其驅蛇——但其他人卻連個蛇影也沒見著。」

「是幻覺麼？應是——魔由心生所產生的幻覺罷？」

「不不，正馬先生，即便是幻覺，這也是一樁如假包換的妖魂尋仇。事後，村長便開始臥病不起。」

「就這麼死了？」

命是保住了，老人立刻回答：

「據說請來大夫診治，又略事養生，後來便康復了。」

「看來——若僅止於目睹，受摧殘的程度便較為輕微罷？」

與次郎如此推論。

不過，妖魂並非黴菌，老人說道：

「其所產生的影響，無法平僅是看見與實際碰觸這程度差異來判斷。老夫毋寧認為，村長之所以得以痊癒，乃是因看見孩兒悉數無恙使然。」

「看見孩兒無恙，發現自己不過是白擔心了？」

「不不，乃是因村長放下了心。看見孩兒們殺蛇，村長擔心的並非一己之安危，而是擔憂全村為此遭逢災厄、或孩兒們為此惹禍上身。由於思緒過於緊繃，便對上了蛇所發散的氣。村長的憂心並非出於私欲，亦非出於悔恨邪念的焦慮，因此一旦發現全村平安無事，便認為蛇的怒氣應已平息，妖魔所降臨的病痛便就此不藥而癒。總而言之——」

妖魂尋仇，大抵就是這麼回事兒。

「是怎樣一回事兒？」

「妖魂這東西，並非隨妖物所發出之意志，而是隨接收者之心境而生的。」

「噢。」

惣兵衛兩手抱胸地應了一聲。正馬磨搓著自己的下巴。劍之進歪扭起蓄在嘴上的鬍鬚。與次郎則是一臉恍然大悟地感嘆道——

原來是這麼回事兒。

「這就是文化。」

老人繼續說道。聞言，三人一臉不解。

「舉例而言，倘若在不認為蛇有任何特別之處的文化之下的某人殺了蛇，過沒多久又見到同樣的蛇現身，僅會認為這不過是另一條蛇。即便認為是和自己殺的同一條蛇，也僅會當成是自己未斷其氣。但生長於視蛇為生性執拗、難斷其命的神祕生物之國度者，便不會做如是想，而會認為是這條蛇死而復生，要不就是同一族群之其他成員為同類尋仇。與妖魂或詛咒相關之傳說，便是自這類推論衍生而出的。」

從三人的神情看來，似乎是在佯裝自己聽懂了——雖不知他們是否真懂，老人面帶微笑地繼續說道：

「再舉個例。現在若捕條蛇來，將之釘於屋頂內側。蛇命難斷，想必不會立刻斷氣——但想必十之八九，不出數日便將死亡。要活個六十餘年，機率絕對是近乎零。」

「這可是——？」

「這不是《古今著聞集》中的記述麼？如此聽來，老隱士似乎也不認為這記述屬實？」

「那倒未必。自然原理的確是恆久不變，但除原理之外，世上仍有其他種種道理，世間便是由各種道理組合而成的。有時某些組合，可能產生令人難以想像的後果。常人視其為偶然，實際上雖是偶然，但若溼度、氣溫等種種條件完備——亦即在諸多偶然累積之下，此蛇於假死狀態下存活數十年，或許的確是不無可能。」

「果真可能？」

「僅能說是或許可能，但可能性也僅是千中有一、甚至萬中有一。因此，古時的源翔，或許不過是碰巧遇上此類稀有巧合之一。只不過，問題出在對象是條蛇。」

「噢，因蛇生性執拗，難斷其命——？」

「沒錯。有此說法為前提，後人便以如此觀點解釋此事。若對象是匹牛或馬，即便曾有如此前例，也不至於被視為特例罷。」

的確有理，劍之進仰天感嘆道：

「誠如老隱士所言，倘若對象非蛇——後人應不至於如此解讀。即便曾有相同前例——想必亦是如此。」

「人既見過真實的蛇，亦知悉蛇於文化傳承中之風貌。若僅憑其中一方論斷，未免有過於武斷之嫌——」

不過，劍之進先生，一白翁弓起背說道。

「是。」

「蛇絕無可能於密閉石箱中存活數十年。或許真有此類罕見的案例，但逢此境況，蛇即便還活著，想必也僅是一息尚存。理應不至於見人掀蓋，便猛然咬人一口才是。」

想想的確是如此。

與次郎僅一味納悶蛇是否可歷經如此年月依然存活，但依常理推論，即便真能存活，恐怕也已是氣若遊絲。《古今著聞集》這則記述的作者，也僅驚歎此蛇竟可以如此長壽，並未提及其事後是否可正常活動。

與次郎猜想，《古今著聞集》中那條蛇，想必是為人發現後不久便告殞命。倘若事後依然存活，應不至於毫無事後敘述才是。

至於今回這樁案子。

或許那蛇是用盡最後一絲氣力、咬上這麼一口也不無可能。但根據目擊者的供詞，那蛇在咬了伊之助後，便告逃逸無蹤。

不過，在矢作一等巡查的指揮下，此地已經過詳盡搜索，卻未發現任何蛇屍。

「如、如此說來，代表這應是樁兇殺案——」

不不，沒等劍之進把話說完，老人便打了個岔說道：

「先生不也宣稱，村眾們看來絲毫不似殺人狂徒？即便石箱中原本無蛇，僅憑此假設便懷疑村眾，似乎有欠周延。」

「但若非如此，此案應如何解釋？」

「此案——應是妖魂尋仇所致。」

一白翁斷言道。

「妖、妖魂尋仇——？」

但老隱士——正馬說道：

「這推論絕非解決之道。總不能教矢作在調書上寫下『此案乃妖魂尋仇所致，絕非自然天理所能解』罷？」

不不，老夫並非此意，老人搖頭回道：

「方才老夫亦曾言及，妖魂尋仇並非超乎自然天理，乃理所當然之現象。人將之定義為妖魂尋仇，乃文化使然。相傳踏足該蛇塚便將為妖魂所擾，某人意圖毀之，並因此死於蛇吻——這難道不是如假包換的妖魂尋仇？」

「噢，不過……」

如此一來——不就教人一籌莫展了？

與次郎與三人逐一面面相覷。

蛇絕無可能於密閉石箱中存活數十年。

意即，石箱內原本可能無蛇。

但此案絕非兇殺。

不應懷疑村眾。

那麼……

難道僅能推論成妖魂尋仇——？

「至於口繩塚上那座祠堂——」

老人的語氣突然和緩起來：

「那古塚的確是近乎寸草不生。誠如正馬先生所言，若有蛇爬近，理應看得清清楚楚才是。」

「這是當然。即便是跑來一隻耗子，也絕對是無所遁形。畢竟事發時間並非黑夜，而是村眾仍於田圃忙於耕作的堂堂白晝。按常理，死者應能在遭咬前發現蛇蹤才是。」

老夫了解，老夫了解，老人頷首說道：

「亦即，那蛇若非原本就窩身石箱中，就是某人為陷害死者，刻意於事前置於箱內——是不是？但倘若真是蓄意行兇，此人亦無可能於事前將蛇置入。因為伊之助決意破壞古塚的時間乃前日深夜，不，說是黎明時分毋寧較為恰當。實際登上古塚的時間，則是天明之後。若此兇嫌欲於事前預設陷阱，時間上恐怕是——」

雖不至於完全趕不上，但至少是極為困難，劍之進說道：

「再者，祠堂內外亦不見曾有人出入之痕跡。看來此推論應是無法成立。」

「尤其是祠堂門上，還牢牢貼有一張三十數年前蘸上的紙符。如此看來，此門的確未曾有人開過。是不是？」

按理是沒有，劍之進滿臉確信地回答道：

「一如老隱士所言，紙符應是貼於數十年前，案發當日才教伊之助給撕毀。其遺骸指尖尚留有紙符碎片，可茲佐證。」

原來如此，原來如此。聞言，老人再度頷首。

但看在與次郎眼中，老人這模樣似乎顯得有幾分開懷。

「由此可見，事前未曾有人進入祠堂。再者——祠堂窩中那只石箱又是牢牢密蓋，毫無縫隙，依理，蛇應是無法自力出入。」

「沒錯。那只蓋子沉甸甸的，或許就連孩兒也無法獨力掀起。噢，在下當然也曾檢視過石箱內側，並未發現任何裂痕破孔。若覆以箱蓋，蛇是絕無可能鑽入的。」

「毫無可能鑽入？」

「是的，除非有人掀開箱蓋，否則蛇絕無可能自行鑽入。因此在下方才……」

老人伸手打斷了他這番話，說道：

「不過——劍之進先生。」

「怎了？」

「這並不代表蛇必是藏身石箱內。」

「噢？」

劍之進驚呼道。

惣兵衛和正馬也僵住了身子。

難不成……

「或許，那蛇就連祠堂也沒進過。」

「祠堂──噢，這……」

「倘若祠堂大門真以紙符牢牢封印三十餘年，那麼，期間應不可能有人踏足堂內。但即便如此──祠堂之封閉程度，應不至於滴水不漏到連一條蛇也進不去罷？」

是不至於如此嚴重，劍之進回答道。

「如此看來，或許蛇的確是鑽得進去。」

的確，理應鑽得進去。

「記得這座祠堂外設有櫺門，門上門下還存有縫隙。由於年代久遠，門板想必也穿了孔，想必蛇要鑽入，應是輕而易舉。各位可曾想過，即便蛇未藏於石箱中，而是潛身堂內某處也並非毫無可能。」

的確有理。

「此外，蛇性好擠身邊角狹縫。或許可能藏身祠堂一隅、石箱旁、石箱後或窩邊縫隙。若是藏於上述箇所，皆不易為人所見。若真有蛇藏身其中──死者破門而入時，便可能無法察覺。案發時雖為白晝，祠堂內畢竟是一片漆黑，有誰能察覺有條蛇藏身屋隅？」

的確是不易察覺。

「再者，祠堂內甚為狹窄，不但僅容一人屈身入內，入堂後亦是難以動彈。此外，箱上還覆有一只沉甸甸的蓋子。倘若有蛇潛身箱旁，掀蓋時或許可能砸撞其軀。如此一來……」

「受到驚嚇，蛇或許可能朝人一咬——」

有理有理，劍之進頻頻叫絕，並朝自己腿上一拍。

噢，竟然沒料著，惣兵衛也朝自己額頭拍了一記。

「我還真是傻呀。」

竟然傻到沒料著，惣兵衛又補上一句：

「若是如此，此案根本沒任何離奇之處呀。」

「沒錯，咱們全都是傻子呀。」

正馬也一臉汗顏地感歎道。

「這道理連孩兒也想得透。想不到咱們的腦袋竟是如此不靈光。」

「不不，最不靈光的，當推在下莫屬。為這樁案子絞盡腦汁，竟仍盲目到連這點兒道理也參不透。在下還真是——」

老人開懷笑道：

「別把自己說得如此一文不值。畢竟案發地點為蛇塚，素有蛇靈盤據之說。何況尚有七十年前，先祖伊三郎掀蓋之際曾見箱中蛇蹤之傳言，種種因素，皆可能誤導各位下判斷。」

「沒錯，一點兒也沒錯。老隱士，原來此案毫無光怪陸離之處，一切均是理所當然的道理。真相原來是如此呀。」

太蠢了，在下真是個蠢材呀，劍之進敲著自己的腦袋瓜子頻頻自責，接著猛然抬頭，兩眼直視老人問道：

「不過……」

劍之進一臉納悶地問道：

「老隱士對這戶人家怎會如此熟悉？」

聞言，一白翁再度面露微笑。

「在下經辦此案，尚不知塚守家三代前之先祖何名，但老隱士怎會知道？」

一白翁攤開另一本記事簿，湊向四人回答：

「其實，粂七老爺興建祠堂時，老夫也曾在場。」

記事簿上的標題為——池袋蛇塚妖異紀實。

【伍】

好的，此事該從何說起呢？

看來，還是依先後順序陳述，各位較易理解。

那麼，就從三代前的伊三郎先生之事開始說起罷。

事情是這樣的。

七十年前。

不不，這哪有可能是親眼所見？老夫可沒老到這種地步。

七十年前，老夫仍是個娃兒哩。
總而言之，此事實為老夫造訪該地時，自數位村中耆老口中聽來的。
是的，如今應已無人記得此事。
沒錯，老夫造訪該村時，距事發已有三十餘年，當時對村眾而言，也是陳年往事了。
是的，古老到幾近傳說的地步。
恐怕得以許久以前，在遙遠的某地起頭了。
據傳，伊三郎先生原本並非此村出身，某日，自不知何地漂泊至此。
抵達此村時，伊三郎先生已身負重傷。
幸有塚守一家善意收容，悉心照料。
噢，不過，當時百姓尚無姓氏，一家尚未冠上此姓。
眾人僅稱其為口繩塚一家。
噢，當時宅邸似乎便已頗具規模，但尚稱不上富裕。雖不至於三餐不繼，總之仍稱不上是富豪。至於之前的家境是什麼景況，老夫便不知曉了。
離奇的是，救了伊三郎先生後，家運竟開始蒸蒸日上。
接下來，流言蜚語也隨之而起。
這本是人之常情。
眾人相傳伊三郎乃蛇所幻化。
而口繩塚一家則為蛇乩。

乩——意為易誘靈扶身之體質。
並相傳若有蛇入蛇乩之家，全村財富將為其所吸盡。
總之，此類傳言接踵而起。
唉。
想來，此傳言或許自古便有之。畢竟蛇乩或蛇靈扶身一類傳說，自古便多有流傳。
不過——稱人為乩，多少帶有歧視意味，且絕非單純的藐視。
若家境清寒，或許不至於成為問題。
噢？沒錯。
問題出在，此戶人家竟突然致富。
何以致富？
這老夫就不清楚了。當然，亦不乏人臆測伊三郎先生原本便身懷鉅款。
噢，亦有流言指稱伊三郎先生實乃蛇神召使。姑且不論真偽，既有此類傳言，可見伊三郎先生已被視為口繩塚一家之一員。
於是。
療傷期間——
伊三郎先生與此戶千金相戀。
兩人因此生下了伊佐治先生。
這下。

沒錯，這下，境況便起了轉折。見到娃兒出世，伊三郎先生也感覺自己該開始圖個安定了。

噢？

這是理所當然。

依常理，當然是如此。畢竟這戶人家對自己有救命之恩，再加上天生的父愛本性，見到這戶人家的姑娘連骨肉都為自己生了，任何男人都不可能就此一走了之。

如此一來。

那些個流言蜚語可就教他耿耿於懷了。

這下，還得顧慮到孩兒的將來，總不能任其在村內遭人白眼。

因此——

伊三郎只得賣力幹活兒。

竭誠地為全村貢獻一己之力。即便遭人嫌惡，依然奮發不輟。

據傳其曾言，不僅這戶人家對自己有恩，全村都對自己有恩，並表示願在此終老入土。

這下，情況終於開始好轉。

但要博得全村眾人信賴，仍非易事。

唉，正馬先生不也常說，舊弊難改，積習難斷？沒錯，由此可見，這說法的確有理。

就在此時。

村內卻開始有人殞命。

不知是因何而死。

亦不知死者何人。
唉。
各位應不難想像，村內又為此流言四起——這下又開始有人臆測，死者乃為口繩塚一家之成員所殺。唉，俗謂惡事傳千里，這流言立刻如迅雷般四處傳開。
情勢好不容易稍有好轉，剎時又急速惡化。
如今想來，那應是疫病使然罷。
似乎有不少人丟了性命。
情況益發難以收拾。
後來，於某月明之夜。
為數眾多的村眾闖入了口繩塚屋敷。
是的，此舉的確是愚蠢無謀。
當時屋內尚有稚子，伊三郎先生想必是極為難堪。
但也僅能極力否認，可惜無人願意採信。
想必也極力澄清自己既非蛇所幻化，亦非蛇神召使，而口繩塚一家更非蛇乩。
同時，亦試圖解釋口繩塚乃此村之護塚，口繩塚一家鎮守此塚，自是有功於全村。
是的，當時，這戶人家的確是如此深信。
理所當然，這番解釋當時並不為人所信服。
眾人均認為此塚乃封印蛇靈之妖塚，哪可能是村落之護塚？此外，還認為口繩塚一家假蛇靈之力，如今已吸盡全村財富，將來必也將召喚蛇靈誅殺村眾。
沒錯，有些人就是如此蠻橫。
這下可是有理也說不清了。
接下來，有人便開始動手施暴。為了保護孩兒，伊三郎先生奮力抵擋，但仍是寡不敵眾。畢竟有此氣力者僅有伊三郎先生一人，其他成員均為老弱婦孺。
伊三郎先生就這麼被逐步逼退至宅邸後方。
沒錯，亦即古塚那頭。
這下已是無路可退。
面對村眾重重包圍，伊三郎先生被迫朝古塚上爬。村眾視其為妖塚，當然無膽追捕，只能在古塚旁圍個圈子乾瞪眼。不過，此舉還是將伊三郎先生給逼上了絕路。
唉。
伊三郎先生立於古塚之上。
眼神堅毅地凝望四方。
是的，一位事發時正好在場的耆老，不僅向老夫表示當時的景況，至今依然歷歷在目，亦坦承至今仍為當年幹下的這件傻事懊悔不已。
後來，村眾甚至將其妻小押赴現場，要脅伊三郎先生乖乖就範。
這下，伊三郎先生終於燃起了滿腔怒火。
只見其於古塚上如此高喊：

——倘若各位真認為本人是條蛇。

——那麼，本人即使搗毀這座古塚，也不會為蛇靈所害。

——若各位膽敢動本人無罪的妻兒一根寒毛。

——本人便將搗毀這座古塚。

——放出蛇來詛咒眾人。

緊接著。

伊三郎先生便將手探入塚頂窩中。

掀開了那只石箱上的蓋子。

唉。

有蛇！據傳其當時如此高喊。

裡頭果真有蛇——

想必是大吃一驚罷。看來伊三郎先生也沒料到，這塚頂窩內這只石箱中，竟然真有藏蛇。

是的。

據說在明月照耀下，眾人清楚瞧見——

頸子為蛇所咬的伊三郎先生，神情是何其痛苦。

瀕死前……

伊三郎如此高喊：

——蛇呀。

——若汝真為盤據此塚之蛇靈。

——切勿向守護此塚之人家尋仇。

——願以本人之犧牲，換取汝守護此村。

——也勿忘守護本人妻兒。

話畢，伊三郎先生使盡最後一絲氣力將蛇剝離，並將之塞回原本藏身的石箱中——最後還將箱蓋給蓋了回去。

唉。

用盡這最後一絲氣力後，伊三郎先生便自古塚跌落。

就此斷了氣。

沒錯。

如此一來，不就證明村眾全都錯了？倘若伊三郎果真為蛇神召使，哪可能為蛇所咬？這下眼見其死於蛇吻，可就證明伊三郎既非蛇所幻化、亦非蛇神召使了。

再者。

村眾還悉數瞧見，塚上果真有蛇。

既然如此——足可證明蛇靈盤據的傳說果然不假。

而且，一個教自己給逼上絕路的無辜男子，竟然還願犧牲一己性命如此請託。這下，可真是說不過去了。

唉。

村眾只得向口繩塚一家賠不是。
但區區歉意，哪可能挽回一切？
眾人便厚葬了伊三郎先生，為自己所犯的錯致歉，並立誓往後對口繩塚一家絕不排擠、或以異樣眼光看待。甚至決定——將口繩塚視為此村之守護塚。
這已是七十年前的往事了。
是的。
沒錯，當時石箱中便已有蛇了。確實是有沒錯。
不過，請各位仔細想想。
眾人的確看見咬上伊三郎頸上的蛇。但可無人親眼瞧見蛇原本藏身石箱中，村眾不過是採信了伊三郎先生之說詞。
沒錯，也不知伊三郎先生這番說詞，究竟可信幾分。畢竟人已辭世，無人能確認此事之真偽。
當時，古塚上尚無祠堂，僅有一口窩。此外，雖說有明月映照，但事發當時畢竟是夜裡。塚上雖是寸草不生，但即便有條蛇藏身其中，想必也不易為人所見。
因此，老夫對當時箱中是否真有蛇藏身，一直是多所存疑。
噢？
真相究竟為何，老夫還真是不清楚。
這乃是因為……

當時村眾皆避諱談及所使然。雖說已是陳年往事，但不少當事人依然健在，伊三郎先生之子——伊佐助先生也尚在村中。畢竟人言可畏，故與其說是禁忌，稱之為顧慮或許較為恰當。

往事就是如此。只要長年未經提及，真相終將為人所遺忘。

不過。

老夫造訪該地時，當年的證人仍有幾名尚在人世。隨著歲月流逝，證人們也較敢於開口了。

故此。老夫方才有幸聽聞此事。

是的。

當時，伊佐治先生亦已辭世。

沒錯。

老夫造訪該村時，伊佐治先生業已辭世。不，毋寧該說，正由於伊佐治先生辭世，老夫方才造訪該村。

沒錯。

起初，老夫僅聽聞有人死於蛇靈詛咒。

當年的老夫就是愛看熱鬧，只要聽聞某地有任何古怪傳聞，隨即動身造訪。如今想來，當年絲毫未顧及當事人的感受，還真是缺德呀。

唉。

自此事之後，老夫便未曾再離開過江戶了。噢？理由為何？說到理由，老夫自個兒也不記得了。總之，當年老夫仍是個坐不住的小伙子。

一聽聞此類傳言，便立刻趕赴該地。

傳言指稱，此事乃蛇靈逞威使然。

根據當年的粂七老爺親口陳述。

事發當時，伊佐治先生試圖搗毀古塚。

至於粂七先生的真正出身，乃伊三郎亡故後，入贅此戶人家之贅婿善吉先生之子，與伊佐治先生乃同母異父之兄弟。善吉先生早已於多年前亡故，而其妻——即伊佐治先生與粂七先生之母，亦於事發前一年辭世。

當時，伊佐治先生年約三十五、六。

粂七先生則是年約三十。

噢，稍早老夫亦曾提及，當時此事已被村眾視為陳年往事，幾已無人議論。

任憑老夫如何努力打聽，均無法判明古塚之由來。

粂七先生指稱。

事發當日，曾有一僧侶來訪。

據傳，此僧侶曾向伊佐治先生詢問許多事兒。至於問了些什麼，粂七先生也不清楚。

僅聽聞僧侶曾提及蛇。

沒錯，蛇。

亦曾提及負傷蛇。

沒錯，負傷蛇。

噢，這就一身行頭看來，這僧侶似乎是個虛無僧（註17）。因此，也不知是否真是個和尚。

聽來還真教人毛骨悚然。

是的。

事後，伊佐治先生便開始向村眾打聽當時的真相、以及自己出生後的事兒。老夫這麼個外人，之所以能簡單地問出些許結果，或許也得拜伊佐治先生先前的詢問所賜罷。

許多話只要說開了，事後再提起便非難事。

不過，面對伊佐治先生時，眾人想必仍是難以啟齒。

對此事，眾人依然是心懷愧疚。畢竟自己便是將伊佐治先生之父逼上絕路的元兇。不過，伊佐治先生亦屬當事人之一，若是問起生父當年殞命的經緯，村眾也毫無藉口隱瞞。

唉。

不久之後。

伊佐治先生竟宣稱將搗毀古塚。粂七先生表示家人雖曾極力勸阻，但伊佐治先生似乎已失去了理智。

只見其一臉悲壯神情。

如今，其子伊之助先生亦於近日辭世。當年伊之助先生仍是個孩兒，想必雖見生父亡故，心中也是懵懵懂懂罷。

反而是雖曾淚眼相勸，仍無法制止悲劇發生之妻子阿里，境遇最為堪憐。

據傳當時伊佐治先生的模樣，彷彿是教什麼東西給附了體。即便如此，伊佐治先生為何非搗毀古塚不可，眾人怎麼也找不出理由。
沒錯，老夫當然也不清楚。
究竟是為了什麼理由，著實費人疑猜。
村內並未遭逢任何災害。
至今為止，堪稱平安祥和。
倒是，當時塚頂尚未興建祠堂，若老夫記得沒錯，當年古塚周遭僅以數條注連繩圍之。
噢，這便是老夫當年畫下的景致。
畫得不大好，還請各位多多包涵。
大致上就是這副模樣。
沒錯。
一如劍之進先生所言，到頭來，古塚並未遭到破壞。
據傳，伊佐治先生於某夜悄悄離家，由於直到天明尚不見其蹤影，只得動員村眾外出搜尋。
最後，在鄰近的沼澤邊找到了伊佐治先生的遺體。
噢？
沒錯。據說是教蛇給咬死的。但老夫未曾見過遺體，實情究竟是如何，也就無從得知了。

註17：普化宗之蓄髮托缽僧。頭戴名曰天蓋之深編笠，身披袈裟，沿途吹奏尺八遊走諸國。江戶時代幾乎為無主武士，即所謂浪人化之。亦作普化僧或薦僧。

為何村眾認為是教蛇給咬死的？

據傳遺體上並無任何明顯外傷。既無刀傷縊痕，亦不見任何曾遭毆打的痕跡。看不出死前曾與人起過爭執。

唯上臂遺有小小的咬痕，看來的確是遭蛇咬而死。

噢？

你問阿里夫人怎麼了？

事後不久，阿里夫人便——

是的，阿里夫人亡故時，老夫仍滯留該村，故曾親眼見過夫人遺體，唉，想想當時尚在襁褓的伊之助先生還真是境遇堪憐，著實教人於心不忍。

總而言之，伊佐治先生之死，尚堪以蛇靈尋仇解釋。畢竟其生前曾口出不遜，聲稱將搗毀傳有蛇靈盤據之古塚。但阿里夫人之死，又該作何解釋？

噢？阿里夫人死於何處？

同樣是死於沼澤旁。

至於夫人是何時失蹤、又是為何離家的，老夫就不清楚了。

總而言之，老夫在粂七先生的親切招待下，於塚守屋敷滯留了一段時日。如今想來，此舉還真是厚顏無恥呀。

噢，阿里夫人的遺體被發現時，頸子上也有著同樣的咬痕。

這老夫可就親眼瞧見了。

沒錯。

這下可就無可辯駁，顯然是古塚蛇靈所為。

如此下去，只怕連伊之助先生都將難逃一劫。

雖然是兄長遺留下的孩兒，但粂七先生對伊之助先生仍是疼愛有加。

唉，只是真沒想到。

那麼個惹人憐的孩兒，長大成人後，竟然成了個危害鄉里的無賴。

一點兒也沒錯。稍早老夫亦曾言及，神鬼之說之所以成立，乃尋常的偶然，加上偶然以外的理由使然。

沒錯，此事實為一個不幸的偶然。

對伊佐治先生和阿里夫人而言，皆是如此。

唯伊佐治先生欲搗毀古塚的動機，著實教人難以參透。

是的。

這下，逼得眾人非得做些什麼，以茲補償不可。

而老夫不僅在這麼個兵荒馬亂的時節不請自來，還四處詢問村眾避諱提及之往事，想必為全村添了不少麻煩。這下，便認為至少也該略事回報。

因此，便從江戶召來一位修行者。

沒錯沒錯，老夫喚來的，正是那位撒符御行，人稱小股潛的又市先生。

老夫亦曾數度言及，此人雖不信神佛，但法力之靈驗卻是毋庸置疑。

不消多久，又市先生便趕赴該村。

並說服村眾於塚頂興建祠堂。

一點兒也沒錯，那座祠堂正是又市先生——不，幾乎可說有一半是老夫發起興建的。自江戶請來木工之後，轉眼間，祠堂便宣告落成。接下來，又市先生於是邀來村眾齊聚一堂，舉行鎮魂法事——

並為祠堂蘸上那紙護符，亦即據稱有燒退百魔之效的陀羅尼符。

護符還是又市先生親手蘸上的。

此外，又市先生還吩咐粂七先生，往後每日均須供奉神酒香燭。

這起不祥之事——果真就此平息。

【陸】

敢情這回似乎沒幫上什麼忙哩，一白翁搔著腦袋說道：

「似乎淨是提些無關痛癢的事兒，還請各位多多包涵。」

老隱士客氣了，劍之進率先低頭致謝道：

「原來在下是看走了眼。若未向老隱士請益，在下不僅可能錯怪無辜，恐怕還有逮捕善良百姓、強押其進行無謂審判之虞。然能及早發現，堪稱萬幸。身為東京警視廳一等巡查，但在下這番表現，還真是愧對自己的頭銜。竟然連如此簡單的道理都無法參透——」

「劍之進，你就別再自責了。論丟人，我不也好不到哪兒去？」

惣兵衛也致謝道：

「唉，老隱士，說老實話，我自個兒也是深感汗顏。分明只需壯起膽子細心檢證，輕而易舉就能辨明此案真相。唉，看來我的道行果然太低，老是為無謂細節所左右，搞得自己看不清真相。」

老人笑道：

「真相是否真是如此，尚未判明哩。」

當然就是如此，否則哪能有其他推測？正馬說道：

「我是認為真相已經判明了。」

噢？老人驚訝地張嘴應道。

正馬繼續說道：

「矢作、澀谷、笹村和我，全都被自個兒的愚昧給逼進了死胡同。若懂得做合理思考，早應得到一個合理的結論。這下，也無須再做其他推測了。」

「無須再做其他推測──？」

「矢作，你說是不是？」

「沒錯。」

一如老隱士方才所言，劍之進說道：

「此案之真相，不過是蛇原本就藏身祠堂內某處，根本無甚離奇之處。」

劍之進兩手置於大腿上，一臉頹喪地低頭說道。

一白翁瞇著雙眼，語帶試探地說道：

「意即，各位均認為——此案絕非人為謀害？」

沒錯，絕非人為，正馬說道：

「聽了老隱士與矢作稍早的一番問答，我這才發現真相。這絕非一樁謀殺案件，絕無可能。」

「何以見得——？」

「噢，矢作方才亦曾提及，伊之助想要搗毀古塚的時間，與其說是深夜，毋寧該說是黎明——矢作，是不是？」

沒錯，劍之進回答。

「那麼，這下不就真相大白了？亦即，搗毀古塚之計畫，除了當時群聚其身旁那群豬朋狗友，應是無人知曉。即便有哪個外人聽見了，此時再捕來一條毒蛇放入祠堂內，也應是至為困難。不，即便真能辦到——也應將蛇藏入石箱中，若僅將蛇放入祠堂內，豈不是有失算之虞？難保伊之助人還沒到，就讓蛇給逃了。不，蛇即使沒逃，也無法保證屆時會見人就咬。若這是樁計畫謀殺，設想得未免也過於粗糙了罷。」

「意指其中未免有過多不可確定之因素？」

一點兒也沒錯，正馬將身子挪向前說道：

「倘若我是個欲以毒蛇取人性命的兇手，應會撕開紙符進入祠堂，並將蛇藏入石箱中。畢竟伊之助原本對門上貼有這麼張紙符並不知情，兇手於事前將之撕除，理應也不至於壞事兒。不，甚至該說撕去紙符，反而更能引誘受害者入內才是。」
有理有理，一白翁說道：
「畢竟伊之助一心認定祠堂是個藏寶處，粂七老爺就是從中取出錢來的。若是多年來未曾有人出入，反而顯得更不自然。」
沒錯，這下又輪到正馬開口了：
「再者，即便真能將蛇藏入石箱中，這仍是個賭注。畢竟即使如此，仍無法斷言蛇絕對會咬向掀蓋開箱者。即便真咬了，也無法確定遭咬者是否真會喪命。」
有理，劍之進垂頭說道：
「欲操蛇行兇，仍應如矢作最初思及的，直接將蛇湊向受害者的頸子，效果最為確實。不過——這似乎也是無法辦到——正馬，你言下之意應是如此罷？」
「沒錯。」
真的無法辦到？老人問道。
當然辦不到，正馬斷言：
「那夥狐群狗黨自始至終都在伊之助身旁。其中哪有人能半途抽身，事先找條蛇來？」
原來如此，惣兵衛說道：
「看來這假洋鬼子的所謂理性主義，還真是有效哩。不論如何推想，此案都是一樁意外。」
「與其說是意外——或許該說是妖魂尋仇罷？」
劍之進感慨道。

這與次郎也同意。

「伊之助遭蛇咬一事，或許真是出於巧合的意外。不過……」

話及至此，劍之進先是沉默片刻，接著才開口繼續說道：

「方才聽到老隱士一番話，在下的想法又有所改變。大家想想，死者伊之助之父伊佐治、其母阿里、乃至其祖父伊三郎，死因均與古塚不無關連，而且悉數是死於蛇吻——」

的確是如此。

但這並非任何人的意志所造成。

乍看之下，伊三郎、伊佐治、乃至伊之助三人，分別於不同的局面中死亡，彼此之間可謂毫無關連。不過，三人彼此相隔數十年的死，卻悉數與蛇相關。

而這三代人的死——亦與長年相傳有蛇靈盤據的古塚脫不了關連。

即便如此。

這仍不過是個巧合。

但雖是巧合——

或許三人之死均是出於巧合，不過——劍之進繼續說道：

「這點未免也過於雷同。親子三代皆死於同樣死因，看來此事絕非尋常。若不是妖魂尋仇，還會是什麼？」

這與次郎也同意。

借用一句一白翁的話——畢竟與次郎也生活在這相信妖魂尋仇的文化中。

以妖魂尋仇視之，當真穩當？老人問道。

「老隱士言下之意是？」

「噢，老夫不過是納悶三人之死，是否真能以妖魂尋仇視之？這說法，正馬先生不是曾斥之為迷信，惣兵衛先生不也曾斥之為虛妄之說？至於劍之進先生——不也曾為調書無法以此說總結，而深感困擾？」

不不，劍之進搖頭回答：

「聽聞此三人死亡之經緯，在下這回豈敢再有任何抱怨？思及三人之死——還真教人感到神傷。不論是伊之助違逆倫常、伊佐治心神錯亂、乃至伊三郎於古塚上含怒冤死，均教人感到傷悲莫名。」

這感覺不難理解。

與其說是神傷，或許以失落形容更為恰當。

若以妖魂尋仇視之——的確也不為過。

原來妖魂尋仇並非莫名的恐怖，亦非難以抗拒的神祕，不過是世人為了承受教自己束手無策之事而準備的說法，與次郎心想。

當然，這等事兒並無確證，亦無道理。

有的僅是印象，或者情緒。

由於此類事件並非某人所為，因此教人束手無策。既無法迴避、亦無法挽回。既無法補償，而且由於毫無理由，甚至教人欲後悔也是無從。

如此這般，豈能不教人神傷、失落？

因此——

「想來——」

老人浮現一臉眺望遠方的神情，舉目望向庭院內的繡球花。

與次郎也循其視線望去。

小夜已不見蹤影。

僅見到被夕陽映照得一片鮮豔的繡球花。

突然間——

一陣風吹進圓窗。

鈴。

吹得風鈴搖晃作響。

「還真是不可思議呀。」

老人說道。

有哪兒不可思議？與次郎問道。

「當然不可思議。方才劍之進先生不也說過，吾人如今身處有蒸汽火車飛快疾行、瓦斯燈終夜大放光明的文明開化之世，竟仍得採信妖魂尋仇之說。」

「難道不得採信？」

不不——老人顫抖著枯瘦頸子上的筋脈說道：

「老夫並非此意，不過是感嘆值此文明之世，妖魂尋仇這等陳年傳承、古老文化，竟仍不失其效。想來難道不教人感到不可思議？」

畢竟曾經存在過呀，老人又補上這麼句教人費解的話。

「曾經存在過——敢問老隱士指的是？」

「老夫指的不過是——畢竟妖魂尋仇確曾存在。」

——妖魂尋仇。

「確曾存在？」

老人這句話似乎別有寓意。

與次郎心想。

真沒想到竟然又——老人神情開懷地說著，笑得擠出了一臉皺紋。

「真沒想到什麼？」

「噢，真是對不住，如今有人殞命，老夫竟然還笑了出來，失敬失敬。老夫不過是——感覺彷彿見到了一位久違了的故友。」

「久違了的故友——？」

「是的。」

這不過是個老糊塗的自言自語，還請各位別放在心上。話畢，一白翁順手闔上了記事簿。

對了，劍之進抬頭說道：

「倒是——在下這回也碰上一件教自己感到極不可思議的事兒。」

什麼事兒？老人睜大雙眼問道。

「噢——這也是在下聽了老隱士一番話後才想到的。難道在下所檢查的那張紙符，正是——老隱士曾數度提及的又市先生所貼上的？」

話畢，劍之進吐了一口氣，凝視著自己的雙手。

他這感受，與次郎也理解。

這就活像在路上遇見一個想像故事中的角色，感覺當然奇妙。

難道又市這號人物，果真曾存在於人世？雖不想懷疑一白翁那些故事的真偽，但就連與次郎也不覺得他是個真實人物。

一白翁神情開懷地啜飲了一口涼茶。

鈴，風鈴再度響起。

【柒】

數日後。

黃昏時分，一白翁——亦即山岡百介於緣側納涼時，端來涼茶的小夜一臉淘氣地說道：

「瓦版上提到了——那妖魂尋仇一事哩。」

「瓦版？」

該說是報紙罷，小夜說道：

「記得上頭寫著——池袋村奇案，遇害者於傳有蛇靈盤據之蛇塚慘遭蛇吻。至於伊之助先生的平日惡行，以及往昔的幾樁悲劇，可就絲毫未提了。依這寫法看來，似乎是讀者既可視之為意外死亡，亦可視之為妖魂尋仇。」

噢，原來如此，百介啜飲了一口茶。

這哪是一句原來如此就能應付的？小夜說著，朝百介身旁坐了下來。

「妳指的是？」

「老爺就別再裝傻了，行麼？」

「裝傻？」

「哎呀，老爺這是把奴家當什麼了？百介老爺也別成天窮扯謊，都這把歲數了，還是多積點兒陰德罷。」

「我有哪兒扯謊了？」

扯謊就是扯謊，小夜說道：

「即使是出於善意，謊言終究是謊言。要想唬人，也不必連奴家都想唬，老爺就快把真相說出來罷。」

「真相——？」

百介舉目望向益發黯淡的夕陽餘暉。

當日。

百介首度委託又市設局。

——如此下去，娃兒恐小命難保。

當時是這麼想的。

看見阿里的遺體時。

百介一眼就看出，人分明不是教蛇給咬死的。

顯然是遭人毒殺。

而且，兇手還不是個門外漢，使用的是注入毒物的特殊兇器。乍看之下——的確極易讓人誤判是死於蛇吻。

不過……

阿里身上的咬痕竟是在頸子上。除非事發當時是躺臥屋外，否則在這種地方，理應不可能讓蛇從這種角度給咬傷。依這咬痕判斷，若不是有人悄悄從背後逼近，就是正面強擁——再以兇器戳上的。

不論是傷口的形狀，還是皮膚變色的模樣，都明顯異於毒蛇咬傷。如此看來，不久前才過世的伊佐治，似乎也是——

遭人殺害的。

百介如此判斷。

那麼。

下一名犧牲者，若非伊佐治的稚子伊之助，就是其弟粂七。

阿里的葬禮尚未結束，又市便出現在百介眼前。

聽聞先生召喚，小的立刻拋下手頭雜務，飛快趕來——又市說道。

聆聽百介敘述全事經緯，又市似乎便掌握了案情。略事思索後，馬上開始設起了局來。

設局——？小夜問道。

「沒錯——設局。就在那座祠堂內。」

「設的是什麼樣的局？」

「這回設的是……」

——一個引蛇前來的局。

又市如此說道。

——也可說是個以毒攻毒的局。

——蛇若負傷，便將極力尋仇。

「蛇生息於陰地，性好陰氣，亦習於報復。尤其是身受重傷時，更是有仇必報——當時，又市先生如此向村民解釋這起妖魂尋仇事件的真相。」

「這說法——眾人真能接受？」

小夜一臉訝異地問道。

「是呀——」

百介又開始覆誦起又市當年的一番話。

也不知是何故，雖已是陳年往事，回想起來竟依然是記憶猶新。

——蛇自古便為執念之化身。

——遇人將之驅出草叢，便將朝其眼吐入毒氣，使人臥病不起。
——遇人將之斬首，便將鑽入鍋中，以食毒加害於人。
——凡此種種，皆因未根絕其命使然。
——蛇可察人心中遺念，並循此念前來。
——即便知其道理者，亦難根絕此患。
——不僅蛇可循念報復，人若心懷惡念，必將遭逢惡報。
「又市先生亦向眾人解釋，伊三郎先生遭蛇咬後，曾奮力將蛇自頸部剝離，並將之再度塞回石箱、蓋回蓋子。此時，蛇身便為箱蓋所夾傷。從此，由於為箱蓋所夾動彈不得，此蛇便在無人救助、亦無人斬殺的情況下，活了三十餘年。」
「意即，這條蛇並未成為該村之守護神？」
「不，此蛇的確遵循伊三郎先生之遺志，庇佑了村落。只不過，依然未忘卻教自己身負重傷之恨。」
哎呀，小夜神情更形訝異，一臉不解地說道：
「奴家怎感覺這道理似乎說不通？」
這感覺老夫也懂，百介笑道。
當時，百介也曾如此納悶。
但其實，此事一開始就毫無道理可言。總之，御行又市表示蛇雖庇佑了村落，同時又從未遺忘對伊三郎的恨意。

「蛇尋仇之心足可禍延七代。又市先生曾言——蛇雖困於塚頂，但仍靜待伊三郎先生之子、亦即伊佐治先生有了子嗣，其後並於伊佐治先生長成至與伊三郎先生同樣歲數時，再施妖力殺之。若置之不理，三十多年後，待伊之助先生有了子嗣，並長成至與亡父同樣歲數時，禍端必將再起——」

粂七當時的神情，百介至今仍無法忘記。

本人絕不願再痛失任何至親，粂七泣訴道。

伊之助雖為家兄之子，但本人對其視同己出，亟欲妥善扶養，以慰家兄在天之靈。無論如何，還請法師為本人想個法子，粂七向又市如此懇求。

果真是個憨直的大善人。

為此，又市自江戶召來一位佯裝木工的同夥，即事觸治平。

接下來——

便建造了那座藏有設局玄機的祠堂。

奴家就是在問老爺，其中設的是什麼樣的局呀，小夜賭氣說道。

「什麼樣的局？其實這玄機也沒什麼大不了。那祠堂不過是在正牆右側近地表處，設有一扇小小的暗門罷了。」

「暗門？難不成——？」

不不，沒等小夜把話說完，百介便否定道：

「這扇暗門，人是過不了的。此門極小，約僅容個頭矮小者探入上半身。與其說是道門，毋寧說是扇窗較為妥當。其實闔上時看似壁板的一部分，乍看之下極難發現。若未經綿密探查，不知情者必難察覺此處實有蹊蹺。畢竟在這種地方安插這種機關，通常是無意義的。」

「是呀。這道暗門是做什麼用的？」

「噢，像這樣。」

百介回想著當時的情況，比出一個探手入門的動作說道：

「只要如此一探，便能將手伸入窩中。」

「窩？就是那原本就存在的窩麼？」

「沒錯，就是嵌有那只石箱的窩。如此便能掀開箱蓋，亦可將石箱自祠堂內搬出。」

「為何要將石箱搬出祠堂？」

「不搬出來，便無法照料。」

「照料——？指的是供奉神明麼？」

「是的。事實上，這道暗門乃是為了照料藏在石箱內的蛇而設的。」

蛇——？小夜剎時啞口無言。

這姑娘的確聰敏過人，但真相似乎仍遠遠超乎她所能意料。

「箱內果真有蛇？」

「不，箱內本無蛇，是被人給放進去的。」

「放進去——是誰放的？」

「是又市先生所放的。想必原本石箱內放的，其實是其他東西。又市先生並向粂七先生下了如下指示。」

——此符。

——乃可驅妖封魔之陀羅尼護符。

——爾後，必將蛇神封於祠內供奉之。

——除塚守一家外，任何人均不得接近此祠堂。

——塚守一家則須於來迎的同時……

——日日供奉神酒香燭。

——此外……

「除神酒、香燭之外，春分至冬至間，每日均需放置『生餌』於石箱內。此事絕不可為他人所知——此外，期間每逢巳日（註18），便須將箱中之蛇神釋於『沼澤』——又市私下向粂七如此囑咐。」

釋放？小夜驚呼道：

「意即，把蛇神給放走？」

「沒錯，正是如此。並且，還得於當日『捕來另一條蛇神置入石箱中』。」

「另一條蛇神——」

小夜雙眉扭曲，一臉苦思神情。

註18：又作挾日，十日之意。

「也就是『換上另一條蛇』之意？」

「沒錯，正是換上另一條蛇。」

「如此做的理由是？」

「為了讓蛇神永遠存活。」

「噢？」

聞言，小夜不禁兩眼圓睜。

「又市先生宣稱，唯有將負傷之蛇封印其中，詛咒方能收效。故此，一旦傷癒便應釋放。但如此一來，塚內便無神守護村眾及塚守一家，故此，釋放後須以另一蛇神替換之——」

呵呵，小夜罕見地露出了年輕姑娘該有的神情問道：

「意即——百介老爺至今所說的，淨是——表面上的解釋？」

「不，這哪是表面上的解釋？老夫可是把實情都給說出來了。」

但實情的背後——還另有內幕罷？小夜揣測道。

百介垂下了視線。

看這神情——

他似乎也不知該如何隱瞞了。

還真是拿妳沒輒呀，百介說道。

小夜臉上泛起一絲微笑。

「許久以前——江戶曾有一夥盜賊，名曰口繩黨——」

這口繩黨——據傳是一群以蛇為名、專事洗劫武家宅邸的奇妙盜賊。

武家宅邸看似氣派，但裡頭並無多少銀兩。同時，不僅戒備森嚴、追兵甚眾，失風就逮時的處罰還極為嚴峻。

即便如此，也不知是何故，口繩黨仍專挑武士宅邸下手。

據說，乃因此黨與武士結有宿怨。

但雖是如此，此黨也稱不上是義賊。

不同於人來人往的商家宅邸，入侵武家宅邸本身已是難過登天。要潛入低階武士的住處已非易事，更遑論只要在外徘徊便可能遭人逮捕的組屋敷（**註19**）。不僅如此，若與武士起了衝突，使起刀來也絕不可能是武士的對手。畢竟膽敢與佩戴大小兩刀者拚搏者，若不是不要命，就是傻過了頭。

因此，據說口繩黨絕不乘人熟睡時夜襲。當然，亦不取無辜家人性命。僅如蛇般乘夜色悄悄潛入宅邸，於無聲無息竊取財物後悄然退去。下手時不過度貪求，亦是口繩黨的特徵，每回絕不竊取過多銀兩。

武家雖無財，但畢竟講體面。

實際遭竊多少，並不值得追究。但任宵小入屋行竊得逞，對武家而言可是奇恥大辱。據傳不少武家有鑑於此，被迫將財物存於不易覓得處。

註19：江戶時代，配子與力，同心等階級之宿舍。

口繩黨一如其名，下起手來不僅靜悄如蛇，同時還奉行細水長流之原則，但八年來仍竊得了近二千兩黃金。

此黨頭目，名曰野槌伊平治。

依又市所言，伊平治原為靠賣藝乞討為生之江湖藝人。同時並透露：

「至於伊三郎先生，乃野槌伊平治之子，即口繩黨之二代頭目。」

此事之發端，乃黨內徒眾內鬨。

行竊得逞後，伊平治僅派發部分竊取所得予黨徒，並蓄積剩餘黃金，與徒眾協定將於解散一黨時再行分配。但某些黨徒對此甚感不滿。

例如花蛇矢太。

與蝮蛇大吉。

為此，花蛇與蝮蛇便向武家宅邸密告，密謀陷害口繩黨。

「全黨十一人，有五人遭斬。殘存六人中，有四人皆參與謀反，僅頭目伊平治與伊三郎父子兩人得以脫身。不過——不出多久，兩人便為謀反者所捕。」

捕獲伊平治父子者，並非奉行或火付盜賊改（註20）。

而是花蛇、蝮蛇、及其手下。

黃金藏於何處？還不快招——？

為此，兩人慘遭一番嚴刑拷打。

「不過，伊平治不愧為名聞天下的大盜賊，哪可能輕易屈服。哪管謀反者的拷問再嚴峻，伊平治就是不願吐露黃金究竟藏於何處。這群卑劣的叛徒，只得放棄拷問這寧死不屈的老賊——轉而向其子伊三郎下手。一番拷打，著實教伊三郎痛苦難當。當晚，伊三郎便在殺害父親伊平治後，隻身逃離了惡徒們的魔掌。」

「殺害了自己的父親？」

「沒錯——又市先生推測，或許是伊平治自個兒要求的。這頭目寧死也不願讓黃金落入這群令人髮指的惡徒手中，再加上士可殺，不可辱，見自己已被折磨得只剩半條命，還不如斷了自己的氣來得痛快——」

斷了自己的氣？

伊三郎逃脫後。

仍數度為追兵所夾擊，雖然均能奮力逃脫，但也因此負了重傷——

「就在此時逃到了池袋村？」

「似乎——正是如此。伊三郎先生雖非蛇神召使，但可是條如假包換的負傷蛇哩。」

蛇塚一家似乎是個理想的藏身之處。

與一家之女墜入情網，難道也是出於算計？

不，或許兩人真有了感情。

「期間，兩人產下了娃兒，過了約莫一年，蝮蛇與花蛇一夥人，這才覓得伊三郎的藏身之

註20：負責取締搶劫、縱火、賭博等犯罪之捕吏。

處。不過，兩人擔心僅將之擄來拷問，恐不足以逼迫伊三郎吐實——」

雖然就連伊平治死前是否曾告知伊三郎黃金埋藏何處，其實都無法確定，不過這夥惡徒似乎確信——在伊三郎斷了伊平治的命之前，想必多少聽說了些什麼。

事實上，伊三郎的確曾自其父手中拿到了一張紙頭。

畢竟是近乎二千兩的黃金，平時不見伊三郎恣意散財，如此鉅款，也不可能在短短一、兩年便將之揮霍殆盡。故這夥惡徒深信黃金依然原封不動地藏於某處。

不過，即便不拷問伊三郎本人，而是擄來家人要脅其就範，也難保能有任何成效。倘若娶妻生子原本就是個偽裝，如此脅迫，哪可能有任何意義？

為此，這夥惡徒便想出了一則奸計。

該不會是策動村眾一同要脅罷？小夜語帶憤慨地說道：

「如此惡毒，還真是卑劣至極呀。」

「畢竟是盜賊，這點兒卑劣手段，哪算得了什麼？」

百介回答道。

這夥惡徒向村眾散布了惡毒的流言。

暗中祕密煽動，導致伊三郎為村眾所孤立。

待時機成熟，便毒殺村民數名，以此為契機，一股作氣地將伊三郎逼上絕路。

如此一來，伊三郎勢必被迫竄逃，行前必將取出黃金、或載有黃金藏於何處之指示——蝮蛇一夥人如此盤算。假若村民們失去理智，導致伊三郎性命堪虞，屆時亦只消斬殺村民，救出伊三郎便可。
不過，伊三郎並未選擇逃脫。
而是——
「在眾人要脅下，攀上了塚頂。如此一來——不就證明伊三郎先生的確在塚頂的窩中藏了些什麼？」
「窩中——曾經藏了些什麼。」
「曾經？」
「沒錯。當時『原本藏在裡頭的東西』竟然消失無蹤，取而代之的是……」
「百介老爺想說的是，裡頭藏的是蛇？」
沒錯，百介抬頭仰望。
只見月兒已在天際露臉。
「當時，伊三郎先生想必是大吃一驚罷。噢，不，或許他當真相信那妖魂尋仇的傳說——」
有蛇——！
裡頭果真有蛇——！
——蛇呀。
——若汝真為盤據此塚之蛇靈。
——切勿向守護此塚之人家尋仇。
——願以本人之犧牲，換取汝守護此村。

——也勿忘守護本人妻兒。
想必是真的相信罷，百介心想。
而與蛇塚一家之女生下骨肉，並表示願在此終老入土，不就全非偽裝了？
真是的。
真是個傻子呀，百介說道。
哪兒傻了？小夜問道。
「怎會不傻？暗中替換石箱內容的——想必並非外人，正是伊三郎先生之妻——即蛇塚一家之女。」
聞言，小夜雖驚訝得啞口無言，但仍強裝鎮定地將一張白皙臉龐轉向百介問道：
「暗中替換的理由為何——？」
「想必是——發現了夫婿在其中藏了些什麼罷。見其刻意將之藏於據傳有蛇靈盤據的古塚上，任誰瞧見了，都要推論此物內容絕不尋常。」
「原本究竟藏了什麼在裡頭？」
「依老夫推測，該處顯然無法藏金，故應是載有黃金埋藏處之指示什麼的。看來擔憂將為叛徒所追及的伊三郎，得知該處為人跡罕至之禁地後，為防萬一，便將此指示藏於其中。但外人雖傳說此塚有蛇靈盤據——對口繩塚一家之成員而言，想必根本就是個無須畏懼的地方。」
「但也不該就這麼……」
「不，錯不在其妻，畢竟有所隱瞞的，其實是伊三郎先生。或許其妻起初並無貪念，只不過是見夫婿行徑有異，而欲探查真相罷了。不過，蛇塚一家之女終究是找到了那紙詭異的指示。起初或許納悶這紙頭究竟為何物，便將之取出石箱，到頭來卻真的找著了黃金。」

「這下，便起了貪念？」

「或許正是如此。這下，便將黃金悉數搬回家中。當然——也未讓伊三郎先生知情。」

原來口繩塚一家之所以致富，原因並非伊三郎辛勤幹活，亦非蛇靈庇蔭。

到頭來——伊三郎死於塚頂，金銀埋藏處的線索就此斷絕，蝮蛇與花蛇的盤算也悉數付諸流水。大筆黃金，就這麼在連伊三郎也不知情的情況下，悉數被移入口繩塚家的財庫中。

事後——

「事後過了三十餘年。哪管日子過得再闊綽，口繩塚一家畢竟僅是尋常百姓，平日開銷無多，故二千兩黃金也不至於就此散盡。再加上伊三郎死前一番怒言，口繩塚一家至今仍堪稱富足安泰。此時——卻有位虛無僧造訪該村。」

「此人可是那群叛徒——即蝮蛇、花蛇的餘孽？」

「似乎是如此。依治平先生所言，這虛無僧實乃一曾與蝮蛇狼狽為奸之盜賊，別號鑽地蛇，實名則為加助。蝮蛇死後，原本與其勾結之惡徒便開始蠢蠢欲動。此人之意圖——即覓得傳說中口繩黨所埋藏之黃金。」

「其實此二千兩藏金，早在三十餘年前便為百姓所盜，並將之移地藏匿。但這惡徒想必連作夢也沒料著，以為黃金至今仍原封不動地埋藏原地。同時，也深信載有埋藏處之指示，亦仍被藏於某處。」

鑽地蛇循線找到了口繩塚一家之宅邸，並與伊三郎之子伊佐治有了接觸。
想必鑽地蛇曾如此告知毫不知情的伊佐治：
汝父實為一條蛇——
其真面目，乃一以蛇為名之盜賊——
同時，還是條竊走同夥黃金逃亡的齷齪負傷蛇——
並將竊得的黃金藏匿於某處——
正因有了這筆齷齪黃金——
汝家方得以致富——
結果如何——？小夜問道：
「伊佐治先生聽了，是否就此性情驟變，開始四處詢問往昔真相？」
「唉，發現自個兒的爹其實是個盜賊，當然是難以釋懷，也不免要引發些許連想，畢竟財庫中原本就有堆積如山的小判。而這些小判究竟是打哪兒來的，想必伊佐治先生自己也是毫不知情才對。」
「原本大概以為，這筆黃金不過是正常的家產罷？」
「想必是如此。絕無爹娘會告知孩兒關於自己過去不堪的真相。而且其祖父母均已辭世，養父善吉先生對此也應是毫不知情。就連其母都已於前年亡故，因此只得四處向鄉里查詢。這下便察覺——」
塚頂似乎有什麼蹊蹺。

伊佐治認為，上頭似乎藏有什麼足以證明父親曾為盜賊的證據。但那鑽地蛇則認為藏在塚頂的，應是載有黃金埋藏處之重要信息。

若是教伊佐治給捷足先登，可就要功虧一簣了。

「因此，便將伊佐治先生給……？」

「就這麼將他給殺了。愚蠢，真是愚蠢，此事根本是愚蠢的連環。鑽地蛇甚至懷疑阿里夫人可能也知道這祕密，便連同夫人也給殺了。接下來，便虎視眈眈地意圖攀上古塚——」

「但還沒來得及攀上，便遇上了百介老爺的攔阻——是麼？」

「出手攔阻的，可是又市先生呀。」

當時，又市一臉悲憤地說道：

——切勿再取百姓性命。

——小的對視人命如螻蟻的混帳……

——可是恨之入骨。

又市這回所設的局，其實是單純至極。

今後，意圖前來奪取口繩黨藏金者，想必十之八九均將以那古塚為目標。那麼，只消讓那窩變得更為醒目便可——

欲蓋彌彰地在塚頂蓋座祠堂。四處流布此地有妖魂盤據、生人勿近之傳言。又經刻意安排，使來者隔著以紙符封印之欞門，便能清楚窺見堂內有口窩，以及窩中那只牢靠的石箱——

凡知悉此事者，想必都要認為堂內必有蹊蹺。

不知情者，則不至於起任何疑念。

此外。

石箱內，還藏有一條由憨厚認真、信仰虔誠、對一家關懷備至的粂七日日投予生餌餵食的蛇神──而且還是毒蛇。而且每十二日，還會換上一條新蛇。

膽敢潛入祠堂、掀開箱蓋者。

註定是死路一條。

事實上，祠堂落成翌日，鑽地蛇就一命歸西了。

又市換上一張紙符，掩埋了鑽地蛇的屍骸。

就這麼輕而易舉地報了伊佐治和阿里的仇。

當時，又市並吩咐粂七：

──日後，仍將有外人闖入祠堂，命喪此塚。

──屆時護符將遭損毀，僅需替換新符即可。

──掩埋屍骸後，宜視同客死他鄉之無緣佛供養之。

設想得還真是周延。

事後，老夫耳聞往後數年間，計有六名以上之外人客死口縄塚旁。

看來思慮欠周、有勇無謀的盜賊們依然宛如飛蛾撲火，搖搖晃晃地飛向藏寶的幻影，接二連三地為負傷蛇的怨念所吞噬，果真應驗了禍延子孫世代的說法。

但在維新後，一切紛擾便告止息。

百介深深吐了一口氣。
「至於……」
至於什麼？小夜問道。
小夜也跟著望向月亮。百介接了下去：
「至於伊之助，亦是……」
「老爺指的是伊佐治的獨子？」
「亦可說是伊三郎之孫罷。」
是呀，小夜回答：
「——亦是為這陷阱所害？」
「沒錯。也不知此人是如何誤入歧途的。彖七先生是個大善人，如今遭逢此禍，想必是傷痛難耐。思及至此，還真是教人於心不忍呀。」
這也是自作自受罷，小夜說道：
「百介老爺，這——不也可說是因果報應？」
「天下無奇事，但也無奇不有呀。」
百介說道：
「看來彖七先生的為人——竟要比又市先生所想像的還要憨直。真沒想到設局三十餘年後，那陷阱依然有效。」
想必就連又市先生，也沒料到這陷阱竟能如此長壽罷？小夜讚嘆道。

「這就無從得知了。又市先生如此神通廣大，或許——早料到會如此也說不定。」

唉，怎麼感覺活像又市先生又活了過來？百介搓了搓掩埋在皺紋下的眼角說道：

「不過，這下經過那東京警視廳的巡查大人一番搜查，想必古塚妖魂尋仇的傳說也將就此戛然而止。那陷阱——想必也就此失效了罷。」

百介瞇起雙眼。

低聲說了一句：

「御行奉為——」

鈴，此時，又聞風鈴響起。

【主要參考文獻】

絵本百物語　桃山人　金花堂／一八四一年

旅と伝説　岩崎美術社／一九七六～一九七八年

日本庶民生活史料集成　三一書房／一九六八～一九八四年

叢書江戸文庫　高田衛・原道生責任編輯　国書刊行会／一九八七～一九九二年

燕石十種　岩本活東子編　森銑三・野間光辰・朝倉治彦監修　中央公論社／一九八〇～一九八二年

未刊随筆百種　三田村鳶魚編　中央公論社／一九七六～一九七八年

日本随筆大成　日本随筆大成編輯部編　吉川弘文館／一九七五～一九七九年

耳囊　根岸鎮衛著・長谷川強校注　岩波文庫／一九九一年

国史大辞典　国史大辞典編集委員会編　吉川弘文館／一九七九～二〇〇二年

新日本古典文學大系　岩波書店／一九八九～二〇〇三年

新潮日本古典集成　新潮社／一九七六～一九八八年

竹原春泉　絵本百物語　多田克己編　国書刊行会／一九九七年

KADOKAWA 文學放映所 028

巷説百物語

定價：420元　**發售中**

京極夏彥◎著
蕭志強◎譯

喜愛搜集怪談的百介邂逅了幾位神祕人物：浪跡天涯的修行者、美麗聰黠的山貓迴、來歷不明的中年商人。大家聊起江戶坊間的鬼怪傳說，洗豆妖、舞首、柳女……這些形姿怪異的妖怪，是源自人間的善惡因果，抑或是對世人的詛咒？

國家圖書館出版品預行編目資料

後巷說百物語／京極夏彥作；劉名揚譯. --
初版. --臺北市：臺灣國際角川, 2010.02-
冊； 公分. --（文學放映所 ; 61-）
譯自：後巷說百物語
ISBN 978-986-237-510-5（上冊 : 平裝）

861.57 99000883

後巷說百物語〈上〉

原著名＊後巷說百物語

作　　者＊京極夏彥
譯　　者＊劉名揚

2010 年 2 月 25 日　初版第 1 刷發行
2019 年 9 月 23 日　初版第 3 刷發行

發 行 人＊岩崎剛人
總 經 理＊楊淑媄
資深總監＊許嘉鴻
總 編 輯＊呂慧君
主　　編＊李維莉
美術設計＊許景舜
印　　務＊李明修（主任）、張加恩（主任）、張凱棋

台灣角川

發 行 所＊台灣角川股份有限公司
地　　址＊105 台北市光復北路 11 巷 44 號 5 樓
電　　話＊（02）2747-2433
傳　　真＊（02）2747-2558
網　　址＊http://www.kadokawa.com.tw
劃撥帳戶＊台灣角川股份有限公司
劃撥帳號＊ 19487412
法律顧問＊有澤法律事務所
製　　版＊尚騰印刷事業有限公司
I S B N＊978-986-237-510-5